那个晚上,村子里弥漫着一种时光错乱的气息,
令人总在出神的刹那,感触到一种不真实的存在。
亡人。往事。前尘。旧梦。

——《行无噗》

乡野黑暗中，寂寥的夜雨绵绵不尽。
那是孤独人的呢喃，道心在胸者的祈祷。

——《山野黑暗录》

桃花雪后,明媚的春阳日益健硕。

长江的春汛到来,水色清澈,水域丰满。

——《1954:母亲的孤洲》

水之央,孤独岛,洲上人,在逼仄与孤绝的地理环境及频繁的水患中,
接受了被水滋养又被水冲击的悖论,磨砺出独特的生存法则。
逼仄孤绝的出口就是宽裕广博。

——《1954:母亲的孤洲》

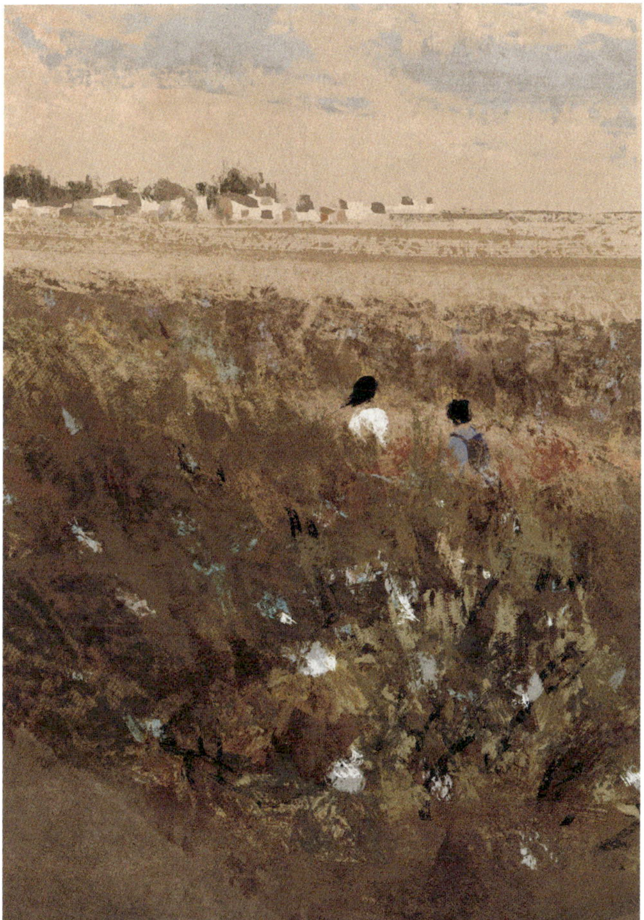

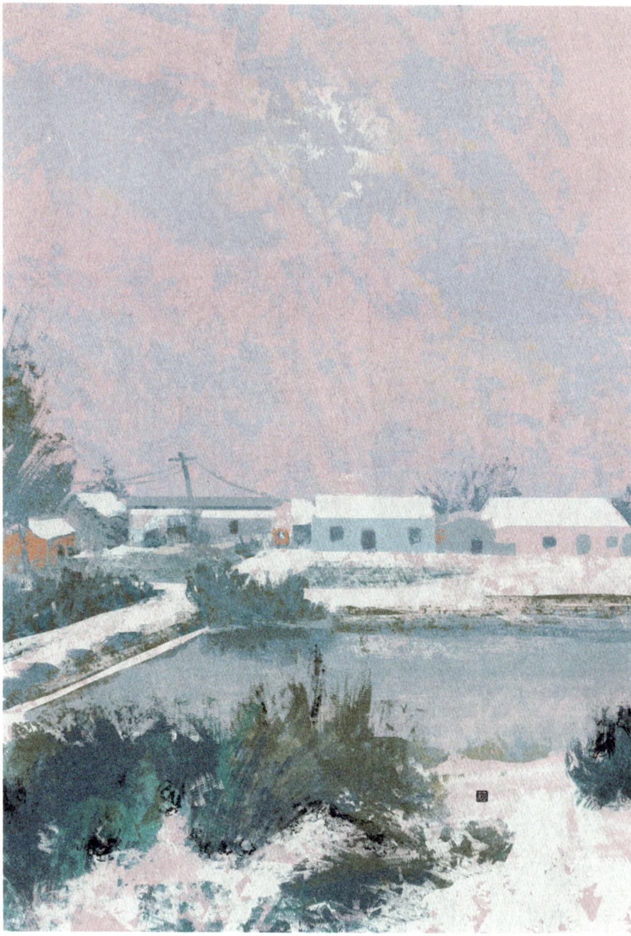

深潭,深潭之上屏障般的树木,氤氲出浓重到沉郁的荫凉。
凉飕飕的黑暗,从身体四周袭来,包围、笼罩。
沉重、锐利、无法抗拒。它走向我的梦境……

——《梦潭》

浓厚的雾气下,树木枯朽,冷风肆虐,空气凉湿。
岛瘦弱而倔强,它抱紧自己,维护胸腔中那团燃烧的火。
摇曳的蓝色火花,亮堂着仄小的心胸,有窃窃的私笑,它们舔舐、烘焙。

——《水上书》

朱朝敏 著

黑狗曾来过

广西师范大学出版社
·桂林·

黑狗曾来过

HEIGOU CENG LAIGUO

**图书在版编目（CIP）数据**

黑狗曾来过 / 朱朝敏著. —桂林：广西师范大学出版社，2020.3

ISBN 978-7-5598-2562-9

Ⅰ.①黑… Ⅱ.①朱… Ⅲ.①散文集－中国－当代 Ⅳ.①I267

中国版本图书馆CIP数据核字（2020）第016218号

广西师范大学出版社出版发行

（广西桂林市五里店路9号　邮政编码：541004）

　网址：http://www.bbtpress.com

出版人：黄轩庄

全国新华书店经销

广西民族印刷包装集团有限公司印刷

（南宁市高新区高新三路1号　邮政编码：530007）

开本：787 mm×1 092 mm　1/32

印张：9.5　　插页：4　　字数：187千字

2020年3月第1版　　2020年3月第1次印刷

定价：52.00元

如发现印装质量问题，影响阅读，请与出版社发行部门联系调换。

# 目录

- 001　蛇　传
- 022　我下雪,但我每天都道永别
- 041　黑狗曾来过
- 064　行无嗔
- 089　山野黑暗录
- 109　1954:母亲的孤洲
- 131　楠　声
- 154　梦　潭
- 170　虚构舅舅在朝鲜的若干切片
- 193　水上书
- 216　回到大海
- 239　大水天上来
- 259　风从亚丁吹
- 274　六便士

# 蛇 传

## 一

我们家在高高的土台子上,门前屋后都是坡,坡上的柳树、椿树、洞庭树、柚子树高俊婆娑,在房前屋后荫出一片绿意。若是靠近水塘……堰塘深潭真是多啊,在三五户房屋间星座一般环绕呼应,岸边的竹、芦苇、蒲艾等水生植物连接土坡上的绿荫,氤氲出清幽幽的好时光。

细碎的动感延拓出恒久的静谧……水面突然蹦出小飞鱼,它扁起银白修长的身体,画一个漂亮的弧线,又扎进水中。还有一种鳝鱼,银白色泽,专门吃腐烂的动物尸体,一般蛰居在靠岸的泥沙下面,但某一天它会嗖的一声破水而出,拉直它白胖的身体,接着摇摆尾身,在水面招摇,划拉出晶晶亮的水泡,迅疾又消失无踪。再就是蛇了,黄黑或黑红色,条纹包裹肉身,它贴着树荫游弋,行动迅捷,在我们眼中留下闪电般的影子。我们从不说水蛇爬啊游啊,只说:看,水蛇在飙……

除非活捉了它,肉眼基本难以看清它的模样。

我是清楚的,水蛇的形态、纹理和颜色。初夏的一天,它被一个留有细密筛眼的竹篓子筐住了身体,丢在我家门旮旯里。它不屈服,被束缚了自由后的耻辱,激发了怒火,它伸展或者蜷起身子,或者扫起尾巴,或者盘成一团,或者窜动三角形状的脑袋……总之,它使出浑身招数,十八般武艺,带动那小竹篓,在地上蹦跳、翻滚,跃起后重重摔倒地面,再翻滚再跃起摔倒……被橡皮筋扎紧了口子的细长竹篓,看上去痛苦不堪却又无能为力,它周身都是网眼,网眼泄露了篓里篓外的气息。湿淋淋的水腥味道,在门旮旯中释放出阴寒气息。

愤怒屈辱。水蛇在竹篓子中拼命挣扎。

哀怜恐惧。五岁的我不断后退、后退,死死拉住祖母的蓝粗布衣襟。祖母双手合十于胸前,嘴巴念诵着只有她自己能听清楚的经文。

放了它吧。我苦着脸乞求。

祖母不理睬,她专心于祈祷,也许,根本就没听见我的乞求。终于,竹篓子的网眼慢慢渗出水泡,细小的白色水泡不断涌出、繁衍,几乎淹没了竹篓。水蛇安静下来。五岁的我,不理解安静之意,正如我不理解死亡。"不动"这个特征主导了我的意识,我认为,安静等于死亡。所以,安静下来的水蛇,在我看来,就是气断身亡了。

这样的看法令我莫名悲哀。我的手发凉。

祖母放下双手,舒出一口气。她回答我刚才的乞求。它有它的命,你不懂的……我带着哭腔反驳,可是它被活活憋死了。

祖母摇头。

她走近竹篓,松开竹篓的扎口,抓出浑身泡沫的水蛇。祖母双手并用,抓牢水蛇滑腻的身体,丢在地上。泡沫很快消失,水蛇蠕动它的身体,慢而细致,渐渐把自己盘成了一团,探出脑袋。它没死,是安静了。我清晰地看见了水蛇的模样,胖身体,黑红色,条纹包裹肉身,周身鳞片虬起。它三角形的尖脑袋在微微凸出,安然若素……

我不禁回头看向堂屋春台上的菩萨。那丰腴的安静的,正在颔首望心的菩萨。

# 二

"度娘"如此显示水蛇这个词条:

水蛇性味:甘咸,寒,无毒。入肝、胃、心三经。(《本草纲目》记载)

水蛇的功效:①治消渴,烦热,毒痢。(《本草纲目》记载)

②明目。(《本草求原》记载)

选方:水蛇一条(活者剥皮,炙黄捣末)……每服,不计时候,以生姜汤下十丸。(《圣惠方》记载)

……

这样看来,我祖母捕捉水蛇自有用处,用处也合乎情理。怎么用?需要活蹦乱跳的水蛇,过滤掉它的躁性,再剥下鲜皮,一块蛇皮足够。祖母铺蛇皮扎针灸的一招,佐以她烧香拜菩萨的礼仪,还有她寻着月牙儿悬在天幕的时辰,总是鬼魅神奇,这招数被定义为民间医术丝毫不过分。我儿时的眼中,村里所有人的眼中,民间医术就是偏方,甚至巫术,讲不出科学根据,也就是说,无法用理论来解释。它只需要——信。

你信了,你就接纳,全心全意地接纳它恭敬它。它自会反馈信者所需要的东西。

记忆中似乎没有不信的人,也许有,只是我没有发现而已。无论如何,信,存在我们村庄,因为我祖母铺蛇皮扎针灸的招数。村里男女老少,穿梭我家里,找我祖母寻求帮助,为他们身体的苦恼。发热发昏、烦躁心悸、味苦气短、心律不平……那么多的不适,那么多的辛酸,那么多的病况,折磨着血肉身,折磨着血肉身中的脆弱心。

能婆婆,帮我瞧瞧吧……这是他们的开场白。

他们到我家时,无一不是苦着脸蹙着眉,一副软不拉叽的样子。能婆婆就是我祖母,是村庄人送给他们信任的通灵者的尊称。我祖母就这样回答:小鬼夺走了你的魂,我看能不能找回来。

能不能……这商询的口吻显示我祖母对万物的尊奉,不仅是针对她执念中的菩萨,还有那缠身的小鬼。

说说我六岁那年暮春时节的一件事情。我舌头长满了黄泡,沉甸甸地压迫在舌尖和舌头两边,犹如大山,嘴巴不能正常蠕动,不能吞咽食物,哪怕喝水也十分困难。我只能像傻子一般微微张开嘴唇,给炽热发疼的舌头放风。饥饿折磨我,口渴折磨我,身体正常运转的需求也在折磨我。我似乎体会到活受罪的意思。疼痛中,滚烫的泪水在烧灼眼眶,我只能极力忍住,否则,更难耐的疼痛会来到……哭泣也被禁止。

我想看看我自己。在母亲房间,我对着大穿衣镜凝视那张苦不堪言的脸庞,狠狠心,张大嘴巴,慢慢吐出舌尖。舌头表面,黄泡堆叠,粉嫩的小豆豆欢快地生长。疼痛撕裂脸庞,鼻子不是鼻子,眼睛不是眼睛。这个丑陋的女孩子。这个遭遇了恶魔袭击的痛不欲生的不幸人。

我的亲人却视而不见,放任我的垂死挣扎,放任恶魔纠缠我的肉身。悲愤袭来,我无法忍受,顿时不管不顾地咧嘴号啕。

祖母终于决定要给我驱魔了,就在当天晚上。

小鬼们在撒欢,我会好好跟他们说,请他们走的。祖母眨巴着仅存的左眼,她的右眼瞎了,从我见到她起就瞎了。显然,我饱受魔鬼折磨的痛楚,在祖母那里毫不起眼,还轮不上她铺蛇皮扎针灸。她只不过拿出小道具,一个劈成一半的小葫芦。风干的葫芦瓢呈现土黄色,摊在我双手上。我恭敬地捧着葫芦瓢,面向银白的月牙儿。清风吹拂,月光澄澈。祖母烧香拜菩萨完毕,踮着小脚走来,她右手举起细小的银针,银针颤巍巍地,抖出断续的流光。

小鬼们,玩够了吧,我请你们出来,能不能赏个脸?说着,祖母手里的银针扎向葫芦瓢,一针一针地围拢成一个圆圈,又一针扎向圆圈中心。阿弥陀佛。祖母双手合十于胸前,虔诚念叨。

怎么说呢?第二天早上起来,疼痛不再,一切恢复如常。我再次站在母亲房间的大穿衣镜前确认,轻易地张大嘴巴吐出舌头,舌头上的黄泡不见了,粉红的小豆豆不见了,舌尖轻巧地抵住我上腭,发出一个悠长而圆润的"呃"声。这个如梦初醒的女孩子脸色红润,眼睛明亮。我对她说道,你是幸运的孩子。

## 三

民间偏方不需要解释,也解释不了。但它在那个江水四围的村庄,在堰塘深潭星座一样牵连的村庄,与村庄一样,从来处来,带着神秘,在每一个居住者的舌头上流传,口口相传地延续着生命。这是它的书写方式,虚妄灵性,犹如大地诗行。而传承者就是书写者,信者就是吟诵者。它务虚的特质,保全了它天马行空的想象力,又赋予了它细雨般不受时空阻隔的生命力。它随时死亡,也随时苏醒……只要那村庄,堰塘深潭星座一样牵连的村庄还存在。

事实也是如此。

虚妄的它,几乎等于梦幻,但它被信任被看见,它的神迹绝大多数时候体现在通灵者手中常用的道具上。蛇皮是祖母的道具,也是能婆婆通灵的标签。

水蛇在竹篓里翻滚,发泄完躁性和怒气,排出身体的毒液,血液顿时湿寒。水蛇盘成一团,阴凉得寂静袭人。祖母取下此时的蛇皮,微微晾干后,就派上了用场。

那一年就在我家,我那漂亮的表姐跟在我舅妈后面来找我祖母。她们灰扑扑的,特别是我的舅妈,强盗一般,几个大步跨进我家院子,闪身门后,等来病恹恹的表姐,然后飞快地合拢大门插上了门闩,再跑跳进堂屋,一声能婆婆,喉咙就哽咽了。看得出来,舅妈难过,但更多的是难堪。她眼睛四下一睃,看见拢身来的我,闭紧嘴巴,掉头朝我母亲使眼色。我母亲赶紧拉走了我。

表姐病了,因为种下了心魔。

看看她吧，昔日那个走到哪里都肩挎装有排球的网兜的高傲女生，现在骨架散了，眼睛黯淡无光，皮肤惨白没有血色，更关键的是，她不看任何人，不理睬任何人。她靠着堂屋大门落寞地站着，眼神迷离，枯叶一般飘忽毫无着落。她的叹息却分明，传到躺到床铺上的我的耳朵里。

我一个激灵跳下床，跑出来，喊道：表姐。

没有人搭理我，我还是不死心地问了一句：你怎么了？

母亲拉长面孔赶走了我，恶狠狠地交代，不关小孩子的事情不要多问。我不问了，但我知道，那夜，我的表姐就在我家，被我祖母铺上蛇皮。那是新鲜的蛇皮，它三天前刚刚从活捉的水蛇身上剥下来，纹理清晰，将在我表姐的腹部上第一次开张。

我睡不着，几次蹑手蹑脚地下床，却被堂屋里闲聊的母亲和舅妈阻止了脚步。她们的声音低沉断续，叹息不止。我只能以耳朵捕捉叹息中的语言碎片，缝补我关于表姐遭遇心魔的零星认识。然后再根据表姐的遭遇，想象我祖母铺蛇皮扎针灸的情景。

表姐的漂亮怎么形容呢？我至今也无法找到合适的词语，似乎所有形容漂亮的词汇都可以用在她的身上。但是漂亮害了她——我母亲与舅妈共同的认识。漂亮的人儿心性高，表姐从小就不甘她的漂亮被江水四围的村庄拘囿，她想尽一切办法要走出村庄过江去。功夫不负苦心人，终于等来了一个机会，豆蔻年华的表姐苦练排球被选进县城排球队,到处打排球得过不少奖。在她十七岁那年,她得到一套水晶酒杯奖品。那酒杯神奇啊,兑上酒水,就会显现美女像,她指给我们看,我们看见了她那美丽若花的脸在酒杯中微笑,表姐说,这个美人是明星龚雪,我长得像她而已,但我比她年轻……她的声音轻柔甜蜜。

然而,灾难来了。

母亲和舅妈的长吁短叹遮掩了后面的话语。我还是捕捉到"受骗""怀孩子""找人偷偷打胎""血流不止""肚子痛"……这些令人羞愧的词语子弹似的击中了我,我不得不屏住呼吸来抑制那快要蹦跳出胸口的一颗心。

我的表姐,她在疼痛,然而她在受辱……我眼前闪现那条被装进竹篓里的水蛇,它以狂躁的跳跃滚动来抒发屈辱。

水蛇最终安静下来。

我那漂亮的表姐呢?她跟在我舅妈后面来我家,找我祖母,连续一个星期后,表姐不再来了。但她睡在家中,整天就这样睡着。母亲提了一竹筐鸡蛋,带着我去探望。趁着母亲与舅妈在厨房嘀咕的机会,我溜进表姐的卧室。表姐侧着身体面向墙壁躺睡,一动不动。她睡着了吗?她白天黑夜就这样躺着,躺着,把自己躺成毫无知觉的木偶……我虚弱着声喉喊了声"表姐"。她还是一动不动。我眼前闪现出那吐出泡沫后盘成一团的水蛇,心胸一阵阴凉。

这是我最后一次见到表姐。长相酷似明星龚雪的表姐,她的心早已走向长江外面的世界,终于,她身体恢复了,她把背影留给亲人和村庄,她去哪里了?没有人知道。

## 四

我六岁那年三伏天,天气暴热,几天后,太阳收起,天色阴暗紧绷。闷热了一两天后,天空雷鸣电闪,轰隆隆地,声势浩大,接着下起暴雨,暴雨倾泻如注,地面积水漫溢。暴雨连续下了三四天,堰塘沟渠深潭的水漫出来,伙同地上的积水淹没了道路庄稼园田,土黄色的积水不断升高,朝我们居住的高台溢来。而长江的水位也超过近几年的最高纪录,大堤溃口的消息不断传来。江水四围的村庄,每年都要遭受大小不等的水患,对于江水溃堤之类的险情,我们也见怪不怪了。

洪水已漫延到我们家屋檐台阶下面。水面漂浮着菜叶庄稼树枝死鱼死虾虫子等,气味令人恶心反胃。但我觉得有趣,蹲坐在高大的青石门槛上,打量屋檐台阶上漫来的浊水以及水面上的浮游物,还可以清晰地看见游来的鱼虾、蛤蟆、蛇。它们有的刚闪现身体就掉头不见,有的得意忘形爬出水面蹲在台阶上,还有的干脆朝我游来。

爬上台阶,又熟视无睹我的观望,大摇大摆地飙过我家高大青石门槛的,是一条水蛇。黄黑色,身体肥胖。它从水中进入陆地,显然觉得新鲜,有些不适应,扭着胖身子逡巡一会儿后,再一蹿,经过我家堂屋,扎身在堂屋前方的春台下面。接着,抱着台柱子绕起它的身体,尖脑袋探出,而虬起的鳞片霎时异常清晰。

我恐惧地喊道:有蛇,蛇要咬我。

祖母捏着大火钳赶来,低头看那条水蛇。一边拿火钳在地面敲一边小声叨叨令。我尖利着嗓门喊道:用火钳夹死它。蛇不仅鼻子灵敏,听觉也灵敏。它似乎听见我的声音,顿时飙起。只听见轰的一声,瓦片松动,它瞬间就跃过瓦片的缝隙蹿到了屋梁上。我祖母又拿来长竹篙,不碰击屋梁,却拍打墙壁。祖母的叨叨令这次清晰在耳:你玩够了吧,这是我们的家呢,你的家在水中,要是觉得好玩你就多玩一会儿……窸窣窸窣的声响,微弱又清晰。经由祖母提醒,水蛇可能想起它水中的家,掉头跑掉。祖母放回长篙,拍拍手,表示万事大吉。

你不是捉水蛇吗?它送上门来你却放走。我问祖母。

除非它自愿游进竹篓子,我不会捉一条蛇。祖母回答我。

六岁的我蒙昧无知,但长期受祖母言行濡染,我还是明白祖母的话意。祖母信佛,还是有灵性的人,她尊崇一切,也心慈一切。何况,这样一条偶然闯进家门的水蛇?

别小瞧了它们,蛇的记性比谁都好,它记得所有遇见的人,自然记得恩怨。祖母告诫我,以后遇上了蛇,不要起杀心,你就退一边让让,它记得的,自然也记得那些曾经伤害它的人,无论多么远,都会寻来报仇。

这是偶然吗?我隔壁的发柱伯伯被蛇咬了,就在他自家厨房。他挑水回家,把水桶里的水倒进缸里,但缸底下蹿起一条黑蛇咬住发柱伯伯的右臂,刚好脉搏处,发柱伯伯当场就昏死过去。等到家人发现,发柱伯伯已失去拯救的绝佳机会,全身中毒,身子发凉,口吐泡沫,泡沫还带着黑血。他的脸可能经受了过度的痉挛,以致死去后,脸庞都是扭曲状态。或许,他被那条并不陌生的蛇唤醒了记忆⋯⋯

可怕的是,那条黑蛇,在水缸边盘成一团,也不走。发柱伯伯的家人赶来,匍匐在地上,围着发柱伯伯悲伤地号啕。那条黑蛇腾地飙起,越过厨房,从后门飙走。发柱伯伯的家人顿时记起,这是一条复仇的蛇,去年来过家里,就蛰伏在水缸底下,却被发柱伯伯发现,他操起扁担追打,打伤了蛇,受伤的蛇还是跑掉了。谁晓得呢?仅隔一年,它就寻来复仇,而且复仇成功。

祖母叹息。她双手合十,嘴巴念叨。我后来询问祖母,我们都晓得,蛇有记性,不要轻易地去惹它,否则没有好果子吃,发柱伯伯怎么就⋯⋯祖母摇头,只说,他忘了老古话哦,偏就不信,总有不信的人,不信还有什么可说的?恩恩怨怨,总有了断。

蛇这东西,你信也好不信也好,它真就不是普通的东西,它有灵性,善恶分明,当你尊重它礼让它,它何尝不知道?正如你侵犯了它伤害了它,它会记住你的气味,无论多么远的距离,会一路寻来,在某个日子对决,出其不意地做一个善恶分明的了断。所以,我们村庄的习惯,夏天走夜路时,上下坡,走小路,过田埂,总忘不了手拿一根竹竿,并非拄着走路,而是一路走一路在地上戳戳点点,告知蛰伏在草丛中水沟里树底下的蛇——我来了,向你借个道。

蛇被尊敬被告知,也不会恶毒地偷袭。从来没有。它退避一边,身体蛰缩一动不动,生怕惊吓了行路人。有一次,我一个人走夜路去舅舅家,手里拄根竹竿,在地上戳戳点点,手电筒在地上晃来晃去。走到一个田埂边,我的竹竿朝田埂上的草丛戳去,电筒也跟着照过去,但我吓住了,明晃晃的光柱下,一条蛇正躺卧在竹竿底部旁边。

好险,我差一点点就戳到了它。顿时,我全身血液凝滞,双脚被钉在原地迈不开,一颗心乱蹦乱跳。脑海混沌若糊了糨糊。蛇在我的电筒光照下纹丝不动,探着尖脑袋,圆睁眼睛与我对望。我瞬间恢复了意识,它在看我,是为了记住我的气味吗?那么,它是为了我差点犯错而耿耿于怀还是……我嘴巴不由张开,居然学着祖母口吻说道,对不起,向你借个道。也许是我的手电筒晃了下,也许是我眼睛眨巴了,定睛时,蛇不见了踪影。

# 五

祖母给我讲过一种花蛇,说是她知道的最厉害的蛇,名叫鸡冠蛇。

鸡冠蛇全身是花纹,五颜六色的,而眼睛黑溜溜的,最可怕的是,它脑袋上长有鲜红色泽的鸡冠。祖母说,那是快要成精的蛇,它能耐大,能够直立上身,会像人一样跳舞蹦高,还会发出母鸡一样的声音。祖母说,鸡冠蛇一心学人,不大会伤人,遇见它,赶紧走,走不脱,就脱下鞋子尽可能朝空中甩,鸡冠蛇要跟你比高,特别喜欢找小姑娘比高。

这是有趣的,又是可怕的。可怕在于,它不大会伤人——不是指咬人伤害身体,而是它的奇特令人难以接受。无疑,鸡冠蛇是蛇中的异类,而异类往往让人措手不及。

我问祖母,你遇见过鸡冠蛇?

祖母点头。她说,在她如同我的年纪,那时的堰塘和深潭都比现在要大要多,特别是潭水深不可测,周围都是绿茵茵的树木。有一天傍晚,她过树林下潭去洗猪草。刚刚下坡,突然从水边探出一条花脑袋。幼小的祖母自然也被她的长辈交代过,随即明白,这花脑袋异物就是传说中的鸡冠蛇,快要成精的蛇,一心求做人的蛇。

祖母马上退跳到岸上树林里,鸡冠蛇跟着飙到岸上,瞪起乌黑的眼睛看祖母,接着张开了嘴巴,发出丝丝的声音。面对追赶来的朝自己打招呼的鸡冠蛇,祖母不敢不理,只好放下篮子,拿眼看它,以免激怒它。霎时,鸡冠蛇挺直了上半身,左扭右拐,它在跳舞,与小小的祖母比美。祖母吓得浑身打战,但祖母这样失魂落魄的模样肯定令鸡冠蛇不高兴,它觉得祖母小瞧了它,停止了比美,又开始蹦跳。

祖母马上明白,鸡冠蛇在与自己比高。如果比不过,鸡冠蛇就会羞愧而逃,如果比过了自己,它还会纠缠不止。祖母稳住了一颗活蹦乱跳的心,弯腰脱下鞋子,然后奋力朝头顶的空中扔去。多么幸运啊,那只三寸金莲的小鞋,越过头顶上的树梢,消失在空中,那可是无限高的高度。鸡冠蛇顿时铆足力气,朝上跳起。祖母趁机跑掉。

这是祖母唯一一次见到鸡冠蛇。祖母说,鸡冠蛇妖媚缠人,但又有自知之明,它自己要求跟人比高,若是比输了,马上会藏身,从此羞于见人,回到隐秘的老巢修炼功力去。

还有谁见过鸡冠蛇?我满心怀疑地问道。

祖母说过几个人,都是她那一辈的老人,有的比她还年长,有一个已经过世。想必,鸡冠蛇要成精,自然要找一个秘密的环境,树林要大,水塘要深,道路要与世隔绝……这样看来,鸡冠蛇在以后真就是传说了。

但我们村庄至今还存在一个传说,谁在梦中见到了鸡冠蛇,谁就被鸡冠蛇摄走了魂魄，死期也就到了。

我们小孩一般没有见过鸡冠蛇，也就无所谓鸡冠蛇的梦境。而老一辈人中，有一个名叫"洋画师"的老头就梦见过，他某天晚上梦见鸡冠蛇在跳舞，第二天就寻到我家，请求我祖母给他铺蛇皮扎针灸，他说鸡冠蛇摄走了他的魂魄，他要祖母帮忙找回来，因为他还不想死。

"洋画师"并非洋人，只不过头发天生卷曲，且鼻子高大，看上去好像洋人。他是村里的老画师，给村里人画像。小孩满月像，年轻人结婚像，大人生日像，走路人的遗像，等等，都出自他的手，一画一个像。洋画师在我们村甚至整个孤岛上都有名气。这样，村里人都称呼他洋画师，喊着喊着，十年过去了二十年过去了三十年也过去了……漫漶的岁月，洋画师的称呼挂在村里人的嘴巴上，反倒让人忘记了他的真名。洋画师不独画艺高，且为人随和，从不摆架子。但到了晚年，洋画师变了，懒了手脚，不，是傲气了，轻易不给人画像，村里人再难请动他。晚年的洋画师除了把自己关在屋里，难得出门一步，跟我们村庄隔离了。

但某天晚上，洋画师做梦，竟然梦见了鸡冠蛇。梦到了鸡冠蛇的洋画师很苦恼，那些天每天晚上来我家，请祖母为他在胸口铺蛇皮扎针灸。连续半个多月，洋画师跟着祖母拜完佛，再接受祖母的蛇皮针灸。洋画师看上去一天比一天心安理得，人的精气神也一天比一天好。我们都说，洋画师的魂从鸡冠蛇那里找回来了。洋画师很高兴,逢到村里人,大人也好小孩也好,总会停下来,右手食指指向他的高鼻子,满脸堆上微笑问问:看看我,是不是越活越硬朗了?

他遇见我三次问了我三次。我第一次还仔细看他的脸,发现笑容覆盖下的黑瘦脸虽满是皱纹,却掩饰不了喜悦,便朗声回答"精神"。后来两次,他一问我随口就答"硬朗"。洋画师哈着满是痰水的笑声离开。想必,我那时丝毫没有敷衍他,村里人也可能像我一样答复,因为洋画师那乐颠颠的模样,百分之百地春风满面啊。

好心情的洋画师为了感谢我祖母,给祖母画下拜佛的像,是侧面像。祖母身着粗布对襟上衣,面容清瘦,袅袅青烟中,领首的祖母侧面像轮廓分明,但面泛红光,嘴巴念念有词,双手合十于胸前,左眼朝下,那是在望心……这张黑白颜色的画像,一直保存在我家中,但它终究被烧掉了,随着走路(乡村俗语,死亡的意思)后祖母的遗物付之一炬,化为烟尘归于大地。

想来真是遗憾啊。当初,怎么不留下那张画像呢?我深刻地记得,洋画师送来那张画像时喜滋滋的,他双手呈过画像,对我们夸耀说,那是他洋画师画像以来最得意之作,如此收手也算关门大吉了。对,他就是喜不自禁的样子,他竟然说他给祖母的画像是关门大吉,他的人他的话都出离了平常,自然在我那时看来,就是疯癫的,不可信的。

记忆把我送回孩童时期,我再次看见那个有趣的接近可笑的洋画师,他关门大吉之说响彻我耳朵,他的声音饱含了常年闷在喉咙间的浓痰,有些含混有些拖拉,但那是大实话啊。

## 六

我十一岁那年,母亲随父亲农转非,我们搬到镇上,只留下祖母守在老屋里。十一岁的我已经上了初中,在学校住宿。那时祖母已经七十多岁了,村子那些年开化了许多,不再相信祖母那一套,还有不少年轻人嘲笑祖母是老古董在搞封建迷信。祖母一向硬朗的身体突然松垮,左眼视力日益模糊,她也不再铺蛇皮扎针灸了。据说,村里还是有人信,私下找过她,但被拒绝了。

那年夏天暑假,我回到老家看望祖母。在老家居住的日子,我肚子疼痛,下身流血,我从一个孩童走向了少女。而例假带来的不舒服,无法言说的不舒服,将在每月定期发作,想到这,我心中顿觉厌恶。

祖母的右手,曾经无数次捏着银针对着蛇皮纹路扎针灸的右手,在我腹部上轻轻摩挲,交代我一些常识。不要接近凉水,不要赤脚走路,不要吃凉寒辛辣食物,倒掉洗濯的污水时不能面对太阳,要热情周到地对待每月定时光顾的经期……我听惯了她的话,此番论调虽然啰唆老气横秋,但仍是老生常谈,包含了祖母对待外界的基本态度,我不至于不懂。无非就是:那些来临的新事物,你生命中不可抗拒的新事物,你必须尊崇它善待它,它是有记忆的,自然它也会善待你。

那天晚上,我和祖母在院子里乘凉。祖母聊起我漂亮的表姐,祖母说,被心魔缠住的表姐,找人打胎却没有清除干净,身体一直疼痛,肚子里淤积太多的杂物,躁动不安,那铺上去的蛇皮,凉飕飕的,一下就被吸干水分,在表姐身上耗尽了药性,纹理不再清晰,只好扔掉,那张蛇皮第一次用也是最后一次用。那妮子……怎么说呢?她心思不是一般的重啊。祖母叹息。

已经上初中的我似乎懂得表姐,为表姐辩解:不是她心思重,而是这地方太小了,真的,我有一天也会走到长江外面去的。与其说我理解表姐,不如说我对人生有了想法。外面的风景不可知,但正因为不可知才形成魔力吸引我们,这有什么错呢?看着我一本正经的面孔,祖母敛起面容,指着我肚子说道,你就是大人了,要明白,一些东西跟人一样,不可违,就是走多远,也要记得,尊崇它,它就善待你。

祖母的话又绕到了原点,却让我无从反驳。这是她朴素的认知,是她七十多年尘世生活的所有真理,她以重复诉说的方式训导她身边的人。

你为什么不再……我的询问被祖母的叹息打断,她扬起枯瘦的右手,朝房前屋后画了半圈,你没看见啊?堰塘都干了,潭水也快见底了。

是啊,没有了那深不见底的堰塘和潭水,哪里还有灵异的水蛇呢?即使有水蛇,但缺少了清澈深幽的水质,它会心甘情愿地钻进细长竹篾编织的篓子里去?没有自愿,念佛的祖母是无从收获蛇皮的。缺少了蛇皮,她的针灸术也无用武之地。

初二那年夏天,我十二岁,祖母走路了。她不是在老家走路的,而是在镇上我们的家里,她被我父母用板车拖到镇上。她已经病入膏肓,全身血管硬化,葡萄糖输不进去,她拒绝一切食物。就这样,祖母瘦成皮包骨,瘦成一具骷髅,终于撒手尘世。

我们把祖母送回老家。那时已经兴起火化,但不少老年人害怕遗体被火化,生前交代儿女一定要土葬,儿女就偷偷在田间地头和某些隐秘地方趁着天黑埋葬,满足走路人的遗愿。祖母没跟我们说过要土葬还是火化,但我父母还是在夜晚把祖母拉回村子,在大堤下的树林中土葬了祖母。接着,又在祖母坟墓前焚烧祖母遗物。

祖母的银针和蛇皮呢?

我问跪在坟墓前的父亲,父亲没有理睬我。我又问我两个姑姑,她们同样没有理睬我。

这至今是个谜,祖母的道具究竟去了哪里?是遗失了,是被祖母扔掉了,还是被人偷走了(祖母被接到镇上后,老屋空了大半年,丢失了不少物件)?抑或被传承到其他人手里?谜底还是有的,在那古老的村庄。然而,儿时的村庄早已改版,只存在记忆里。从虚处来,又彻底回归虚处,谜底与谜面合一,它们的异常,在物质科技日新月异的今天终归无用无趣,但从伦理角度来说,回答了尘世间的秘密。

早已走出长江的我,因多种原因回到乡村。古意尚存的他乡,给我返回故土的恍惚感。而走在水草丰美的小径,身边的同伴,她们双手提起裙子,试探着左右脚走起猫步,同时,扬起嗓门惊呼:小心蛇……我喉咙顿时涌现千言万语,却又无法启唇。关于蛇,我知道的不少,然而,相对于蛇本身,我又一无所知。我心绪难平,却只能闭口缄默。

# 我下雪,但我每天都道永别

## 一  暗物质

一雨入冬。清晨的人行道上,步行的,骑自行车的,缩紧脖子匆忙而过。

推着板车卖菜的妇女,一路吆喝着,慢腾腾地从对面走来。尽管她的吆喝对于匆忙的路人来说就是赘言。我还是觉得,吆喝顺耳还漂亮,听听:早啊,买菜吗? 新鲜的蔬菜,才从自家园子摘下来的。漂亮话吸引我的视线。

我的打量却被中断。

他迎面走来,径直向我,我不能对视。早些时候,先生就告诉我,他不大正常,喜欢蹭到年轻女人面前傻笑,然后做些不堪入目的动作。与先生散步时,我会壮着胆子打量——他的衣服肮脏,但不完全破烂,他壮实的身体有点佝偻,右眼眼角有大块暗沉的胎记,荫翳住打探的目光,开满笑花的脸庞总是潮红,显得污秽不堪入目。他的双手乐滋滋地前后摆动,但看见人,手伸到人面前,张开嘴巴,露出一口发黄的龅牙。这样一个被暗物质覆盖了面容光亮的男人,说话黏糊又可笑:给我点吃的,我想要吃啊,总不能让我饿死啊。眼角挤在一块的胎记堆积出黑铁似的阴郁,两个拖泥带水的语气词"啊",流溢出小孩子可怜撒娇的意味。

这个可恶的人的心理不难辨析。他索要吃的,无非缺少吃的,而"总不能让……"的表达方式,又暴露他的认识:饿死,不是他自己的错而是他人的,因为他人没有及时给予……这么说来,他需要的不只食物,还有宠爱,且不得,所以只能乞讨。丝丝怜悯浮现在胸口,逐渐取代了厌恶。是的,尽管是陌生人,可是,他突然跑到你面前,你不得不看见你不喜欢甚至恶心的东西,譬如他的不洁,他身体呈现的锈铁般的暗物质,他近乎下流的言行,他的纠缠……

此时,他站在我面前,扬起脑袋,豁开的嘴巴露出下腭与舌根,眼睛里满是乞求。他让人想起孩子,只不过已经长大却一路被神放弃,放弃在背对阳光的阴面。疾病的苔藓爬上生命的旅程。

他的手朝我伸来,口齿不清地讨要:呜呜,给我点吃的,我想吃啊,总不能让我饿死啊。嘟囔中,嘴角有涎水缓慢溢出。说到底,这是饥饿的召唤。他的手在我短暂的犹豫中,试探着前移,他要图谋不轨——我耸起肩胛骨,偏起右肩,打回他的手。同时,飞速递出手中的早点:拿去吃,拿去吃!

他不接。趁我疑惑时,他飞快地出手,拉住我右臂。呵呵,呵呵——他的傻笑很不流畅,短促、断续,像被什么堵塞了喉咙,给我不干净甚至难受的感觉。

喂,你干什么?

高分贝的斥责声音严厉、刺耳,果然吓住了他。他的手缩回,停留在半空,然后放下,左右手交握在一起,相互搓动。他局促地晃动身体,再次豁开满口龅牙的嘴巴,朝我露出潮红的笑容。呵呵,呵呵……

我拔脚就走。快走,接近于跑,但不能跑,担心引来他更强烈的攻击。他呵呵的笑声不断,一路跟随,里面有很不干净的杂音。

来往的人流分散了他的纠缠。我的心情暂时舒缓并平静下来,仍然不能完全排除对他的厌恶,却也无法计较,他本不是正常人,当然不能有正常举动。

第二天,再次遇见推车卖菜的妇女。她一路的吆喝,仍然毫无新意,仍然不失漂亮。提着早点的我,想买板车里的新鲜蔬菜,我朝妇女走去。

他又站在妇女面前,犹如从天而降。他靠近板车,朝妇女撒娇讨吃的,然后伸出了手。

你干什么啊！这个疯子，着实讨厌。妇女大声呵斥。我停下了脚步，站在不远处看。

滚，滚一边去。卖菜的女人一边训斥一边驱赶。

他退后一步，搓着双手，呵呵傻笑，面色潮红。他是不需要蔬菜的，也拒绝旁人递给他的早点。但他以怪异的笑声、伸手姿势和不断重复的撒娇话语来表达他的渴望："给我点吃的，我想吃啊，总不能让我饿死啊。"无疑，反复表达的渴望恰恰正是他原本缺少的，所以他重复强调。或许，他希冀在不断的惹是生非中引起注意，仅仅乞求一点"爱"……我心中又涌出杂乱的想法，却无勇气走上前。

风猛烈地灌来，我感到刺骨的冷。一个奇怪的想法冒出来，我缩紧肩膀，加快脚步。我没有绕开，而是迎向他和那个推车的妇女。既然避免不了相遇，不如主动面对。

妇女正推板车离开。他依旧在旁边纠缠。

我扬起右臂招呼：我要买青菜。妇女哦哦回答我。他侧脸朝我望望，居然缩回了手，双手交握，人与板车隔出一定距离。

妇女热情地为我推荐蔬菜。也许受到她的感染，尽管他还在旁边，我丝毫没有恐惧和不安，而是顺手递出手里的早点。趁热吃了，你不是说肚子饿吗？男人就要多吃，才有好身体。

他觉得意外，怔了怔，接过早点，却又露出那潮红的笑脸。嘴巴嗫嚅下，终究没吐出什么。妇女也递给他一个青绿黄瓜，说,刚好解渴。男人咧嘴哧哧而笑。妇女又道,我们都是好人吧,欺负好人可不是男子汉作为。男人居然噢噢点头,看我买菜准备离开,他又想跟上来。妇女叮嘱我小心点。

我的心有些忐忑,但还是鼓足勇气,笑道,大哥,你还没感谢我。男人停止脚步,再次噢下,说出谢谢。我扬起右手表示再见,他提着食物转身离开。

卖菜的妇女懂得,他是个病人,而病人的行为可以不计较,她在以健康人自居。这当然没有错。我读过桑塔格的《疾病的隐喻》,关于疾病与健康,桑塔格这样说:疾病是生命的阴面,是一种更麻烦的公民身份。每个降临世间的人都拥有双重公民身份,其一属于健康王国,另一则属于疾病王国,尽管我们都乐于拥有健康王国护照,但或早或迟,至少有一段时间,我们每个人都被迫承认,我们也是另一王国的公民。

对于那个被打发走的男人而言,卖菜的妇女和买菜的我不过暂时幸运地站在生命的阳面。

## 二 身体的暴政

回先生老家路上,先生接到电话,被委托去拿药,于是,绕道到军医院精神病科,帮他同学带回五氟利多片。

车上,随着先生的介绍,我开始揣想那个年长我三岁的男人。他应该有白皙而臃肿的脸庞和身形,这是他常年吃激素药的结果,他行动迟缓甚至僵硬,眼神呆滞空洞,却整天做张望状。一起床,就搬把椅子坐在屋檐下,对着家门前的曲折小路张望,似在沉思。不明内容的沉思却使他混淆了时空,眼前变得模糊,似是而非。他突然跳起来,大声叫喊:把这条该死的土路给我挖了,全挖了。然后,他扛起锄头去挖去砍。狂躁的血液使他周身沸腾,他分辨不了眼前的物和人。凡是挡住他眼睛的,他觉得是故意寻碴儿,于是抡起锄头狠狠挥舞。倒下的总是他的亲人,鲜血淋漓。

他被制服了?我问。

先生回答,强制制服。但强制制服结果就是,他发病的频率越来越高,周期越来越短。

我懂,"强制"这个充满铁锈气味的词语,无时不在传递血腥、冷酷和坚硬。它代表公认或默许的权利,对陷落阴面的个体实施集权和暴政,是对肉身的封锁禁锢。说白了,它是面对阴面行为的非常手段。于他,"强制"的结果,只能囤积他没有发泄完的病菌。大量的病菌积聚,在时间中再发酵再喷射。

先生说,他常常被捆了手脚,在锁了大门的窗子边像狼一般嗷嗷嚎叫。

而开始发病时,他蹲坐在家门前的土路上,不过是水稻田中间的田埂,抚着被锄头砍伤的手臂,哀哀哭泣,然后,呼喊咒骂卷空家财跟人跑了的媳妇。这条小路是唯一连接前面公路的通道,所以,他痛恨这条小土路。

絮叨中,回到老家,我们一起去给先生的同学送药。

走在几乎不能称为道路的小土路上,我很不习惯。田埂土路七弯八拐,肠子一般细弱,仅能落下一个人的双脚而已。田埂上有坚韧的棒头草和苜蓿,这些植株拉拢了细软的泥土,使泥土异常坚实,方便落脚。田埂两边是庄稼地,棉花高大蓬勃。再走上一段,是刚刚被收割完晚稻的稻田,只留下稻禾苑子。田埂上有许多断裂的缝隙,不清楚是否他挖掘的结果。

初冬的阳光,还是爽朗的,拥挤着的红柑橘浓烈地渲染了爽朗。柑橘林后,就是他的家。先生大声喊着他的名字。

他出现在我面前。哦,哦,是你啊,他的眼光移向我——你好。他的双手在胸前重复地搓握。我回应,你好。他的脸庞确实白皙,异常的白,拥挤一块儿的肉显然浮肿,但白胖脸竟然出现了红晕。他羞涩了?

我的心抖动了下。这个高中毕业生,虽是独子却并不幸福,父母脾气异常刚烈。我几乎能想到,在他的妻子卷了钱财跟人跑后,父母指着他的鼻子,气急败坏地叫骂,灌注出"没有用,废物"等暗示。他被叫骂和暗示一点点浸染,再被俘虏。他的思想分成两半,一半提示他就是一个废物,只能连累他人,另一半思想因为所接受的教育又让他怀疑、抗拒。两个思想日夜纠缠吵闹,他开始是静静地听,然后被左右牵制,但心灵如此脆弱,无法调和,被它们拉拽得痛苦不堪。

先生递给他一支烟,笑着说,你是否记得,高二时,我俩在寝室偷着抽烟,被班主任老师发现,在宿舍楼下罚站好长时间。他愣了下,眉心揪在一块,留在某处的眼神浮现困惑。哦,哦,我想想,有这事情吗?他凌乱的头发在金色的阳光下,泛出柔弱的黄色,有着婴孩般的无助。

先生又说,高一下学期九校联考物理,我们寝室就你一个人及格,还是72分,然后不知道是谁故意在你试卷上,把分数改成了52分,结果你聪明地把试卷贴在教室墙壁上……他嘴角咧开,眼神望向半空某处,笑容浮现于微红的脸庞,他沉浸在回忆中。

烟头即将熄灭,先生交代,一定要按时吃药,病好些了,最好能出去打工,换下环境,或许有好处。他点头附和先生的建议,并以语言强调,语速不断加快:就是嘛,我就是这样给他们说的,可他们硬是说我不能适应,担心我不行,担心我死在外面。先生鼓励,你是一个大男人,可以自己做主了。

他坚定而急促地点头表示肯定,他还建议,要先生给他们说说。他说的"他们"是他的父母。好,我找机会试试。允诺的先生,在当天晚上找到了他的父亲,并把他的父亲请到先生老屋来说。

你看见了,他的病那么重,发起病来,可不是闹着玩的……老人已是满头白发,却异常执拗,无法听进任何建议。

无奈中,先生居然建议,他就是压力太大了,可不可以不把他当作病人看,换个眼光和方式……他是病了不假,可是他更需要理解,放开手脚也许更……老人站起来,打断道,你这么建议,我倒真想试下,放他出去……可是,我有个要求,你给我写下担保,担保他不会出事。

沉默中,老人弹灭右手上的烟,告辞。他不接受我们的"理解"说。对于疾病,历来只有控制,对身体实施暴政。忠直对待并理解疾病,如同真理一般匮乏。

他最终还是被送进精神病院。先生叹息。他叹息式的预见在半年后果然变成了现实,这丝毫不能证明我先生有多神。桑塔格早替我们说过:疾病是一种用来戏剧性地表达内心情状的语言。而当语言遭受轻蔑和否认时,也等于摧毁了一具灵魂,疾病已经入膏肓。

## 三　罪恶论

遇到他时,我大约十岁。

他也还是少年,初中毕业在家。没有毕业吧,就是中途辍学,原因并非家里没有钱供他读书。他的父亲是我们村有名的木匠,经常被村里村外的人请去做工,毫无疑问,他们家境比一般庄稼人要殷实。他辍学实在是,他本不是读书的料。那时,他至少十六岁了。

关于辍学的原因,我隐约还知道,与他的身世脱离不了关系。他的父亲在他牙牙学语时,赶走了他的母亲,新娶了邻村的一个年轻女子。后娘不喜欢他,他磕磕绊绊地摸着桌椅和树木学会走路,哭哭泣泣地学会了穿衣洗衣服。他十岁时,后母生了弟弟,然而……襁褓中的弟弟却在父母作乐中,被重叠的身体压死。后母无法出口的羞耻与郁积的怒火变成随时随地的叫骂——祸根,就是你带来的祸害,早晚会把你自己也害了。祸根,你这个祸根……后母的叫骂,响彻在村头村尾和田间地头,甚至追逐到学校。有一天,后母披头散发地冲进课堂,拽起他的衣领,给了他两记清脆的耳光。从此,他不再上学。

回到村里,他形单影只,他从不和男孩子玩。但在女孩子中,只有女孩子的场合中,他会脱掉裤子,捧起他腹部下逐渐昂起的阳物。胆战心惊的女孩子捂着脸蛋跑开,他哭丧着脸,声音抖颤:你们都不看啊。伙伴们屡次传播着他的流氓信息,相互提示警告。

于是,他理所当然地被我们疏远并排斥。我们女孩子躲避他犹如躲避瘟神。

然而,一个村子里,总有意想不到的时候。

我躲闪不及,遇到他了。从我家后门出来,是一片蛇床子围拢的坡地。过了这个坡地,穿过一条公路,就到了学校。

我先说说蛇床子。蛇床子也叫寸金草,生性强悍,自根茎分枝,密密麻麻地蔓延出一整片,再朝上生长,可以淹没我十岁的身体。"寸金草"概括了它的生命力,而"蛇床子"的称谓却告知它是毒蛇蜗居的窠儿。这样说来,作为植物的它,是相对阳光的阴面,被隔离的被遮蔽的,神秘、暴力与危险可想而知。而神秘与暴力、危险的多重浸淫,罪恶似乎不可避免……它该是罪恶之源。蛇床子赋予的遇见也不可避免,恰如人生的隐喻。

春天的蛇床子开满了细碎的白花,宽大毛糙的叶上,有镜子般明亮的美丽。但风吹过,空气里会扬起浓厚的腥臭味,还有说不清楚的糜烂气息。迫不得已路过时,我每次都是急迈步伐,屏息呼吸,飞快离身。

这次,我刚跑过白花灿烂的蛇床子,一眼看见他从公路走来。我吓呆了,不由停下脚步。那丑陋的样子,令我恐惧,我忘记了逃跑。他下身赤裸,黑色的丛草里一条肉红色的"蛇"探出了头颅。显然,他看见了我,还看见我骨架几乎涣散。他感觉到得意,白皙的脸颊浮现潮红,朝我走近。

我呼吸急促,胸腔里一颗心突突地跳动,双腿无力,随后瘫倒在地。他很兴奋,颤抖着双手和声音,捧起探出丛草的"蛇",命令我,你快看它,你快看。

羞耻和自尊使我低头,并闭上眼睛,但热辣辣的泪液刺激了我麻木的神经,向我发出自救的号令。我听见来自心中的号令,逃跑。我不由捏紧拳头,站起来,赶快迈脚飞奔。犹如得到神助,几乎瞬间,我从他身边像蛇一样飞出,跑到了公路上。

下面是两三年后发生的事情。我家早搬进城镇,但我所就读的中学在距离我老家更近的地方,所以,放假或者中途更多时间,我会回到老家。那些日子里,我惊奇地发现,晚上洗好的内衣内裤,晾在阶沿下,第二天清晨起床后,发现衣架空空。祖母也觉得纳闷,不免嘟哝,隔壁彭姊子听见,努嘴道,还不是那个流氓干的,被他妈搜出来几次,真是祸害。

关于他最后的消息是,一个夏天的夜晚,他蹲伏在公路边的棉花地,等到路过的一个女孩,把女孩劫持进棉花地。他脱光了衣服,再次露出下体,要女孩抚摩。女孩失魂落魄地回到家,告诉了父母。女孩父母气急败坏地状告他要流氓,他被抓去劳教。

二十年后,我拿到国家二级心理咨询师证书时,我想到他,一个被否定的心理疾病患者,被女性的否定生出"祸根"毒瘤,在他身体膨胀,蒙蔽他的眼睛和心灵。他把成长的身影完全背离了阳光,留在生命的阴面。但他不服,他要抗拒,还拿出了证据,但阴面中走来的这个男人,除了身体,又有什么?他转过身来,面向阳光展示,那不过是来自阴面的痛苦认知:他多好,他的身体多好,他不是祸根。

也有好多年了,我所在的城市靠近长江有一个公园,每年夏天傍晚,我去公园散步,均会遇见一个女人。她会磁铁一般吸引我们所有行走者的目光。不是她多么漂亮多有魅力,而是……她挺着胸脯傲然穿过洪流般的人群,当然,她裸露着上身。她的胸脯洁白、圆实、挺拔,让人想起月亮的清辉,想起挺拔的山峰,还让人想起幽灵。"白色的幽灵,从你们燃烧的天空落下来",尚塔尔·托马在《被遮蔽的痛苦》中这样说。他说的是痛苦,却为"痛苦"寻求正解,原因就是,肉体与精神双重负重的心灵,正在遭受世人的曲解。

你能想到,对于那个袒胸露乳的女子,众人做到了熟视无睹,不再偏头为之凝眸。大概,人人心中都有一个浅显常识,当一个人把应该被遮蔽的东西袒露天下时,就是病人,一个病人的东西哪怕再美好,也是罪恶……她在他们眼里,是一个精神病患者,一个罪恶的人。

她是患者是罪人吗?我不能确定。但遇见她的刹那,我心中产生强烈的想法,我很想走上前,对女人说:你的胸脯真美丽。

终究没有出口,我没有机会。这个女人她几乎目不侧视,目光专一而冷静。她的傲然漫溢出凛冽的尊严,已经无声拒绝了所有声音。

## 四　梦辽阔

我总在走路,或跑。

泥泞的充满牛粪气味的田埂,浮尘扑鼻的街道,如涕泗横流的河水和溪流……我必须跑,因为看不清面目的人或者凶恶的动物就要扑上来。一路逃离,双腿绵软无力,我扑倒在地上。心焦力竭的我,无论怎样使劲也不能迈开腿脚,我哭泣着朝前爬,逃爬——

它在我睡眠里周期性出现。梦,梦魇。情绪积郁后的自然释放。一个夜晚,我又看见自己站于浩森河面上拱起的木桥上,身体跟着颤抖的木桥摇晃。我竟然清晰地听见雷电的轰炸声,头脑偶尔提示:阳台上的鞋子还没有收进来。此时,电灯亮闪刺眼,我微微张开眼皮,看见旁边的人起身,关闭了阳台的窗户。现实的担心被熄灭的灯亮摈弃,我再次沉入梦中:我在摇摆的木桥上跳跃前行,快到木桥尽头时,一个黑乎乎的影子闪进我的眼帘……我被摇醒,梦中断了。

逃离的细节,总在我大汗淋漓的惊醒中潦草收尾。但它追随我,章鱼一般攀爬上我的睡眠,伸出尖利的八足爪,使我的睡眠摇晃,甚至满目疮痍。

然而,它带着被破坏的战栗和对破坏修复的渴望,犹如一面被赋予魔力的镜子,悄悄展现被屏蔽的心灵之光。就在那样的时刻,生命背过身去,露出阴面之核,颇像传说中的灵光一现。"逃离"积重难返的脚步,因为梦,稀释出阔大而连贯的梦境。辽阔若风的梦境,是回归,还是阐释,关于往昔和痛楚。

但在我看来,是人为的构筑,恰如儿时对一枚糖果的渴盼落空后的补救。

儿时的我总在沮丧时奇思怪想。我屡次怀疑母亲被人谋害,另一个女人(她已经窥伺我母亲的位置多日)化装成我母亲的模样。也许是一只从深山里跑出的千年狐狸,来到了我们村庄,掠劫了母亲,摇身变成了母亲现在的模样。

是的,她的模样发生了变化。

刚才还在恼怒的母亲,此时,面容趋于平静,双手伸向我的被角。纷繁复杂的人事时时令她暴怒,然后是长时间的独自哀泣。她提高的声音和激烈的言辞,让我呆立怔忡,促我奇思怪想,而此际,母亲愧疚地及时伸来了双手,掖紧被角。快速变化的情绪,让我很难跟上并适应。

我继续发怔,奇怪想法还在蔓延。这是很妖娆的女人,她精通化装术,在一个月黑风高的夜晚,掳走了我真正的母亲,然后穿上母亲的衣服,再摇身一变,变成了母亲的模样。我母亲呢?可能正在黑暗里受苦,却没有人去挽救。我突然泪流满面,蜷缩起身体,双手狠狠地掀开被掖紧的被角。

母亲的微笑里带着比往日更深沉的内容,她的话语多出了平日几倍,这使我想到虚张声势这个词语。于是,我更加肯定了刚才的想法,她就是假的,我真正的母亲被她谋害了。我倍受暗示的心理,与母亲的殷勤互为攀附,相应增长。

多年后,我明白,这类似假想的白日梦,是人潜意识里对积压情绪的释放,也是人在潜意识中,对生命阴面的腾空。

阴面,类似生命的黑洞,潜伏在时光的初途。可是,没有谁能够幸运地避免。

白日梦注定要走向梦魇。

父母一次剧烈的争吵后,父亲推出自行车,迎着西下的夕阳,摇晃着,在我家门前的公路上愈行愈远。母亲手脚冰凉地跌坐在地,带倒了身边的凳子,然后长时间地怔忡发呆。我手足无措,吓得忘记了哭泣,倚着门槛,呆望着院子外面的坡路和坡路前面的公路。夕阳西下,光线逐渐模糊。

黑暗中,头脑昏沉的我开始构筑我的梦境。公路上,我慌张地逃跑,跑得我手脚疲软,趴在了地上。然而,黑影追上来了,是不苟言笑的男子,他追赶得笃定有力,接着,男性变成了女性,穷追不舍中,女性又变成了男性,面容模糊,却有着坚硬的手臂,在我的眼角真切地闪过。我拼了全力跑,跑过田埂沟渠,跑过一条公路再爬过一座山坡,发现自己跑到了悬崖,不由得站住。悬崖下面的江水汪洋恣肆,深不可测。我瘫倒在地。黑影跟上来了,朝我伸出手臂。我闭上眼,心一横,站起来纵身一跃……扑通中,我跌落到水里,水流摔出的浪花冰凉刺骨,巨大的浪花漫过肩膀和脖子,心中满是恐惧。我会淹死吗?心悸蒸发出淋漓的汗水,在艰难的挣扎中,我惊醒过来。

逃跑的梦魇不一,却总以跌落水中收场。为什么是水?源于我对水的恐惧记忆。我的家乡是长江中的孤岛,四围都是水,岛上的堰塘沟渠丛生,自然,因为水而发生的天灾人祸随时可以降临。

梅的二姨是村子里最倒霉的女人,她生下一个豁嘴的儿子被婆婆赶出家门,在靠近长江边搭了窝棚,儿子三岁时死了。第二年,她又生下一个豁嘴男孩,孩子又死了。第三个孩子仍是豁嘴,豁嘴孩子五岁时又命丧黄泉。他们的坟头排成了一条直线,静静地躺在土堤下的杨树林里。杨树林子下是陡峭的岩石垒成的第二道堤坝,堤坝下是绵软匀实的沙滩。江水在日益暖和的天气里一点点地漫过沙滩,拍打岩石。

有一年,暴雨连绵,长江暴怒了,它在岩石堤坝上卷起大朵的浪花,然后冲过堤坝,漫进岩石上的杨树林。梅的二姨站在不断升高的洪水里,双手在洪水里打捞,尖声喊着:"我的孩子被冲走了,帮我救救他们。"她在洪水中的身体越来越小。暴雨下的长江水位不断上升,快要淹没杨树林带。梅的父母赶来,踏进江水,冒险拽出梅的二姨。

梅的二姨被拉上江堤后,整天散乱着头发,衣衫褴褛地在村子里游荡。这是被水鬼掳去了魂魄的女人,她的身子轻飘得没有重量,在阳光下影子般轻轻地飘忽。她喜欢捕捉孩子,水边的孩子。她的黑影总在某个说不准的时刻压下来,贴在明镜似的水面。她要干什么?是拉回水边的孩子,还是把水边的孩子推进水里?不得而知。往往是,她轻忽的影子飘过来,水面显现出她的身影,而水边的孩子受到惊吓,一阵尖叫,跌落水中,一边挣扎一边呼救。于是,响动引来了会游泳的人,孩子被及时救起。

一个寂静的中午,我去堰塘里清洗茶杯。出了家后门,横穿一条公路,公路下就是一方堰塘。这是夏季的一个艳阳高照的中午,我蹲在紧靠岸边的跳板上清洗杯子。她来了,黑影压在我的影子上。我惊恐地尖叫,然后跌进了堰塘。我呜呜地哭喊救命,那个疯女人竟然踏进水流,伸出她的手,但我拒绝,惊慌失措地朝水流中心下滑。我呜呜地哭叫,双手在水里胡乱拍打。手指距离水面只剩下几厘米时,公路上一个路过的行人,慌忙踏进堰塘,拉起了快要被水淹没的我。

母亲赶来时,那个疯子湿着裤脚,又朝我俯下身子。她的脸上带着好奇的询问。但她刚刚俯下的脸庞,被满脸愠怒的母亲甩了一个巴掌。她嗷嗷地捂着脸庞分辩,你欺负人,平白无故地欺负人,水要冲走你的。呜呜。

这种恐惧被时光钳制成紧密的阴影和沉闷的记忆,它们贴附在我的血液上,阴凉而无声,汨汨流淌出秘密河流,在时光的阴面涌起忧伤的潮汐。忧伤的潮汐,缓缓吟唱……梦境来了,恰如尚塔尔·托马所说的"我下雪,每一天我都道永别"。

尚塔尔·托马说的还是痛苦,仍旧把"痛苦"物理化诗意化。物理化是承认"痛苦"无所不在的存在本质。诗意化是举重若轻的正视态度。梦境的出现,再合适不过。

说来,梦境是另一种版本的记忆。它有修改的权力,有演绎的本事,也有穿越的能耐,但无论怎么改版升级,它均忠实地受命于阴面之核。而阴面,在童年就轻易地摄取了命运河流的源头,它托付梦境呈现,并释放它的沉重。

一些梦仅仅就是梦而已,清醒后就无影无踪,所以,多数时候,做梦的人难于记住他们的梦。但细想,很多事情,曾经被宿命的河流卷裹,却因为梦境得到神奇的照应、释放。阴面,神灵一般,再次露出它的脸庞,要人看重并按图索骥地提供它的秘密轨迹。被遮蔽的痛苦,得到了正解。

那一刻,幸运人会听见来自阴面灵魂的呼唤:你愿意跟我下坠吗?我下雪……每一天,我都道永别。

# 黑狗曾来过

## 一　纵身一跃的睡眠

微信群的蜡烛亮成了灵堂。群是我们高中同学群,飘曳的红蜡烛上方有一段文字,是 A 君发出的消息。消息说,田同学今天凌晨走路了,他趁着夜色从自家阳台走下来,走出十个楼层的距离,走到地面,完成了生命的最后一跃。A 君从事文化工作,以文学笔调淡化了死亡的惨烈。这极富修饰语气的叙述,实际是,他对田同学的死长长舒了一口气,似乎,田同学死得其所——但总不能在文字中直接表达,那岂不是幸灾乐祸?我们毫无责备。A 君不过以轻松语气来输送出他曲折的尊重。

我们不会不懂。

但我们真的理解田同学吗——不,准确地说,我们可曾理解他的跳楼自杀?

田同学是警察,与我生活在一个小城。十多年来,各种理由的同学聚会此起彼伏,田同学也隔三岔五地参加,看不出淡然也看不出热情。比如高中学校50年校庆;比如他为我帮忙处理了一件小事,我请客,召集一帮同学小会他姗姗来迟。似乎还有几次,均可慢慢道来,而这都是四年前的事情了。近四年来,进入中年的我们每年都有一两次聚会,我偶尔参会,他固定缺席。

但我们不能要求他了。

A君最后一次描述他见到的田同学:消瘦,脸上黑沉,眼角都是褶子,眼睛发红满是血丝,眼神不知看哪里,与人说话时只会哦哦。田同学显然不想理我,要不是我喊他并站在他面前,估计他看见我就当看见……A君嘿嘿笑着吞进他比拟的词语,狗屎?陌生人?树叶?是什么无关紧要,要紧的是,田同学越走越远了。

他这是自暴自弃。我们异口同声地总结。但我们也知道,田同学不快乐,不快乐的情绪笼罩并压制着他。我们私下议论多次,他怎么能这样呢?他是警察,是一个成年人,他应有调节情绪的能力,只要他努力,他能够的,他却任由自己沉陷。我们唏嘘哀叹。

哀叹中,我们不免回忆他的经历。我们在笑声中一起回忆。

两年前的一个初夏,他接到一个任务,对口负责鸭子口村。鸭子口村刚收割完油菜和麦子,那么,如何处理成堆的秸秆成为五月的一项大事。以往,农民大都把秸秆堆在田间地头,然后一把火完事。但现在,明文规定,为了保证空气质量,禁止焚烧秸秆。具体说,他的任务就是亲自到田间地头督查,严禁村民焚烧秸秆。

五月的一个周末清晨,天刚蒙蒙亮,田同学接到电话,村民趁着这个机会正在田间焚烧秸秆。他和同事赶去。噼啪燃烧的秸秆已冲起大火,烟雾腾到空中撒欢。他们上去,手忙脚乱地扑打。他一边扑打一边耐心解释:秸秆不能燃烧充分,随着烟雾腾到半空会形成有害的气体,而且还会形成严重的雾霾,这些都不利于我们身体健康。村民不信,他们不信的理由坚不可破——看看互联网看看科技书,看看网民的议论,早有共识:雾霾形成与焚烧秸秆不能成为因果关系。更主要的原因是,村民认为,焚烧秸秆后的草木灰可以改变土壤酸碱度,能使土地肥沃,还能烧死害虫,这是祖上传下来的经验,他们深信不疑。所以,村民听见他的叨叨令,不由得恼火。两三个壮年汉子上前骂他二货傻×,也许比这个更加难听。田同学被辱骂,当然要反驳,但他毕竟是警察,注意了言辞,只是要求村民"嘴巴放干净了说话"。田同学克制了情绪,但村民却不,或许从田同学的克制中读到了虚弱,他们由此助长了威风,旁边又有村民点燃了另一个秸秆堆。辱骂田同学的是庄氏兄弟庄大和庄二。田同学不耐烦地警告村民:你们不听劝告公然挑衅,小心我抓你们——庄二跳上前,推了把田同学,田同学本能地挥手,却被庄大抓住。庄大高呼:不得了,警察打人。村民闹哄哄地叫骂起来,而火势越来越猛。气愤的田同学转身去警车上拿来水枪,对着秸秆堆灭火。哗啦啦的水流声中,庄二他们抢夺水枪。田同学手中的水枪气势汹涌,对准了庄二。庄二顿时倒在地上。这是疑问点:到底是庄二身体衰弱,经受不了水枪的猛力而倒下,还是他故意而为?

事情在这里发生质的变化。第二天,鸭子口村的村民聚集在派出所,状告田同学粗暴执法,强迫农民承认焚烧秸秆形成雾霾并动用公器威胁,造成人员二级伤害。他们扯起横幅,抬着受伤的庄二,把派出所院子门围得水泄不通。暂不论焚烧秸秆与雾霾的因果关系——这条恐怕论上一天也不会有结果,但另一条……庄二的受伤鉴定白纸黑字啊,如果不及时给出意见,鸭子口村民肯定会闹到市政府去,而此时正值省级文明办来验收——此诚危急存亡之秋也(A君如此补白)。派出所当机立断,应诺村民,一定严肃处理田同学。

结果是,田同学被罚款赔偿庄二,并上门道歉。庄氏兄弟什么都不接受,他们捏着那张受伤鉴定书告到纪委。不久,纪委处理意见下来,田同学受到严重警告处分。

事情到此为止了吗?

没有。一张照片传到了我们当地的一个生活论坛上,照片上,田同学开着敞开窗户的警车出现在学校,下面配有加粗的文字:警察开着公车接送儿子上学,请人肉他。随即,这张照片传播到其他网站。A君及时补白：田同学倒霉到家了，他这是出警返回途中，刚好经过儿子学校，因为儿子下楼崴了脚，顺便带儿子回家，哪想……A君摇摇脑袋，我们跟着叹息。被炒到网络上的田同学，再次被人翻出他与庄二的冲突，田同学一下成为我们所在城市的"名人"。沸沸扬扬的舆论压力下，派出所不得不再次处理田同学。田同学闲起来了。没有事情做，没有人理睬。仿佛一块被盐水腌浸的腊肉，只能挂在冷寒天中去风干，要不就会腐烂发臭，会带来严重影响大众呼吸的质变事件。

回忆到这儿，我们沉默了。能说什么呢？田同学的遭遇有些无厘头。我们忍不住把他偷换成了自己。"忍不住"并非意味我们多愁善感，而是我们也曾撞在现实这块石头上，领教了这块石头的厉害，不过是多与少、重与轻的问题。我们只有沉默。

田同学后来找过我。另一个同学B君冷不防地打断了沉默。B君是精神科医生，说话总是小心翼翼。他找我开药，帕罗西汀。我们眼睛齐刷刷地看向她，看向她突然紧闭的嘴巴。B君脸红了，纠正道：别误会，他不过经常失眠心律不齐什么的。

但他就是不快乐，情绪低沉。A君大声道。这有什么呢？他不放任自流就好了，完全可以的，比如找我们这些同学倾诉倾诉，也可缓解下压力吧，说不准我们还能帮他出出主意，可他偏偏不。

B君道，他这是抑郁症，是一种病，我们不能要求他。A君附和道,这病我听说过,嗯,经常性失眠的确痛苦,所以嘛……这次他倒是彻底解脱了。

饱受失眠之苦的他彻底解脱了。披着黑夜的外衣,从10楼阳台走出,落到地上闭上双眼,实现了永久睡眠。我也如此认知。关于抑郁症,我认知有限,但成年的我多少还是明白:这纯粹来自精神方面的痛苦,无法麻醉只能生硬接受的痛苦,时不时就有洪水般冲垮意志这道闸门的危险,那么,终结它,有时候等于终结生命。

失眠。忧郁。焦虑。疲乏。它们蔓延在肉身,哪里只是田同学的独享?2006年中国6座城市调查报告显示,普通成年人一年内有过失眠的比例高达57%,其中53%症状超过一年。而失眠正是抑郁症的主要表现,严重失眠还是抑郁症患者患有自杀倾向的主要原因。心理学家曾调查,抑郁症患者中61.2%的女性、68.6%的男性存在失眠。这些数据表明,失眠就在我们身边,抑郁离我们也不遥远,时刻等待机会上前拢身……

英国前首相丘吉尔曾代我们道出:心中的抑郁就像条黑狗,一有机会就咬住我不放。他又以过来人的姿态告诫,要是有黑狗来找你,千万不要置之不理。

## 二 失眠横亘的夜晚

今天你睡好觉了吗?

这些年来的3月21日,我总会收到这样的短信。作为一项还未像世界无烟日世界环境日之类普及的世界性活动节日,世界睡眠日有些冷清。它出现在我的手机上,缘于我曾被朋友介绍参加了一项调查,是在2008年深秋时节,有关睡眠质量的调查。作为回馈,2009年以来,每年的3月21日这天我会收到这条不乏温情的询问。

这条固定的短信出卖了我的某些经历,失眠曾经横亘我的夜晚。

> 夜晚浓黑的空气中,风声隐约,不断震动,麻木睡眠这根神经,却唤醒我们的意识。在意识的海洋中,我们清晰无比地看见,来自往昔的船只与现时交会而过,而被波浪折叠的剪影荫翳住某些感官……

我曾经如此描绘失眠。

那是一则被约的小文,它将出现在报纸上,我周围的人很可能会看见。他们看见的——不是文字,是我的失眠。失眠的症状将会佐证我的疲乏苍白,还有比较严重的黑眼圈眼袋,更甚的是,它会佐证我疏于人际往来和一些公众活动的不合群。那时,他们会大着声音建议,你精神太差,原来长期失眠啊,多参加活动多多与我们交流哈,还独行侠似的,你的失眠恐怕更严重了。他们早就说过。这次如果抓住文字证据,更会言辞凿凿。但家长里短和推杯换盏却更助长失眠,我这样的看法,他们听闻,恐怕会笑掉大牙。如此,我选择了矫情,尽量将"失眠"去掉色彩,屏蔽了它天生的痛感。

现在我一字不漏地重复那段文字,好像我昨天才写出。这番感觉下,我陡然醒悟,那时我没有矫情,而是以经历者的身份客观地描述其症状。是的,那时是 2008 年 5 月,汶川地震了,震源离我很遥远,但是又很近。地震时,我刚从医院看望一个病人回来,泡了一杯绿茶,就在茶叶苏醒中,陶瓷茶壶突然从桌上滑落,茶水泼溅到胸前,而我不堪一击地倒在地上。我坐在地上,胸前湿漉狼藉,裸露在 V 形裙领外的皮肤迅速地发红起泡。热茶烫出的疼痛似乎掳走思维。很快我知道,发生了地震,距离我近一千公里的震源余波传感到我这里,并伸手捏住我的脑神经。5 月中旬开始,我失眠了,睡眠在这两个多月的时间里一刻钟也不曾光顾。那时,一种情绪浸染并主导了我本来就脆弱的睡眠神经。我在其中沉陷,随波逐流,但我拒绝承认,这么长时间的失眠就是病。我情愿自己"矫情",也拒绝将之归纳为"症状"。

说到底，我羞于承认自己患上失眠症。

那个染病的人，我的一个师兄，他以溃败的外形警醒了我。失眠症下的肉体和精神，犹如一缕飘忽的青烟，左右摇晃，散发出类似梅雨天的霉味，然后颤抖着足迹消逝，唯有灰烬证明它的存在。

这是可怜的，也是令人不齿的。

看看，他年过而立，上有长年患病的老母，下有一双儿女，可谓家庭的中流砥柱，那么，他有什么资格放任自己失眠？他有什么资格哈欠连天地在眼眶漫出浑浊的水液？他又有什么资格在我们面前诉说他的痛楚？事实却是……他的痛楚在他断续的诉说中碎片化，而碎片又呈现了真实，但真实在放大的"溃败"具象前丧失了共鸣。起码在那时的我看来，"失眠"分解了学识渊博的师兄的某些魅力，也分解了我的尊重。

我试遍了所知道的一切药物，没用，根本没用，哪怕一个晚上吃掉好多安眠药……哈欠吞掉师兄后面的话，眼角的皱纹适时堆叠出无奈。师兄右手在脑袋上抓痒，而脑袋上乱糟糟的油腻头发已冒出大片的灰白。

我调转开目光，说道，你可以尝试下，把白天的工作安排得满满当当。我的语气干脆，把建议说成了吩咐。

我懂你的意思，不是我不做事，而是有些事情身不由己。

师兄说的身不由己，我知道。他的确做过许多事，办过民刊,开过印刷厂,跑过运输,现在在一家杂志社办刊物。怎么说?他的经历虽然丰富,却充满了失败感。民刊一度红火,却因经费断了链条只好停办。印刷厂因为合伙人一夜卷走了所有现金留下债务,他只能变卖了设备还债。运输当地土特产到荆州,因不满当地警察的行为而发生冲突被带进派出所,吊销了营运资格。办杂志呢?前几个月推出一篇回忆性文章,有人举报文章有差错,作为值班副主编的他被要求做书面检查……而事业的失败,分明证明,他的勤勉和用心实实在在,结局大抵相似,他总是输在一股气上。他自己概括为"意气"。

说到这里,师兄羞赧一笑。一点不假,那个真正的词语被他的羞赧及时遮盖,也只是欲盖弥彰。意气在诸多行为前反复出现,差不多已露出了底牌,就是那点尊严,做人的尊严。可这个词语,在闲聊中提出未免正儿八经了。它的确存在,但缺乏庄重的场所,它的缺席理所当然。我们心领神会,也不会点破,却不约而同地做了一个动作——垂下脑袋。不好意思啊,我们竟然刹那间集体领会了那个词语。师兄再一个哈欠后,又接着说,总感觉自己像条狗……

那次我们一起在茶楼喝夜茶。师兄喝白开水,原因明显不过。十一点还差一二十分钟,师兄告别,他要恪守生物钟规律,在十一点之前赶回家上床,哪怕继续"失眠"。我们拊掌大笑。

反正你也睡不着,何苦赶回去?

我要给睡眠一个仪式感,说不准它体谅了我的苦心就来了。师兄的回答让我们笑了好一会儿。那年,我二十七岁,偶有失眠,但我深藏这个秘密,因为我深信,失眠就是矫情的代价。

五六年后,失眠症找上了我。我脑袋明明昏沉,但是一挨上枕头,顿时清醒了。那种清醒,好似驻足茫茫雪地的感觉。冷冽的风中,世界打开,意识接到电流一般复苏通畅,一些细节走来,走来,走出画面和声响,走出图像后面的背景。意识唤醒了潜意识,而潜意识带来深沉的背景,时间就此打开了缺口,往事涌现摇摆。

一旦染病失眠,失眠就会庄重无比地光临。而意识与潜意识也在此划分了界限。意识中,失眠的人会尽力屏住思维,不去胡思乱想,但潜意识却以强悍的生命力宣告它的胜利。那就是:当你脑海空白时,你的脑神经麻麻作疼时,失眠的命运站稳了脚跟,你无可奈何。

"潜意识如果没有进入你的意识,就会引导你的人生而成为你的命运。"荣格这样区分意识和潜意识,他是从心理学的角度来谈论的。他不带有任何感情色彩的区分,是为了公允,这样的公允态度下的区分,潜意识与命运画上了等号。这不难理解,难的是,潜意识在意识背后,在虚幻以外,是虚幻的虚幻,它注定了神秘不可解。

失眠成为惯性,横亘在夜晚。大脑神经频繁跳跃,导致脑海图像缤纷,或者一副大雪茫茫天地真干净的模样。两种看似南辕北辙的路径,却在曲径通幽处显示一个事实,失眠症下的我正在体会身心饱受折磨的痛苦。提不起兴趣,总感觉莫名的悲伤,而倦怠袭身……

## 三 夜跑者

2009年秋天开始,我每天长跑。那时,我所在城市有个露天的田径场。清晨,我撒开双腿转圈,八百米、一千米、一千六百米、两千米、三千米,再慢慢走回家。2012年底,运动场被改建为公园。2013年,我在另外一个大公园断断续续地跑完一年。2014年开始,我改在女儿读书所在的中学校园跑步,迎着夜色跑,成为一名夜跑者。

我为何成为一名忠实的户外长跑者?是因为写作而效仿我喜欢的日本作家村上春树吗?或者说,村上春树把长跑和写作两者相互促进的理由阐释得如此生动,从而打动了我?

都不是。追根溯源是因为失眠,失眠症下的我,选择跑步干预失眠,其间有些曲折。

2008年8月中旬,我给师兄电话,关于失眠症及其治疗。可喜可贺啊,师兄虽然还未完全从失眠症中走出,却缓解不少,他可以断断续续地睡觉了。他的声音在电话中清晰通畅,一改以往表达时哈欠连天的状况。他怎么治疗好的？吃了什么药物？

师兄还是那句话，吃过不少药，都没见效。我不信，强调这就是疾病，而疾病肯定需要药物治疗。师兄哦了声，答道：是自己调节好的，主要是心理。

没错，这疾病有肉体的痛苦，却更是心理上的不适。刚拿到心理学二级咨询师证书的我不可能不了解，任何疾病均是心理出现问题的预警。那波段般颤抖在时间维度上的心理曲线，谁人不是起伏跌宕？自然也无人能避免生病。

可以说，身体病症是个体心理状况的晴雨表，而心理变化呢，它是一个人社会性的标志，是一个人与社会发生关系后的情绪体现。简单点说，疾病等于一个人的遭遇。例如，一个未成年孩子患上鼻窦炎，源于父亲管教严厉，常常打他、骂他，而且过多地限制他，他的鼻子、呼吸器官受到了压抑，所以他就产生了鼻窦炎。一个甲状腺有问题的人，通常有遭受过严重羞辱的经历，甲状腺正是耻辱感的表现。糖尿病是跟控制有关，当情况失控了，这种病就会产生，我们常常看见，糖尿病经常发生在曾掌握权力的退位者身上。诸如此类，不胜枚举。但疾病发生了，心理需要调适，药物就能减免吗？不能吧，药物是对症状的物理干预，这是颠扑不破的真理，否则医院早关门大吉了。失眠症带来的疲乏沉闷和精神恍惚，更多时候，是一种精神层面的疾病，其痛苦程度不亚于肉体，恐怕同样需要药物。

好吧,你可以试试北京同仁堂的健脾归心丸,但主要还在于平时调适……我急不可待地结束通话,掐断了师兄的建议。我的不礼貌,在失眠症的折磨下似乎可以忽略。因为,我迫切希望自己能进入一场酣畅淋漓的睡眠,而睡眠不仅养神,还可以清理大脑整顿心灵。"健脾归心",多么恰当的词语。事实是,2008年秋天,借助健脾归心丸,我的失眠症好了许多。

可我忘记了,疾病也有它们的庄严处。我用药物在某种程度上干掉了失眠,却忘记与它和解。2009年夏天,师兄对待睡眠的仪式感细节反复闪现在我脑海,我为自己当时的哈哈大笑而生歉意。当失眠症卷土重来,我终于看见,"失眠"是有记忆的,带着被轻慢的愤怒再次靠近了我,以焦虑烦躁疲惫向我宣告,我干不掉它,它需要被正确地对待。

干掉,多么令人羞愧的词语。作为疾病,失眠症给身体带来的痛苦不言而喻。而痛苦并非错误和罪恶,它怎能被我发配到对立面?作为存在,个体无法避免的存在,它在说话……带着被扭曲的情绪发出遮蔽的声音,它在抗议,对曾经遭受的轻慢,它在愤怒,对被曲解的遭遇,它在呼吁,一具肉身对周遭环境产生隔膜的控诉。当个体以肉身和精神的双重身份认可病症时,疾病显然不再属于病理学心理学层面,它具备了社会学意义,是个体对待个体所处环境的吁请和抗拒。屠格涅夫的小说《前夕》在结尾时,写到一个人的死亡,那个流亡的保加利亚革命者因沙洛夫,意识到自己无法重返保加利亚,在威尼斯一家旅店里,因思念和沮丧而变得病恹恹的,染上了结核病,随后就客死他乡了。这哪里只是一个人的病死?这是一代流亡者的真实境遇啊,不过借一个人"病死"的命运浓厚地渲染出流亡者的悲怨情绪罢了。

没有什么能够干掉它,除非正确对待——情感上的善意理解,尊重它,如同尊重生命,还不够,还要倾注情感去爱。正如托马斯·曼在他著名的长篇哲理小说《魔山》中借某个角色解释疾病:疾病的症状不是别的,而是爱的力量变相的显现,所有的疾病都只不过是变相的爱,而变相的爱,只有爱本身才有资格和能力去矫正。这种爱,于他人和社会是外因,而于患者本人,却是内因。

倾注了尊严善待自身,自爱者等于自救。

2009年夏天,我再次给师兄电话,关于失眠症的自我调节。时隔一年后,师兄那个被我强行掐断的跑步建议终于响彻我耳边,我虚心接纳。

跑步,长年累月的户外慢跑,训练出一位马拉松资深爱好者。师兄多次参加国内的大小马拉松比赛,而那最近的两次,是2009年1月参加重庆万人准马拉松赛和5月的半程马拉松赛。我听闻,没有丝毫诧异。所有体育项目中,马拉松赛不需要条条框框,它的宽容仅局限于参赛者本人,恰恰又是这种包容,表明了它的孤独性，马拉松就是自己战胜自己的赛事。

师兄说，我的脚步无法停止。这句直白透顶的自我陈述，充满了隐喻，失眠者正在以脚步唤醒伟大的睡神，脚步不止，睡神莅临。

2009年秋天，不下雨的清晨我都不放过，在这个季节，我的跑步完成了八百米到一千六百米再到三千米的转换。起初，八百米就使我气喘吁吁，但一周后我感觉脚步不想停下来，于是在操场上继续转圈，坚持每天跑一千六百米。十月底，我改成每天跑三千米。慢跑中，风声咬紧耳朵私语，我的鼻息带着婴孩似的吹气声，缠绕于鼻尖逗弄，而周身血液在加速加热，打开了长久没有清理的脉络，我的肺部半张半合，交换机一样交换身体内外的气息。那年秋天，我郑重无比地认识到，身体的每一个器官每一个零件，它们都有生命，它们需要对话。

2014年我改成夜跑。每晚八点半去校园，这是一座占地319.2亩的新校区，道路阔豁，四条外围大道将校园围拢成一个方方正正的四方形，我沿着外围林荫道跑完两圈足够。彼时，葱茏校园安静空阔，路灯闪烁，将道路旁密麻的桂花树樟树玉兰树投影在地面，折叠出幽深的树林墙。我一步步踩过树林墙，一次次地把自己的影子重叠到树林墙上。如果有月亮，那真是说不出的清爽，月亮总是那么近，悬浮在前面一团似山巅的树梢上面，要么就挂在其间，稳稳地绽开笑脸。皎洁的月光中，我忍不住去打量第二个拐角处的池塘。这方安静到能听见水纹波澜声的池塘,刹那间送我回到了童年,送我回到那被水环绕的村庄。

那片寂静……有鱼跃出水面,啵呲声后,池塘上空闪烁出流星样的光芒,擦亮我眼睛的瞬间,扑通一声,鱼儿又扎进了池塘,水面波光粼粼,荡漾一阵涟漪。

若是春天,那简直是天堂般的享受。树木香青草香花香,交融在空气中,随着夜风涌来离去再涌来再离去……我的脚步合着心胸的器官,踏踏地踩响静谧,踩出稳稳的心律节奏。

我一个人的空间。睡眠之神的后花园。我们游荡追逐。

一个大雪天,校园白雪皑皑,道路盖着一层雪被。夜晚,雪光点亮校园每一条道路,清冽的气息既诱惑又阻止我的脚步。我的脚步不能停下来……我戴上一顶帽子,完成了三千米的长跑。

雪地上落下的脚印狗爪一般歪斜,层叠出厚重的秩序感,推移出醒目的方向……一条狗来过,顺着道路而去。这唯一一次类似摄影的记忆,定格在我脑海,标记我那些跑步的日子。雪地充当了相机的功能,它鲜明地告知并警醒,黑狗要是来找你,千万不要置之不理。

## 四　黑狗曾来过

微信上,刚刚加上好友的她询问,晨跑好还是夜跑好?

我果断回复,夜跑好。她否定,举出晨跑好的诸多理由,譬如空气清新有利于肺部换气,譬如清晨运动符合自然规律,譬如血液从早晨开始流通能够带来一天的好精神……

既然如此信奉晨跑,又反过来询问我,什么意思啊?她说没什么意思,之所以询问,是因为读到我一篇夜跑的小散文,但是她不信我写的。我弄懂了,她强调"不信",不过以"不信"坚持她的信奉。这于我——彼此陌生的一方看来,类似于小孩子赌气。

我不作声。其实,晨跑也好夜跑也好,只是个人习惯问题。她不可能不知,犯得着赌气吗?约莫一分钟后,她报出身份,田同学的妻子。原来还不是完全陌生的微友,她加我微信找我……我发出一个问号。她回复,田曾经是夜跑者,如果当时他选择晨跑,会不会情况有好转?

田同学也是夜跑者?他选择晨跑……我蒙了。人都不在了,还是那样惨烈的离世方式,她不主动说起,我肯定不会触碰有关田同学的一切话题。她却主动谈起,直接说到她丈夫的离世,语气充满痛惜,但她把这痛惜拿来商讨……我不知如何回答。说来,她虽是田同学的妻子,但我们算不上熟人,那篇有关夜跑的小散文中,我并未过多地谈论夜跑与抑郁或者夜跑与睡眠的关系。丈夫自杀,抑郁症,失眠,夜跑,晨跑……她真正要谈论什么?

很快,她察觉到我的警觉。我当然担心,担心被人发现秘密——特别是同处一个城市的人,说到底,失眠症就是精神隐患,而失眠症与抑郁至少轻度抑郁很有关系。我不想说话了。她却打出一长串文字,我盯着那黑麻麻的文字半天移不开眼睛。

田同学坚持了半年夜跑,睡眠有了轻微改善,情绪也有了改观,但是那天他去了一趟单位,不晓得发生了什么,也可能什么也没发生,回家时带回一串香蕉,说是香蕉抗焦虑。谁晓得,那天晚上他很迟才去跑步,沿着江堤跑的,跑了许久,回家已是凌晨,她早已睡觉。意识中,她知道他跑步回来,似乎他洗了澡,然后就上床了。田同学那晚肯定失眠了,否则……她早晨起来跑步,发现阳台窗户打开,再发现……

她的陈述这样收尾:要是我说服他,与我一起晨跑,或许能避免悲剧。

我无话可说。我的眼睛被手机微信散发的光刺疼时,她又发来了一句话:我也轻度失眠,抑郁带来的失眠可以传染的。

我手指在屏幕上慢慢打出一句回复:现在好了一些吗?

她马上回复:没有,但我不会像他一样抑郁,因为我有大事情要做,那就是,他受到了不公正的待遇,才导致他抑郁然后自杀,我要寻求一个公正,每天,我就被这个信念支撑着,否则,他会死不瞑目的,而我们一家人焦虑恐惧,心中充满了耻感,这不公平……不如死去,但我死去,所有问题都不是问题了,而耻辱还在。

我的手指又凝滞了。她觉得我是田同学的熟人,不应该为他们的遭遇而沉默,这样的沉默……她理解成冷漠甚至轻视了吧,于是,她反问:难道我们一家的悲剧真就是活该或罪有应得吗?

当然不是。

可我心灰意冷,思维凝滞,找不到一句合适的话答复。她有错吗?我摇头,我却为何一再沉默?我不清楚。我的沉默终于激怒了她,她气咻咻地发来一段录音:你那篇"夜跑"文章我看了,矫情透顶,我挺反感的,你们根本不知道什么叫绝望什么叫耻辱,就只晓得捏着嗓门说东道西。

够了。我终于回复了两个字,然后迅速关闭了微信页面。

她加我微信原来就是表达她的反感,对我"夜跑"一文的反感。

我此时容纳了她的反感,怎么说?我是烦她,烦她因我的一篇小文就叱责我,但我听见一个声音在说,她可能是对的。我用"可能"是因为,他们一家的确受到了不公,可这不公有些无厘头,尤其根源模糊不清。这根源——掰着指头细细数,是来自田同学的单位吗？是来自那个名叫庄二的农民和鸭子口的村民吗？还是来自那虚拟的却阔大无比的网络？再追究深一点，是来自那些传播在大众中的言论指令吗？似乎都是似乎都不是，严格地说，没有一个是田同学真正的施害者。这根本就找不到对象的施害，却无论如何也遮掩不了"伤害"实质，也无法减轻一分田同学受到的"伤害"。她作为受害者家人，作为被传染者，她的抗议吁请真不为过。

可是，没有确切的施害对象……她的吁请抗议何为？这找不到对象的抗争，却成为同样患有失眠症的她的支撑。若真如她所说，这个钢架似的支撑，如山一般矗立于她的日常生活时，她成功避免了抑郁，也许是件好事。

那天，我再次打开微信，看见她的留言：我不是抑郁症患者，但我熟悉它，它是个体病，更是社会病，今天你不为它争取名誉，明天你就会为它买单。

抑郁症……社会病……名誉……买单，我读了两遍，心中震撼。没错，她说得一点也没错。这是她的认识，更是她的内在体验，透出凛然不可侵犯的强悍与决绝。她说她在寻求正义——又哪里只是她愤愤不平的情绪宣泄？恰恰相反，那是透支了生命的深沉理解，足以涵盖她行为的诸多意义。她以日常践行她的表达，在此时的我看来，可信可叹。我想起了巴塔耶的《内在的体验》一书，其中关于生命的体验，巴塔耶这样说道：我活着是凭切实的体验,而不是逻辑的解释。无疑,巴塔耶的体验因摈弃空洞的理论令人信服。

内在的体验下,她把想法付诸了行动,不过是为了"活着"。

我想了想,在微信上打出一段话,郑重发出。那段回复是:其实,我们都是同类,在无数的"你"和"我"组合的境况下失眠、抑郁,但我们都在以一种方式抗争,晨跑也好夜跑也好,你的抗议吁请也罢,万途归一,那就是——从不放弃,仍要去爱那些将我们连根拔起的东西。

发出后,我又感觉哪里不对,马上撤回。

我与她在微信上的互动静止了。她轻易地淡出了我的生活。

真能彻底淡出？今年初秋,同学 A 君告诉我,田同学的妻子找到了庄二并成功说服了庄二。庄二承认,那张二级伤害鉴定是他们私下找的一个法医开出的假鉴定。田同学的妻子找到了那个法医,法医已经退休,他否认自己弄虚作假。现在,田同学的妻子准备到法院起诉那个法医。

结果如何？同学 A 君没有回复,她也再无消息,也不,她在朋友圈里零星晒出她长跑时拍下的江堤景致。可能是手机像素不高,也可能就是时间太早光线暗淡,景致看来都不大清晰。我忍不住点开,长时间地盯看,那处于黎明前的蒙昧状态的图片……

这是踪迹,不独属于她的,也不独属于我的。

……黑狗曾来过,并留下了它珍贵得近乎断裂的声音。我心中不禁诵读:它是任何一个生命,我也是任何一个生命,它和我出自无名,因此无名,如同荒漠里的两颗沙子,更确切地说,如同大海里两道在相邻的波浪中迷失的波浪。波浪雨水般飞溅,明亮眼眸的瞬间,我们会忆起,水滴曾经晶莹。下雨,波浪,我和你,我们和它,无疑,是在过去发生的一件事。

# 行无嗔

七岁那年春天,我见到一只奇怪的动物。那小东西……怎么说呢?看上去就是老鼠,但这看法大错特错。它只有老鼠的大致轮廓,形体要比老鼠大许多,细致点说,它不过以老鼠形状为底版进行了扩充,糅合了猫的眼睛狐狸的身段毛发——特别是那毛茸茸的毛发,红棕色,光泽度极佳。

这样好看的长尾巴,毛毯一般盖住它的小身体,在向晚的四月霞光中波泽橘色。而那乌溜溜的黑眼珠,透明清澈,盛纳了我的惊诧和震撼。我远远地停住脚步。

它越来越近。随着三婆子颤悠悠的步伐,蹲伏在三婆子肩膀上的小东西突然翘起大尾巴,扇出两片小翅膀,飞过我头顶,扑哧声似乎要剪断风声。我吓得举起双手抱住脑袋,又弯腰蹲下来。那小东西在我脑袋上绕了一圈后,停在我跟前,又用尾巴盖住它的小身体。

催生子,它是催生子。三婆子脚步蹒跚醉酒一般走近,她的脸色奇异般地发红,眯缝的上下眼睑逼出满含了得意的欣喜。这就怪了。三婆子就是一个浑身长刺的人,她的脸终日黑沉沉的,难见放晴的色彩。

噢,催生子啊——这名字好听。我后面围拢来几个老妇,她们显然也在诧异那小东西,特别是小东西的名字"催生子"。我虽是孩童,却也从简单的字符发音听出了几分意思。这意思来源于一个事实——三婆子的三个儿子相继夭折后,她再也生不出孩子的事实。好笑的是,她赌气,给自己改名三丧婆子,我们村里人为避讳,省略了"丧",只喊她三婆子。三婆子脸色一天比一天坚硬灰暗,就像一枚戳眼的老核桃。难怪她现在喜形于色……看,三婆子开始耍嘴皮子了。

今天下午,村里来了一个货郎,响咚咚地走来窜去,窜到我家门了,他扁担上站着的催生子——我还以为是只大老鼠,呼的一声扇出小翅膀,飞过我脑壳儿,落到我背上,接着……三婆子笑起来,嘴巴被开水烫着一般不断嘶呲。我发现,她的两颊飞上一抹红云。

你笑啥子,说啊。一个老妇上前催促。就是嘛,你要么就不说,已经开始说了,就不要藏着掖着。另一个老妇也随声附和。

三婆婆,你接着说催生子。我也催促。

三婆子瞪我一眼,拉黑了脸色。小孩子,一边去。旁边的老妇面面相觑,接着都异口同声地赶我走。年长者的逐客令不可违背,我虽极不情愿也只好走了,但走得慢吞吞的。三婆子的话隐约传到我的耳朵。

催生子,它飞到我的身上,抓住我的肩膀,居然拉出那东西——三婆子的话音逐渐弱小。我只好停下脚步。我的耳朵兔子般张开,极力捕捉后面的声响。那东西可不是普通的畜生……货郎佬打个哈哈恭喜我,说我与催生子大有缘分,送我好东西来了……催生子是母的,正是到了月经期,可是女人家的宝贝……

真的吗?一个老妇的尖细声音吓了我一跳。另一个老妇不断啧啧感叹。

我实在弄不懂她们的话意,不甘心地转过脑袋,拿眼偷偷后望,却被一个老妇抓了个正着。小孩子,还不快走,不该你听的。三婆子适时转身,爆出老核桃的坚硬。滚,再不滚,我就不客气了。催生子——啊,那小东西仿佛得到指令一般,扑棱出小翅膀飞来,扑哧的声音锐利刺耳,传达它的愤怒。

我撒腿就跑。

气喘吁吁的逃跑中,我纳闷万分。缘分是个啥子东西,那小东西催生子不是才被三婆子收养吗?就儿子一般听话了。跑到家,我又发现自己刚才想错了,三婆子似乎说催生子是母的,它就不是儿子,应该是女儿了。

我祖父极喜欢打纸牌,一天不摸牌手就发痒。我们那里流行的纸牌就是花牌。村里有两大花牌高手,我祖父位列其中,另一个是三婆子。三婆子脾气不好,只能赢不能输,输了就要发脾气,寻着人吵架。这样一来,找她玩花牌的人就少了。我祖父脾气也不大好,脾气不好的尤其厌烦同类人,我祖父尽量避免找三婆子玩花牌。催生子来我们村之前,除了三婆子,我祖父玩牌基本不择人。可现在玩来玩去,祖父突然觉得没有意思了,他回家就叹气,那水平,涩人哦。

这句感叹一时成为祖父的口头禅。那些与祖父过招的人,输了钱不说,肯定也输了志气。祖父在牌桌上奚落了他们吧,没人找祖父玩花牌了,祖父也不屑于与水平低下的玩牌者过招。祖父一时清闲下来。

闲下来的祖父挨过了春天,初夏时,他挨不过了。他有意无意地去三婆子家借东西。三婆子脾气不好,但三爷(三婆子喊他贱三爷,我们都顺着她的意思喊三爷了)脾气好,一说一脸笑。这样,三婆子虽然容易发火,再加上养了一个不好惹的催生子,却因为三爷的和蔼,家里平时也不冷清。

祖父只成功借到了粪桶。怎么说?

他难得走进三婆子家门。每每到了三婆子房屋的台坡下面,催生子听见响声,扑哧一声,扯出小翅膀飞到祖父跟前,在祖父周围飞来飞去,飞出一团旋风,要祖父站不稳脚跟,趁着祖父慌乱时机,催生子又伸出爪子。祖父吓得左躲右闪,连忙喊三婆子。

三婆子鸭子一般粗陋的笑声传来。催生子,让他进来。催生子得令,收拢翅膀,稳当当地落到台坡石阶上,乌溜溜的眼珠盯着我祖父。我祖父堆起满脸笑容,行个喏,道:催生子给我路到你家去,我明天给你带地龟来吃,好不好?催生子转身跑掉。祖父这一次成功借到了粪桶。

他再去借东西,即使三爷在家,即使我祖父手里提着满满一袋东西,什么地龟鱼虾什么新鲜竹笋什么本地枇杷——那可是祖父起早摸黑弄来的,没用。催生子就是不让我祖父爬上台坡。三爷伸出脑袋跟催生子商量,要我祖父上台坡。催生子不听三爷的话,继续扑棱着翅膀上下翔舞。没有三婆子的指令,三爷说的话等于屁。

祖父第四次来,天气已经开始热起来。祖父拎来了新鲜的野生草莓。催生子又把祖父拦住。扛着锄头的三爷无奈地笑笑,径直下田种地去了。三婆子出现在台坡最上面的台阶上,居高临下地望着祖父。我祖父仰起脑袋,一眼瞥见台坡上面摆出一张木桌,桌子上面有码得齐整的花牌。祖父哈哈笑道:三婆子,我俩好久没有一比高下了,我来你家就是为了花牌啊。

你那臭手摸不到好牌,有什么值得找我显摆,还比高下?你不搞鬼,没得机会摸和(hú,意思牌局赢了)。

祖父摆手,脖子上的青筋蛇般蹿动。谁搞鬼?你搞不赢就栽赃,好没意思,没得人跟你玩嗒。祖父被激怒,转身欲走。三婆婆却不依了,双手叉腰,喉咙提高分贝。驼背佬你三番五次跑来,司马昭之心路人皆知,我催生子都被你搞烦嗒,你以后想再来恐怕就没这么客气了。催生子得令,扇出翅膀飞来。祖父抱起脑袋,弯曲上身,铆足了劲头朝前蹿,一下子蹿到台坡上。奇怪的是,三婆子没拦住祖父,而是让开,坐到桌子边。催生子也落到旁边,祖父想都没想,就朝旁边空着的椅子坐上。两人玩牌,只能玩刷瞡(花牌一种玩法,以一张落单的纸牌寻求和字)。

这样,隔三岔五地,祖父就去三婆子家玩牌。两人玩太简单,终嫌无聊,无聊就吵架,有时免不了掀翻桌子。这样的场合,催生子定是要帮三婆子的,可是三婆子偏偏制止了催生子的偏袒报复,她在担心,担心祖父真就不上门找她玩牌啊。两人吵着闹着,度过了溽暑,迎来了秋水长天。

据祖父说,现在又哪里只是他跟三婆子两个人玩刷瞡?那太没有意思了,输赢都提不起兴趣,即使吵架也没意思。祖父是在饭桌上闲聊时说起的,显然,他很陶醉彼时的花牌状况。

那么,谁又参战了?我问道。除了我,家里人才懒得搭理祖父。也许,他们早清楚,不需要问吧。我询问,是心中挂念那小东西催生子。疑问在我耳边刚刚响起,嘴巴又吐出第二个疑问,是催生子吧?它什么都会。

饭桌上爆出笑声。祖父轻敲饭碗,筷子来回弹动,弹出祖父的轻蔑和沾沾自喜。那东西……你们不要看神,它现在也听我的话。

祖父扒口饭,接着说,三爷也参战了,他可是高人不露面啊,我和三婆子,呵呵,还高手啥啊?

秋天似乎短暂。几场雨水后,树木都掉光了叶子,光秃着枝干抱朴守拙,面容沧桑心事重重。村子里大小堰塘潭水少女般清瘦羞赧,明镜似的通透。田野里的棉花被摘回了家,棉秆也被拔光了,在房前屋后码出高于屋顶的棉柴垛子。掏空了内脏的庄稼地,空荡荡的,只有打旋的江风每天光顾田野,肆虐横行。呼哨响起,尖利的哨声震撼我的耳膜,我的双手分明感觉到寒凉,而浸进堰塘和潭水中,觉得刀子一般刺骨。寒冬已经来了。

一个周日,吃过早饭后,天空飘起雨丝,在眼前织起绵密清冷的晦暗幕帘。我被祖母吩咐去堤边牵羊回家。羊是祖父清晨牵到江堤放养的,那时天还没下雨,而堤下树林中一些耐寒的花草荆棘还可以满足羊的口腹。祖父把羊牵到堤下树林就径直去三婆子家了。想必,他正在牌桌上鏖战,哪里管得天晴还是下雨?

我一阵小跑,在我家和大堤之间往返,牵回了羊。顺带着,我居然摘回一包刺泡子,这是被人砍挖而扔到路边的刺泡子植株,上面果实累累,但胞衣还是青绿,可见,果实还未成熟,否则,我也捡不到。我拿回家,觉得扔掉太可惜,于是想到催生子。

催生子看见我,落到我跟前,用大尾巴盖住它身体,瞪圆了乌溜溜的眼珠看我。我把盛有刺泡子的袋子放到地上,叫它吃。催生子啄了一颗,觉得味道不错,用嘴巴叼起了袋子,扇出翅膀飞回了家。

谁晓得,第二天,三婆子大清早到我家吵架来了。她拦住正欲上学的我,骂我小小年纪就坏心肠不学好专门搞害人的事情,又骂我没有家教,是有人养无人教的逆子。她的右手食指翘起,快要点到我的鼻子上。她的骂语熟练地从她嘴巴里滚滚而出,犹如轻松自如的口水,但这口水污秽腥臭,明显地令我们一家人厌恶到忍无可忍。

我母亲拦在我面前,打了下三婆子上下指点的右手食指。三婆子顿时口歪目斜,一句赶一句的刻薄话炸出。母亲气得浑身发抖,嘴唇半天吐不出一个字。三婆子得势,越发不得了,又把食指点到我鼻子上。祖父忙完他的早饭和早烟,从堂屋里跳出来,拉长脸颊回骂:刻薄婆子你神气什么?这么对付一个女伢,你还有没有脸皮?说到底,她就是一个还没醒事的女娃娃,阎王遇到都要让三分。三婆子顿时愣住,也许被祖父的话伤到了什么,她伸开双臂朝祖父抓去,双手抓到祖父脸皮。祖父也许被抓破脸皮,啊一声,右手捂脸,顿时火冒三丈,也管不了男不跟女斗的规矩,出手反抗,左右手并用,一下就把三婆子打倒在地上。三婆子嗷嗷大哭大骂,爬起来再打,祖父就跑,三婆子在后面赶,一边哼哧追赶一边尖利着嗓门咒骂。

奇怪,催生子呢?

我稍稍安静了下,然后去上学。但是,在无忧潭边,我看见三爷,抱着催生子的三爷,也跟在三婆子和祖父后面跑。他在劝架吧,不,是准备赶上他们再劝架的。他怀中的催生子耷拉着脑袋,那厚实的毛发耷拉在一块,失去了光泽,陈旧若破毛线。一堆破毛线中,催生子的眼珠散发出明澈的光泽,瞬间凝固我的视线,那眼珠乌溜溜亮晶晶的,倒一点也没变。它盯住我,清澈若潭水的眼睛盛纳了我的惊诧。

催生子它怎么了?

三爷与我擦肩而过时,我忍不住问道。

我带着哭腔的询问充满了胆怯和内疚。我多少已经揣摩出,催生子生病了,似乎还不轻,而生病……也许与我有关。我想到,昨天我送它吃了刺泡子,被遗弃在路边的刺泡子,那些青色的还没有成熟的果子,有些涩口,可能被催生子全都吃掉了,所以它生了病。

三爷的告知验证了我的猜测。我鼻子一紧,眼眶不禁发热。

它会死吗?我伸手去摸它脑袋,没想到,催生子在我右手刚刚触到它的毛发时,兀地耸起脑袋,接着,它挣脱了三爷的怀抱,轻盈地落到地上。我和三爷一齐啊了声。

这小东西,多有意思啊。它用尾巴盖住身体,朝我们摇摇屁股,然后跑掉。哪里去了?当然是追三婆子去了。

大概,它并没有吃太多青色的刺泡子果子,也就那么几颗吧,正是那几颗尚未成熟的果实导致它身体不适。但一阵萎靡不振后,催生子精神恢复,也及时化解了我们家与三婆子的矛盾。看三婆子那歇斯底里的样子,如果催生子不恢复甚至出现更糟糕的情况,不晓得会发生什么。

没有成熟的果实,其实含有毒性,不仅是动物不能吃,人也不能吃,还有隔夜的饭菜必须加热才能吃……我父亲是外科医生,从镇上回来,向我们普及一些医学常识。他的普及重心不在动物身上,而是在我们家人的健康上。我牢记,心中却想着催生子。这样娇贵的小东西,它的食物恐怕不能怠慢吧。

我祖父依然隔三岔五地去三婆子家玩牌,他有时空手去,有时候会给催生子捎带一些食物。随着天气一天比一天凉寒,祖父带去的食物紧随时令,红薯蒿蒿栗子之类,每当我看见祖父提着装了食物的袋子,就会问:这些催生子吃吗?祖父很肯定地回答,当然吃。我继续问,就这样吃?祖父犹豫了下,似乎在思索,不过很短暂,马上就回答了我的询问,可以马上吃,但那三婆子现在娇贵它,都煮熟了。

原来，三婆子还真是把催生子当成宝贝女儿养的。我还在缓缓点头，祖父又告诉我，催生子这东西真不是一般的畜生。看来，祖父也认同了催生子的不一般，或者说，他们之间也建立了……肯定是这样，现在，我祖父去三婆子的家来往自如。

催生子或许把祖父当成了家人。

这话在一个霜降的日子得到证实。催生子来我家了，不是自己跑来的，而是跟着我祖父回来的。那天我祖父在晚饭前回家，天刚刚暗下来，而我家飘出鱼肉香味，是我父亲带回来的好菜，用来招待客人，客人是我两个舅舅。催生子跟我祖父回家，立刻引来围观。催生子不得了，知道它的魅力，为了更大限度地发挥魅力，它不跑也不飞，就那样站在我家青石门槛上，在逐渐暗淡的天光下缓慢地伸展开大尾巴，然后覆盖在它的身体上面。棕红色的毛发厚实密集，毛毯似的包裹住它自己，而毛发中，它乌溜溜亮晶晶的眼睛点燃了残余的天光。它的贵气，它的雍容，它的神秘，它的精灵，它的聪慧……我们停止了赞叹，停止了走动，只拿眼睛看它。目不转睛地注目，生怕丁点响动惊吓了它。它站在门槛上，神一般静立。

此时，黑幕完全罩住了我们村庄。堂屋里，我祖母点燃了煤油灯，摇曳的灯光中，催生子在门槛下面落下飘忽的影子，却是被门槛截断的影子。它似乎不满意影子的中断，跳下来，缓缓转身，把背部留给我们看。我们惊奇地发现，它的尾巴带动整个身体缓慢摇摆,它在炫耀它的美丽无双。

这个家伙。我快笑出声。催生子知道我在笑,跳下青石门槛,摇摆着身体走近我,我只好递出手里啃了一半的苹果。这珍贵的苹果,我一年也难得吃上一个,但……催生子嘴巴叼上,扇出藏在毛发中的小翅膀,飞出大门,然后不见踪影。

祖父追出来,哎了声,摇摇脑袋。都没吃上一口热饭就跑回去,不晓得明天三婆子怎样说我。祖父的遗憾惹来我两个舅舅哈哈大笑。祖父似乎也没听见客人的笑声,他还沉浸在遗憾中,愣怔在原地不动。那东西有意思……两个舅舅好奇地说道。我解释,那是催生子,我祖父说的是真的。解释模棱两可,两个舅舅面面相觑,但我自认为,他们应该懂了。

这是催生子第一次也是最后一次来我家。换句说法,是催生子首次光临我们村其他人家,也是唯一一次。这个小东西跟着我祖父来到我家——不,分明就是我祖父殷勤邀请而致,在我家对着众人展示它的雍容华贵和美丽神秘后,转身离去。这在证明,催生子与我祖父的亲密程度,可能仅仅次于它与三婆子的关系。

骄傲挂在祖父的脸上,他现在走路都是反剪双手在他的驼背下,步伐优哉游哉。偶尔,寂静的村庄会回荡祖父的呼喊——催生子。那呼喊一波三折,充满了老人的慈祥怜爱,祖父可能是在炫耀,但是,他的炫耀多么实在。催生子在他的呼喊中,会扑棱着短小翅膀飞来。它的到来太有声势了,它掀起呼啸的风声,冬天凛冽的寒风刀片一般袭来,在它上上下下的飘摇中,它的身体带起地面的尘土和枯枝败叶,一时,飞沙走石,眼睛迷蒙,单薄若我的人儿不免打战,不免伸手抱住自己。这架势,为呼唤者带来的荣耀不亚于君王吧。可是,这么说来,分明就是对催生子的小觑,还是侮辱。

它是催生子啊,一个通灵的神秘之子。

但是,我分明看见祖父那荣耀感,那张树皮一般的脸庞嵌满笑意,这使得祖父在那年的冬天看上去有些不真实。他的坏脾气倒是慢慢收敛,而好多年的驼背也在对襟大棉袄下慢慢被忽略。他怎么会不高兴呢?他摸牌的手气前所未有的好,不光是在三婆子家的手气好——他连续几次出村走亲戚,每次都是大获全胜。在村里的日子,去三婆子家更加频繁了,也照样是手气好。祖父念叨好多次了,真是好运气,说来,这运气全都是催生子带来的。我听出他对催生子的感激,由衷的感激。

那年冬至日,祖父去长江边找捕鱼佬买来半个肥鱼以示庆贺,他亲自下厨,用腊肉炖了满满的一锅肥鱼汤。我们吃得满嘴冒油。

三婆子脾气更坏了。

她又到我家来吵骂,全是因为肥鱼汤汁的香气惹来的。这次,三婆子骂了几句就跑了,她这样骂道:驼背佬,你就不能把大门关上喝肥鱼汤吗?心里整天藏着小九九,累死你。再说,你那手牌技,还能炫耀出运气?我呸!

她不恋战,可不是因为她没道理,道理在坏脾气人那里没法讲,他们说有道理就是道理,说不是肯定就不是。那天冬至,下了霜雪,薄薄一层盐沫似的白色铺在地面,却不能完全覆盖,露在霜雪外面的黑色湿而坚硬,冷寒了眼睛凉寒了呼吸。世界冰冷下来。三婆子笼回双手到袖口,急不可待地跑掉。她是担心她的催生子,宣泄完怨气就跑掉。

我们都是在讨催生子的好。我祖父脸上都是笑,边笑边点头。我是藏有小九九,本来喊了催生子来我家,可是你不允许,它不来,我也没有办法咯。

这样的争吵在他们之间,估计可以忽略不计。我祖父当天晚上又去三婆子家鏖战去了,依旧欣欣然踌躇满志。后来我们家人回忆,那个晚上祖父去三婆子家玩花牌,与往日还是有所区别。以往是消磨时间享受打牌乐趣。这次去,实际是迎战接招,因为三婆子不服气,进入秋收冬藏的季节居然一而再再而三地输牌,输给了对手驼背爷,怎么想来这口气都吞不下,三婆子白天来我家吵骂的确就是宣战啊。

祖父那年刚刚过了七十三岁的年龄门槛,古人云:七十三八十四,阎王不接自己去(我们村把"去"念成 ke,后面再拖出儿化音),这道坎,我们家人认为已经过去,万事大吉了。祖父心中如何想,我不得而知。但肯定是泰然怡然。

那个冬至晚上,我祖父在三婆子家玩了一个通宵,七十三岁的老人,似乎放纵了些。但那样的场合,我分明以孩童的心灵感受到,祖父在那个通宵的放纵其实就是自然而然,对冥冥中的无法说清的一种东西的顺应。

那个通宵,祖父牌运陡转,一直没有手气,据说从第一牌就开始输,牌牌都不见和,要么放铳要么黄牌。祖父不信牌运差,更不相信三婆子公开宣战后自己接招却一败涂地。于是,祖父从前半夜稳当当地坐到下半夜。

天快亮时,外面飘起雪花,鹅毛大的雪花划亮了窗子外面的天空。酣睡的催生子被透进木格子窗户的刺目雪光惊醒,它看见外面堂屋里灯光煌煌,便踱步到堂屋,绕着牌桌转圈圈凑热闹。我祖父招呼了下,却没能喊停转圈圈的催生子。黄牌后,祖父建议歇息下。他哪里是歇息,而是打开大门,带着催生子去外面看雪。据说,催生子来自武夷山海拔千米以上的悬崖峭壁,那里气候凉寒,近半年的时间都是霜和雪,催生子太熟悉雪景了,也太享受雪花飞舞的时刻,它撒开爪子在道场上撒欢,又在三婆子家所在的台坡上空起起落落地飞翔。我祖父站在台阶上看催生子撒欢,看了一会儿,又返回三婆子家堂屋,给自己泡了一杯浓茶,接着鏖战,还约定一牌定胜负。

这真是奇迹啊。那一牌,祖父手气前所未有的好,五个"三"、五个"五"、五个"七"全部摸来,在牌的最后一张自摸和了。这手牌是大大和,而且是自摸,也就是说,三婆子和三爷要出两份大大和的钱,靠这最后一牌,我祖父就把一整夜输掉的钱全赶回来了。那么,三婆子的宣战我祖父的接招,实际是这一局定下了胜负。我祖父在摸到最后一张牌时,瞪大双眼,看了下花牌,然后站起来,掉转开眼睛,呼喊道:催生子你真是神物。

三婆子打开大门,催生子居然适时飞来,落脚在高大的青石门槛边上,雪光顿时照亮了整个堂屋。

我祖父呵呵笑着告辞,风雪归人,步伐悠悠。催生子跟着走到台坡下面,飞起来在祖父头顶绕了一圈。祖父满意地挥挥手,你自个玩去,我要好好睡个大觉了。

这是祖父的预言,还是谶语?祖父回家,爬上我家台坡上面,突然累得不行,就靠着台坡上那棵大樟树坐下,双手笼进棉袄的袖口,打起了盹。

雪依旧欢畅地飘落,覆盖大地。我祖父在雪花中慢慢消融颜色,慢慢隐匿他苍老的身体。他出现在我们眼前时,就是一个抱成一团的雪人,乔装了面目的小雪人。他的周身覆雪,面部也是雪,不过,模糊可见五官——处于黄金般酣眠状态的五官,无法抑制地飘逸出几分舒心坦然,这分明就是一个回到初生状态的孩子。这种滑稽,淡化了死亡的色彩,增添诸多喜色。

人至中年后,看见诸多的死亡,我轻而易举地对比出,祖父的辞别,是一场无与伦比的大欢喜,一种充满了人生机趣的回归。我的文字多次去镂刻祖父的辞别,我相信每一次,我都是在不同的年龄段表达对生存的见解,我亦相信,我见证了那些隐藏在记忆中带有神迹的秘密。

又一个新春到了,年还没有过完,三婆子他们家遇到了难堪的事情。他们瓦房旁边搭建的夹壁屋(专门作为猪羊圈)突然塌了,年代久远的缘故吧。那是一个返春的雨雪天的傍晚,三爷刚好进去给牲畜喂食,夹壁屋的横梁断了,砸在三爷身上,砸伤了三爷脊椎骨,砸死了猪和羊。这样的飞来横祸,三婆子很是伤心,前尘旧梦涌上心头,觉得这个房屋运气不好,执意搬家。搬到无忧潭边的道场上,专门去给村里饲养猪。一溜的猪圈屋全部是新砌的石头屋,石头屋一排排的,比一般住房要矮小。房顶不以黑瓦为覆,而是搭一张黝黑的云母毡。云母毡被铁丝夹住,上面再铺盖混凝土,拱成穹庐样。屋前屋后云彩般卷起,它是下垂到大地上的云朵。

每次经过这里,我都会望着穹庐般的屋顶发呆。显然,这是有一定诗意的,尽管用在蠢笨的猪圈上。

猪圈里的猪槽子,很有规律,矮墙隔出大小一致的房子,每一间房子放两个猪槽,前后隔开。猪槽是普通石头槽子,从江边拉回的石头凿空而成。槽身苍白,仿佛天穹苍狗浮云,在光线黯淡的圈屋里,给人虚幻的尘世感。人站在槽子前,尽管猪的嚎叫与咀嚼食物声持续不断,但心胸分明有尘土飞扬,令人呼吸不畅,喉头紧涩。仿佛,一头扎进八月天里的太阳下,到处是白色的光,而光线中分明掺和了沙石,填补着光线连接的缝隙,一时,五脏六腑都遭受到这些细小不乏锐利的袭击。

三婆子带着脊椎骨弯曲的三爷再加上催生子在猪圈屋最北处居住。

那年春天后,催生子很少出来溜达,它深居简出,尾巴一般跟在三婆子身后。那唰唰生风飞沙走石的飞翔偶尔为之,而用毛茸茸的尾巴盖住身体再一摇三摆地炫美时刻我再无所见。到了夏天,我偷偷(三婆子比以往更加暴躁,模样凶悍,我自然不想见到她)去三婆子现在的家,给它送过一次竹笋。那是一个下午,我放学回家后,在潭边玩,摘了一些新鲜竹笋,想到了催生子,借机去看看它。它站在屋外的一块石头上,转动乌溜溜的黑眼珠盯着我,然后伸出嘴巴,叼起我递给它的袋子,转身跑掉。我发现,它的毛发依旧厚实而富有光泽,然而它的神态不再轻盈。

我那天不知怎么没有马上离开,而是转到猪圈屋去看了下。我为什么转到猪圈屋去看猪?说来,那臭烘烘的地方毫无看头,但我心血来潮偏偏去了,现在想来毫无缘由。

看什么看？沙哑而粗鄙的吼声在背后响起，是提着一桶猪食的三婆子。我转身退出，她噼里啪啦的咳嗽声吐痰声却紧随我身后。

小妮子来这里看什么？三婆子看我脚步快，一下跨到我前面，拉住我训话。她模样凶狠，满是皱纹的脸皮在突然拉长的瞬间，膨胀出数不清的褶子。她的眼睛那么愤怒，几乎冒火，要烧到对面的人。她拿下双唇含着的烟锅，敲了敲她翘起的鞋底，辛辣的旱烟顿时呛鼻。

我后退一步。咳咳——三婆子吐出一口痰水。猪场前几天不见了一头猪，遭天杀的，偷我这里来……

前几天，三婆子已经挨家挨户地骂过，说她养的猪被人偷了，谁都是怀疑对象，谁都要受到她"不得好死，死无全尸"的诅咒。她继续诅咒：被剁成肉酱，死后不得超生……

我拔腿就跑。这个粗鄙得近乎疯子的三婆子，看见我悄无声息地溜掉，还是从她眼皮底下，异常愤怒，暴开了喉咙吼骂，骂我就是偷她的猪的强盗。她越骂越气，追赶了我几步，又不放心她的猪和她的催生子，只好返回，在猪圈前面捶胸顿足。见她返回，我停下脚步回望，居然看见了猪圈穿拱上的催生子，不止催生子，还有一个人，天啊，是三爷，他有苍白得近乎死人般的脸色，身体越发单薄。我太惊讶了，三爷的脊椎骨不是被横梁砸断了吗？

也许,他恢复了。

那天离开后不久,想想刚才看见的就觉得不可思议。于是再回头望,这一望,我又诧异万分,甚至怀疑先前的回望就是错觉。看看,这个夕阳西下的时刻,穿庐般的猪圈屋顶上的确站着人,但哪里是三爷和催生子?是三婆子,她爬到了屋顶上,一边哭骂一边拍打自己,抽自己的耳光。

三婆子在和她自己吵架。她的确喜欢吵架,动不动就骂人,但她动手打她自己还是第一次。想必,此时仰起脸庞观望的人不只我。她叽咕的骂声,断断续续、微弱单薄,令人怀疑是否来自她粗鄙的喉咙。我们隔着偌大的无忧潭偷偷观望,只能偷偷地,否则,三婆子会找上门来责问:你看什么看,看见我哭你就高兴了,就那么恨我?我告诉你,你恨我我就恨你骂死你缠死你……我们只好默然隐身——在她这悲痛一刻。

然而,我们还是看见,穿庐顶上捶胸顿足的三婆子停止哭泣,倾斜上身,默默朝下望着。她在看什么?我站到一个高大的石头上,踮起脚尖伸长了脖子。穿庐下,一个单薄如同纸片般的黑衣男人,正是三爷,他在手舞足蹈地哈笑,而催生子呢,呆立一旁。

三爷自从被砸断脊梁骨后,一直拘囿于他的房屋里。他有苍白得近乎死人般的脸色,他立于风中的枯瘦的身板似乎瞬间就会倒下。但他还是被我看见,他的笑容凛冽,犹如冰雪。

三婆子和三爷,他们之间发生了什么?

他们现在居住的地方,似乎成为我们村的禁地。不独我,就是年长者,也尽量不靠近猪圈屋,他们的绕道把三婆子和三爷隔绝在村庄以外。

恐怖,还有神秘,诱惑着我眼睛。经过养猪场,忍不住抬眼打量,终为一点风吹草动而恐惧,我转身就跑。那洪水般的声音,丰沛呈现漫溢之势,突然涌来,然后一路追赶。我不得不跑,担心被三婆子的骂声和那个苍白如同纸片的三爷的凛冽笑容淹死。

三婆子曾说,厄运与她以前的房屋有关,但是,搬离了以前的房屋,厄运似乎并没有停住脚步,还是继续光临他们家。

谁能想到?养猪场的猪在年底时,突然一夜间挺尸而亡,不是一两只,而是所有的猪,大小公母,一个不剩。它们被抬出猪圈,依次摆放在养猪场前面的院子里。说是院子,并没有围墙,不过是一块露天场地。这样,死去的猪皆呈现在我们眼底。接着,一个个石头槽子也被抬出来,依次摆放在死猪旁边,犹如收拾尸身的棺材。

接着,我们更加惊愕。一口黑色如夜的棺材真的停放在养猪场的露天场地上,切割着苍白得令人心慌发虚的天地。

这真是令人……

三婆子又坐在猪圈穿庐顶上捶胸顿足。她哭死去的猪,还是在延续一种惯性,还是哭她死去的男人三爷?而三爷的死和猪的亡……

没有谁知道。没有谁打算上前劝慰哭泣的三婆子。苍白的天空下,苍白的猪槽子前,三婆子破开她粗鄙的喉咙,辱骂诅咒,蛮横而无助地抗拒或者泅渡时光洪流的波起浪涌,一直到第二年春天,她放弃了猪圈屋,又回到她自己的家。

三婆子依旧喜欢骂人,喜欢有事没事寻着人吵架,然后就抱着催生子诉苦。她的烦恼源源不断,以前的家事,现在孤独的人际关系,说来都是老调重弹。悲苦是悲苦,但那口水浸泡下的喋喋不休,在我听来,大都是捕风捉影。到了生硬地步的孤独,在乡村有另一种歪解,无事生非,孩童时的我是如此理解三婆子的。三婆子那样喜欢打牌,但水平相当的两个牌友相继去世,而村里其他人异口同声地拒绝她的邀请,即使逢上村里人过喜事,大家聚一块儿玩牌,只要三婆子上桌,大伙便一哄而散。总不能她一个人玩牌吧,这个嗜牌为命的人,被牌隔绝,找不到乐趣,她的苦楚越来越多,她与乡邻的关系越来越紧张,她的叫骂声不定时回荡在我们村。而嘹亮的叫骂和诅咒,多为一些鸡毛蒜皮的事,为她的鸡鸭被邻居打了一棍子,为邻居家的棉柴垛子挡住她家的阳光,还为飘来的炊烟……似乎说三天三夜也说不完。我们习惯了她的叫骂,习惯了也就理解了,也就熟视无睹充耳不闻了。但要说三婆子完全没听众,可就大错特错了。每当三婆子亮开喉咙信马由缰地叫骂时,蹲伏在她脚下的催生子一动不动,支起耳朵静静聆听,不再转圈不再扇出翅膀翔舞,寂静无声地看着三婆子,任由三婆子撒泼放踹。

它影子一般跟在三婆子身后。

时间平稳滑到夏天,滑到了盂兰盆节,就是鬼节,我们村更乐意叫过月半——出嫁的女儿回娘家祭奠先人。那个晚上,月光澄澈,在地面投下一层银白的光芒,而整个村子屋前屋后挂起灯笼或者马灯,房屋里各个房间也燃起灯盏。亮堂堂的天地,令人恍惚出神。无忧潭上更是通透,大小灯盏,坐在水面,寄托着亲人的哀思,在波光粼粼的水面飘摇、远去。那个晚上,村子里弥漫着一种时光错乱的气息,令人总在出神的刹那,感触到一种不真实的存在。亡人。往事。前尘。旧梦。

不独是我们产生如此感觉,催生子也是。在我随着祖母姑姑放完河灯上岸时,发现,岸上蹲坐着催生子,它乌溜溜的黑眼珠盯着水面。水面……那洒满白月光的水面坐满了河灯,水面镜子一般呈现出催生子的模样。它与它的影子相互对望。它看见了它自己,亦看见它的前尘旧梦。

那么,它的故土它的亲人……

当这些一一闪现于它的脑海时,它的寂寞是不是越发厚重?那么,它的伤感和悲戚是不是无法遏制? 或许这根本就是我错误的猜想,它在明澈的水面看见它自己的刹那,不过再次确认它的美丽无方。如此而已。

第二天我上学时,我才知道,催生子在无忧潭岸上坐化了。但它乌溜溜的黑眼睛依然睁着,朝下俯视无忧潭水面——那里,我真切地看见它的影子,铺在水面。但是,我祖母他们说,催生子就是看河灯坐化的,是那些远行的河灯唤走了催生子的魂魄。我无从反驳,也不需要反驳。真若我所想,它就是凝视它的影子,谁又晓得它的心思?我还不是揣测而已。所有的辞别只有自己知道。

这才是真实:它走了,辞别了我们。一个神秘的通灵的小东西,曾经启悟我们的神物……再也不会遇见了。我眼眶发热。很快,我坦然如初。因为那一刻,我脑海无由地闪现出我祖父睡死在雪天里大樟树下的画面。

三婆子在家里捶胸顿足了一整天,晚上埋葬了催生子。她彻底孤独,但这强大的孤独连根拔走了她的习性,她不再玩牌了,也很少叫骂诅咒了。

又一个冬至日,我祖父过世两周年忌日,家里来了许多亲戚,招待客人就要招待好客人玩牌,家里桌子不够,理所当然地去借桌子和花牌,而乡村的冬至也算一个节气,别人家也会来客。所以,我祖母借到了三婆子家,借到桌子却没借到花牌,三婆子说她把花牌统统烧了,因为看见花牌就头疼。没有了牌,三婆子彻底苍老,再一年,我十岁了,随父母搬家到镇上后,三婆子寂静无声地辞别人世,据说,死了两三天才被村里人发现。我信佛的祖母送走三婆子时说,行无嗔,功德圆满,你要见到催生子和三爷他们了。

# 山野黑暗录

## 一 黑暗来临

夕阳贴画般挂在树梢,渐渐低于树梢枝丫,然后消失不见。天地被一张大手蒙住,开始混沌。混沌的状态,令你想起回归。你追逐那样的方向。倾斜,游离,下坠,沉没。你在原野上穿行,目光向下,然后凝滞。

你的目光被水池堰塘润泽,虽然它们被圈养成鱼池,已非真正的池塘,可你看见云彩和晚霞的倒影,看见植物的逆向生长。那一刻,清澈送给你目光所需的遇见……高远天空,湿润丰腴的原野,并将彼此拉近,几乎融合。黄昏下的山野,清风荡漾,空气中弥漫着草木香。

黑暗潮水般涌来,一波波地拍打田塍沟垄,泼溅凉寒浪花。但有风,风的嘴巴吞咽又吐出浪花。夜气迷蒙,随手编织天罗地网。

黑夜王国。大神小鬼狐仙树精水妖出行。他们交集碰撞，或擦肩而过。但你听不见任何声响。也许你偶然碰见，比如年少时你总免不了听说谁谁遇到了鬼，甚至有一天真遇见了鬼——莫名其妙地神志不清头脑发热发疼，不是遇见鬼还有什么？有鬼就有降鬼的法术。一个擅长巫术的老人（她是你祖母，她的法术是无师自通还是传承而来？不得而知。但那法术神奇，你亲眼见证），她借助晚上亮煌煌的月光驱鬼。右手挑起银针，扎向左手托着的葫芦瓢，扎出一个圆圈，再回扎一个圆圈。她说，小鬼逗你玩玩，你真得罪了他们，银针也救不了。一天后，那些小毛病神奇地痊愈。

心灵烙下"夜鬼"的记忆，并领略他们的习常——尊敬并礼让，一切安然无恙。前提是，你要相信"鬼"的存在。

"冒犯"是大忌。而缺乏敬畏的冒犯，在物质至上的时代比比皆是，这在某种程度上决定，平常人难得有缘去见证各路神迹，只能去揣摩和感知。

"揣摩感知"，属于心灵的事。这是神灵遗留给凡人的最后空间。

乡野。村庄。黑夜。无可描绘的时空段，以下坠姿势倾泻虚拟的黑暗水流。这虚无的……无所不在。

而虚无，与现实对垒。如下的现实，你无法说清它的荒诞无稽、驳杂繁芜、市侩轻薄。它以水泥钢筋般坚硬的结局解构前因后果,打造通往目标的唯一通道。通道上熙熙攘攘人头攒动,从不虚席空位。它看起来恒久无敌,帝王一样霸道专横。幸而,还有虚无。虚无天生就是现实的克星。那些失败者,被现实击溃的失败者,他们会冷不防地以虚无捧出昂贵的反击。你无数次听见虚无主义者睥睨一切的狂叫和冷笑。你不觉得异常。中规中矩标本般的笑容和声音,充满了作伪。反感中,你时不时也成为睥睨者一员。你深受其害,却又被幸运地告慰佑护。

## 二 黑暗光源

你说着光,光就出现了。

黑暗中乡野的光。在瘦削的月亮,在寥落的星辰,在沟渠池塘,还在那沉默的花红柳绿中。远处城市的灯火野心勃勃地渗透冲击,终究惨淡。

武夷山一个名叫厚朴的村庄,在清江段的某处山腰,因为厚朴树木众多而得名。三月底的夜晚只有笼统的黑,罩下静谧大网。夜色庞大,元气充沛,向下倾洒弥漫。山脉、庄稼、树木、袅袅炊烟、小孩的啼哭、农妇绵软湿润的笑声、方言浓厚的责骂分辩、夜鸟虫豸的啾鸣、牲畜的嚎叫、寒凉的芬芳、正在酝酿成形的梦境……一起坠落。贴近地面,再掉进时间的深处。

视觉被忽略,听觉突出。风拂过新叶的摩擦声。夜鸟叽咕。

牲畜的偶尔梦呓。苏醒过来的虫子,扯起喉咙,针尖似的划过夜晚。而微微的却经久不息的颤抖声,是植物在拔节生长。

细微、绵长、片段,黑暗中所有生物的声音,被寂静统帅出最后的律动,心跳似的嘭咚。寂静消弭了个体差异。你就是他们,他们就是你。融合在黑暗中。而夜色如水,奔涌出绵长的河流。被夜色包容的生命,拥挤在夜色的渡船上,接受河流摆渡。

从此岸到彼岸。

你说,要有光,光就出现了。它不在别处,在夜渡者(譬如你)体内胸口。这不是谵妄。行舟黑暗水流的渡者,他们接受乡野黑夜的馈赠,天生就会一些乡村手艺,甚至最原始的钻木取火。胸中之火,穿透被黑暗河流摆渡的肉体,照亮河流,点燃眼睛。奇迹一般,却顺理成章。不是吗?山野村庄,回归天地元气的夜晚,一切付诸虚无。而虚无恰恰是无中生有。

虚无……你只要去相信,譬如你相信光,光就出现。譬如你相信神灵,神灵就帮助你看见光源所在。

山野……光源。微光波泽的寂静和澄澈,在黑暗河流上扩充、笼罩。

也许会有人说,山野及山野中的村庄具备的,城市从来不缺乏,哪怕树木水流和鸟鸣虫叫。这无法让人信服。根据是,去黑暗中看看。城市夜晚中的树木、水流,栖居其中的虫豸飞禽,它们还是它们,似乎没有改变,但又发生了变化,甚至是变异。它们在城市的夜晚,毫无机会经历纯粹的黑暗,也无法得到黑暗河流的清洗,从而不能被黑暗河流摆渡。它们被噪音充塞,全身布满雾霾废气的色斑,在年月中速朽,无法做到常新。

没有纯粹的黑暗,也无法谈及纯粹的岑寂。这令人失望。

黑暗和岑寂,它们只有纯粹得接近本色时,才会裂变,自然的无穷与神秘才有稽谈论。笼统的暗无天日的黑,成为背景,于是,虚无产生。罩在你身上的黑暗,包裹你侵袭你穿透你。恍惚中,你被迫脱掉你的肉体,走进了灵魂。

## 三 黑暗影迹

你在一个名叫白鹤冲的村庄度过不眠之夜。

夜色中的冷、黑、寂挖掘幽深的洞穴。你坠入其中,却丝毫不觉得惊悸。相反你好奇。在视线无能为力的时段,一些东西就凸显了力量,到了令人咋舌的地步。有些想法几乎蔓延理智的边缘,洪水般覆盖。

或者说,黑暗中的虚无绑架你后,将会给你上演什么。

这样的想法固执,却充满孩童般的好奇。你看见,一个懵懂少年,遭受了无法言说的悲痛。他踯躅于黑夜。黑暗袭身,夜风拂过,黑暗之水漫涌覆盖再清洗。少年看见稀觊又奇特的幻象——某种蕴涵了神迹的东西,在与少年谋面,并穿透身体回击心灵。大地岑寂,万籁静谧,只有夜风缓缓吹拂。而黑暗的潮水中,一具摆脱了思虑重负的肉身浮现,漂移。他漫游黑暗的河流,洞悉黑暗背后的东西,譬如风和水流。他将看见自己。少年以回眸的方式反省言行,确定自己的良善和人伦——这不正是来自乡野的自己从小接受的伦理规范吗?现在,少年一步步把自己退回到来时的轨道,退回到黑暗中。

没有错误的悲伤,被少年检索出一个词语:遭遇。命运的遭遇,总免不了,但少年需要说服自己。少年只有退回,退回到来路,来路的始点。

事实是,在那样的时刻,风穿透少年的身体,而真有神迹类的东西与少年碰遇,告慰他支撑他。在黑暗中获得神迹的少年,信仰了虚无信仰了乡村馈赠的黑暗,一路跋涉到青春中年,而后再到暮年。某一天,他还会把自己置身这样的场景,强迫自己退回到来处,始点。风霜和曲折一笔勾销。什么也没有改变。正如一个人,他说,我喜欢宁静的时刻。多年后,他还会说,我喜欢宁静,纯粹的宁静。那些喧闹和尘嚣,就是败笔,他保全了自己。这无可比拟的胜利,被神迹昭示的胜利,呵。

神迹是什么呢?你想起隔壁的王伯。他曾说起"九棵树",关于他的经历。

隔壁的王伯是贵族后裔。其父是国民党中央参议员,一家老小一直居住省城。不想,江山变了面貌,父辈惶惶不可终日。

全国解放的那年,王伯的父亲被车送到机场,准备飞去台湾,他的脚刚踏上舷梯又停了下来。然后,从拥挤的人群中转身。他不能一个人去,他要带走妻子和儿女。

命运就此改变。回家的路上,王伯的父亲被抓进监狱,一月后被枪决。王家大小四处躲避。王伯的姑姑是省城美院教师,一直单身,在她听说哥哥被枪决后,仓皇逃避,一路向西,最后落脚到偏僻的五峰大山里。五峰地处湘鄂边境,崇山峻岭,是武陵山支脉,系云贵高原东延部,重峦叠嶂沟壑纵横。一个大家闺秀,毫无生存经验,又无多少积蓄,再加上身份特殊,为了生存,下嫁给当地一个村民。村民目不识丁,是个孤儿。

也许是姑姑的主意,他们在一个山垭口安了家,独门独户。姑姑后来生育了三个儿女,她已习惯日出而作、日落而息的村妇生活,或者,她想这样平静地终其一生。

可命运似乎不肯轻易地遂从人愿。它异常强硬,不通人情。

灾难是从王伯的姑父开始的。三个儿女相继出生,住房紧张了,姑父在房屋旁搭了一间偏屋而睡。偏屋有一扇木头窗户,木头窗户很少打开,斜对着木头窗户的是一张床。偏屋关上门窗后,床铺上竟然长出树的影子,一棵挨着一棵,总共有九棵,斜斜地铺在床铺和紧挨床铺的墙壁上。

王伯的姑父某天早晨没有醒来,他在床铺上睡了过去。

关上门窗,九棵树的影子铺在王伯姑父的尸体上。

王伯少年时寻到姑姑家,姑父已经死去,但谁也没有把姑父的死亡与夜晚的九棵树联系起来。九棵树在王伯心目中,也就只是树木的倒影而已。又有何惧?但很快,恐惧在心中降临。

傍晚时分,王伯与他的老表们捉迷藏,一个人跑进偏屋,关闭门窗。屋里,光线黯淡,但清淡的月光透过窗棂铺洒出一地霜白。王伯躲在门背后,正好对着床铺。奇怪的是,床铺和墙壁上长出树木的影子,一棵挨着一棵,一共九棵,收集房屋里所有的天光。王伯以为是窗户外面的倒影,但窗户外,根本不见任何树。窗户前面是池塘,池塘上面是小山坡,顺着山坡而去的是遥远的山脉,怎么可能有树倒影而来?王伯站回到房门边,又看见了九棵树。他不愿意再躲下去,拉开房门,刹那,九棵树消失了。

王伯在外面站了好一会儿,神智恢复,回想刚才的一幕,以为是幻觉。于是,又鼓足勇气走进偏屋关上房门,刹那,九棵树的影子马上铺在床铺和墙壁上,栩栩如生。

没有谁能解释这奇怪的天象。哪怕他的姑姑是受过高等教育的知识分子,也只能一笑了之。随后,王伯姑姑和姑姑的三个孩子相继离开人世。每一个亲人离开,王伯都想起夜晚铺在床铺和墙壁上的九棵树,他认为,他们的离去与房间里长着树的影子息息相关。但悲伤已经释然——树影收留了它中意的灵魂,灵魂与树木同在。

姑姑和她的亲人一起在青山绿水中,从此再无分离。这是幸运。

黑夜和乡村以它们独特的虚无哲学阐释了生死。生即死，死即生，生生死死，不过轮回。但肉体选择了巍巍青山存放，与所爱的亲人一起，他们的灵魂再不孤独简陋喑哑。

九棵树，是乡村的秘密。是生命的隐喻。

## 四 黑暗道心

雨，淅沥不止。楚地春雨绵柔，却倒腾出料峭的寒凉。

被春雨浇灌的大地，土壤黑黝黝的。水池水位上涨，荡漾起旋涡。旋涡透明，镜片般折射岸上物件光芒。春雨下的池塘，裂开大小不等的缝隙，倒映大地。房屋、庄稼、花草、树木，还有天空发灰的色彩。它们敛声屏气地配合春雨，跨越万千缝隙，悄然连成一个整体，扑倒于水中，朝着水流下面的世界生长。它们谙熟水流的动荡。因为谙熟，所以包容。《诗经》上说包容，"如得其情，哀矜勿喜"。万物相融，寂静无语。"情"比"理"大。

这哪是包容，而是悲悯……天地自然授予的情怀。"念天地之悠悠，独怆然而涕下"，古人寄情山水，以天地自然为发端，情绪为山水所动，至真至大。心系自然者，自然还心以大情怀。

傍晚时分，光线越发暗淡。你踯躅在池塘边，低头瞧看水下凌乱的身影。身影横亘在向下生长的碎片中，犹如清新的水墨画。古意盎然,逸兴遄飞。这仍旧是乡野的好处。它在某个时刻,譬如雨水淋漓中,譬如黑暗中,一下连通被折断的时间。时间沟壑填平,古意迎面走来。

你有点感动。

乡野荒芜,但骨架尚在,古意就不绝,也不会断绝。所谓古意,不正如血脉流淌,铮淙不绝?山水不变古意尚存。而天地之大江湖之盛,凡此种种不胜枚举,仍不失风脉,此为大道。道之所成,全由天地之风自然之气贯通,故有物我澄澈,江湖一统。

而今的乡野,这片江湖不再澄澈,道心尚存几分?

原野,水流,庄稼,破旧的房屋,在现代机器前摇摇欲坠。某一天,它们均被消灭殆尽——那一天似乎也不遥远了——消失的何止是村庄?还有古意,以及古意附带的乡村伦理乡村哲学,还有自然情怀……虚无殆尽,道心不存,被铅块般的物质灌注的心胸,在种种遭遇前,只能无可奈何地下坠,拽着肉身臣服,臣服强大的现实。

现实干掉了古意,大道遁走,秩序破坏,那才是可怕。

然而,那一天似乎并不遥远。

这样,夜幕四合下的原野池塘边,你的衣袂飘飘,如同凭吊。而那凌乱的倒影,挣扎于水下的世界,仿佛在执着地抗拒。

## 五　黑暗清明

正值清明。农历上的清明,为每年三月初一前后,并非固定的日期。古代从清明起的十五天内每隔五天分出三候:一候桐始华;二候田鼠化为鴽;三候虹始见。其间,光影透明,身心柔软欲飞。时万物皆洁齐而清明。清明又是传统的鬼节。百鬼出行,黑暗躁动。于是折柳插青,祭拜先人。人、鬼、神,在黑暗的通道上,构架彼此缘遇的桥梁。

光影飘忽,岁月茫荒,黑暗有序地走过又返回,再走过再返回……来回画着圆圈,维系着还未完全溃散的江湖。道心,在清明时节犹如明珠,光迹可辨。

你再次说到天地道心,且把它们置于黑暗中。

这有什么不对?如果光明在被强硬的物质破坏,那么,拥有虚无的黑暗如同保全。黑暗中的道心,笃定的拜祭者修行者……清明时节,黑暗中的奇事也不足为奇了。你蓦地理解了多年前你听见的一件奇事。

女友来自鄂西的一座大山。聚一起,海谈阔论,总免不了扯到各自生活的乡村。你在楚地,楚地尚魂灵,多有奇异事。每次讲起,你从未有话语上的优势。她大山里的经历,奇谈怪论不胜枚举。而她所讲清明之事倒是让你多年不忘,每次想起心中不免感叹。

何况还是她母亲的经历。

她父母是地道的山里人,母亲六十岁生日那天,四月初的傍晚,母亲与父亲刚为先人插青扫墓回来,站在自家院子里唠嗑。院子周围都是山,如同屏障,也是很好的底板,虫鸣兽奔、风吹叶动,被底板似的青山反弹,悠长清晰的声音绵延不绝。

那天,没有月亮,只有稀疏的星辰挂在穹宇,寂寞而冷清。

母亲和父亲拉着家常,有一搭没一搭的。一瞬间,天空出现一个光柱,圆柱形的光柱穿透了寂寞、冷清的穹宇,照在母亲头顶。母亲脸庞顿时明亮煌煌。父亲显然惊奇,站起来时,他全身也被光柱笼罩。

透明的光,聚焦隐秘和神奇,凝结成最遥远的柱形,吸纳了父亲和母亲,他们成为光,被光化合,被光穿越,他们彼此看不见。

光柱中,母亲叫道:你在哪里?

父亲说,我没有动啊,你去了哪里?

母亲惊恐万分,她低头,地上也是光,透明的光,穿破它自己的影子。母亲为自己消失的影子更加惊恐。她伸手想抓住什么。就在伸手的刹那,光柱缩小了。很快,母亲看见身边的父亲。光柱剩下一面镜子似的光辉,照在母亲伸出的手腕上,镜子还在缩小,剩下一颗米粒,落在母亲的右手腕上。

光线收回,天空再次暗了下来,稀疏的星辰挂在穹宇,寂寞而冷清。虫鸣兽奔、风吹草动，绵延不绝。

母亲再看手腕，上面什么也没有了。母亲反复询问：为什么我们在天光下看不见自己的影子？

没有了影子，该是多么可怕的事情。

第二年清明节的同一个时辰，母亲站在院子里，伸出了右手，她看见，右手手腕上有米粒般的光辉。瞬间，米粒消失了。第三年清明节同一个时辰，第四年……十年过去了，母亲已经七十岁，她在生日那天的夜晚，一定要站在院子里，伸出右手，仿佛要握住什么，一定是在握住什么，只不过肉眼无法看见。伸出右手的母亲，在黑暗中静静地等待，等待米粒般的光辉出现在手腕上。风雨无阻。黑暗清明。

母亲认为：那是自己的影子，在身体上站成了光辉，要我看见我自己……我必须虔诚地对待每一天，然后等到影子出现……

乡野黑暗中，寂寥的夜雨绵绵不尽。那是孤独人的呢喃，道心在胸者的祈祷。你不禁伸出右手，仿佛要握住什么。你静静地等待，等待与你右手相握的东西，等待它洞穿你的身体，站成光辉。

一定会出现，只不过肉眼看不见而已。

## 六　黑暗水流

那纯粹的黑暗只存在乡野。

城市有什么？黯淡的路灯，缥缈的霓虹，狂热的焰火，随身携带的不愿沉没于黑暗的各类光源。它们在夜色中飘浮，若风似雾，星星点点不灭。有人借着微光不眠，或醉生梦死或伤感寥落或蝇营狗苟或作奸犯科……欲望那么强硬，在肉体上鞭策出万千沟壑。这些沟壑深浅不一，却纵横交错，它们老了却不能结痂，只好溃烂，在各种光源中散发恶心的味道。

如果，来一场洗涤——当然，肉眼所见的水流之类的洗涤根本无可奈何。洗涤，此时就是清理，拔除，从气味到脓水。

唯有黑暗才可以做到。

寂寂大野，一具被鞭策的肉身，在黑暗中沉淀，沉淀血液、骨骼和肌肉，把它们交给被黑夜的河流清洗过的大地，交给时间的深处，尘归尘土归土。

清理。拔除。远不只是洗涤了，而是一种从外到内的信。

你说到了"信"，你觉得羞愧。未免堂皇晦涩了些。但除了这个词，再无它词能够涵盖你要表达的意思。这是心灵之事。却又不全是心灵的事情了。当一具肉身毫无保留地交付给乡野的黑夜大地，"信"，帮助肉体完成从外到内再从内到外的清洗。抖落积垢污秽，升腾出洁净和轻松。

请想想,黑夜中的肉身,被黑暗河流清洗的肉身还单单是肉身吗?它晓得了统摄肉身的东西,并对此珍重。

你无法称量你的见解几何,却盲目自信。乡野。黑暗。时间深处。一个行走尘世的生命,一路终老,是不能摆脱黑暗之水的。正如,一个人无法摆脱乡村和山野。

流传在乡野的《黑暗传》,开篇说,混沌世界黑暗一片,起初并没有水,经过各路神仙的努力,终于创造出"水"这种东西。水,水流,于是繁衍出山川高原沟壑和其他生命。

黑暗的水流,在黑暗中孕育生命的刹那,就在摆渡生命内在的灵魂。于是,《黑暗传》又说,洪荒世界,茫茫大野,有人在冥思,苦苦冥思……冥思就是黑暗的结果,犹如月光星辰照亮了黑暗,若隐若现地袒露黑暗的部分真理。

而冥思——生命与生命彼此不同的标签,它交出黑暗的底牌,坐实了黑暗中的虚构。

可有谁能够幸运地翻出底牌?

又有谁能够天才地完美虚构?

黑暗宏阔。乡野不死。寂寥永远那么珍贵。冥思者独处其中,创造他们心中的黑暗表情。

## 七　黑暗冥思

你从一个黑暗辗转到另一个黑暗。孤岛上的黑暗。平原上的黑暗。山垭口的黑暗。丘陵中的黑暗。峡谷中的黑暗。有什么用呢？愚钝之人，其实经历再多的黑暗也无法参悟黑暗中的禅机。但没有完全绝对的东西，即使愚钝之至，也有绝处逢生的奇迹。

是的，你相信奇迹。这是黑夜的昭示。愚钝者，往往天生具备一种罕见的执拗，而执拗何尝不是看见奇迹的条件之一？有时还是唯一。

长江中的孤洲。问安。安福寺。紫荆岭。石宝山。沙矶坪。长岭岗。青龙山。白鹤冲。宋家塆。四陵坡。你默默念叨这些名词，你的舌尖泛起植物的芬芳。作为村庄的地理标志，它们直白却合适不过。毫无悬念的直白，在乡野就是毫无遮拦的诗意。不是吗，被水环绕的孤岛，决绝出逍遥。问"安"的礼仪中，谦恭和祝福均在其中。因为寺庙的存在，"安"与"福"降临……诗意渗透到日常，虚无就打败了现实。你在头脑中翻来覆去地寻找可以与"问安""安福寺"能够媲美的地理名词，一无所获。寻找终归徒劳而已。

乡野村庄，作为心灵的原乡之地，它是血脉是源流。那么，依照《黑暗传》而言，它是人类最初的黑暗之源。

黑暗中,你不得不冥思。在阅读《黑暗传》之前,你是鄙视"冥思"这个词语的。它在现代新新人类眼中,就是"装13",是不打折扣的"二货"。它的注脚通常是忧郁症神经质甚至精神病患者。这多少无可辩白。繁复的日新月异的加速度发展的世界,要与之一致,需要的是精准的算计、理智的谋划和恰到好处的出击。"冥思"的确不合时宜。冥思者,被捆绑了双脚放荡了思维,还压低视线拘囿言行,注定是一个被抛弃的失败者。

失败者在黑暗中努力睁大双眼却一无所获。

失败者在夜色中沉湎内心,偶尔口占一绝。

失败者做着白日梦,却分不清梦里梦外,颠倒黑白质疑是非。

这是个问题。问题产生的同时也出现了契机。日益凋敝的乡野村庄,在黑暗中偏居一隅,与冥思刚好匹配。或者说,乡野村庄就是冥思者的最后收容站。

你为这"匹配"找到合适理由,却无法滋生幸运感。更无法狂言自身的天才。因为,冥思的你无论如何冥思,也无法翻出黑暗的底牌,更无法坐实黑暗中的虚构。

你仅仅冥思而已。

冥思的样子。迷茫,困惑,不解,又为丁点开悟而沾沾自喜,而偶尔涌起的零星想法撞击你心口,又误听为钟磬声声。于是,你心口浮腾付诸笔端的热潮。想法就此严肃并滋长趣味。黑暗中,灌满耳朵的是池蛙的鼓噪和夜鸟的呢喃,从容不迫又遁形无影。它们是黑暗的忠实记录者,却只凭一时兴趣。它们不在了(这一天似乎正在到来),山野一半的记忆也将不在。这令人悲哀。而冥思者潜伏黑暗中,无论春秋冬夏,他们以虚无捕捉山野中的黑暗细节,虚构黑暗的种种表情。你不得不承认,这是山野所有的记忆。

是的,你想在悲伤与虚无之间选择虚无。

现在,你就是冥思者,你在虚构,按照你心灵的履痕。

## 八　黑暗魂魄

你在文字中无数次写到祖母。那个仅存一只眼睛,腰身佝偻的老妪。她站在长明灯前,双手合十,目光下垂看心,嘴巴念念有词。她在地上的倒影矮小飘忽,鬼魅一般,构成你对乡村夜晚的发音。

招魂。

祖母出生在长江四围的一个孤岛上,年轻时远嫁江南,而后逃避战乱人祸又回到孤岛上。离开……归来,其中有怎样的际遇履历,只有她自己知道。归来时,祖母三十有余,而后至七十四岁离开人世,一直蛰居孤岛。四十年的蛰居岁月,祖母成为一个法术绝伦的能人,她被称呼为"能婆婆"。能婆婆有两个能耐,一是为病痛者铺蛇皮扎银针,二是为亡者招魂。除此,平日的功课皆是供佛。早晚两次,于长明灯前,双手合十,目光下垂看心,嘴巴念念有词。

"一切群生,不知常住真心,性净体明,用诸妄想,故有轮回转生。"

祖母不停念叨,一遍又一遍,岁岁年年。若风声雨声。你从小就谙熟的句子,虽不明其理,却深晓其情。情是什么呢?是黑暗中的星光和清水,涵泳相融,彼此映照,澄澈透明。你看见其中的人儿,切近又遥远。你祖母,只给你背影的祖母,倒影横生。

多年后,你读到海德格尔的诗句:"澄澈将每一个事物都保持在宁静和完整之中。"他如此褒奖澄澈。"每"和"都"两个字组合出果断干脆和蛮不讲理。真理般无人反叛。

澄澈不是一个词语,而是……你瞬间想起你祖母,想起她横生于黑暗的倒影。"一切群生,不知常住真心,性净体明,用诸妄想,故有轮回转生。"这仅仅是佛句吗?你断然否定。

山野的黑暗中,鬼魅一般飘忽的黑影,来来去去,奔赴于黑暗路途,却接受黑暗的澄澈之光的洗礼,走向"轮回转生"。黑暗这部未尽之书,册页泛黄,却注定沉甸。它是永生之源,还是归途之墓冢。它假借乡野这个行头,不时露脸。看上去表情繁复,实质单纯如一。

于你,黑暗某种程度上就是你祖母。这样的具象,催生你的思维,你头脑漫过两个词语,你随手写下。你却无法罢手,因为更多的词语受到召唤纷沓而来,它们构筑断章或诗句,像模像样地告慰,告慰一个冥思者的羞愧和惶恐。是的。不能准确而简洁地道出黑暗的真理,不过漫漶一种情绪而已。而情绪,过于表相主观,羞愧与惶恐无法避免。但又有什么呢?黑暗淹没它们,却又诞生两个词语。既是注释又是标题的词语:《哀江南·招魂》——

水患,战乱,夭折,疾病……
死亡从未像出生一样单一。
它们是绿芽中发出的繁花,
令枝叶低垂季节更替。
"一切群生,不知常住真心,用诸妄想……"
瞎眼的祖母点亮了长明灯,祷告。
日复一日的功课,清水般淌进她干枯的躯体,
在寂寥的黑夜澎湃出楚国的江河。
祖母鞠躬,磕头。在盂兰盆节的夜晚,
她的默诵找到竹篾扎成的大红灯笼这个扩音器,
从此破茧而出,化蛹成蝶。
"皋兰披径呵,斯路渐。湛湛江水呵,上有枫。
目极千里呵,伤春心。魂兮归来呵,哀江南。"

# 1954：母亲的孤洲

## 一 轻薄的雪

旧历年的最后一天的凌晨，一场雪才慢吞吞地从天而降。杨花般漫不经心地在头顶上飘浮，看不见来处和去处，就孤单幼稚地悬浮在半空，飘来荡去自得其乐。那么小而轻的雪花，没有人在意。但母亲记得，她大哥即我的大舅那天正是顶着轻薄的雪花离开家门，匆忙、决绝，给我们留下虚无而沉重的背影。

我外公冷着脸，坐在堂屋衔着烟锅生闷气。外婆站在青石门槛外，右手无力地摇晃了几下，一阵心虚，转身回到堂屋发怔。须臾，感觉全身冰凉，终是耐不住冰寒，回到床铺上，捂在被子里坐躺。卧室里传来剧烈的咳嗽。他们的新媳妇，我的大舅妈，穿着喜庆的衣服，站在湿漉漉的门口，盯着凌乱而邋遢的鞭炮，泪如泉涌，喉咙似被鱼刺卡住一般发呕。

我母亲去拉她的嫂子——外面冷，进屋吧。

他,他再也不会回来,再也不会理我了。大舅妈蹲下身子,把脑袋埋进环抱一块的双臂中,号啕不已。

十岁的母亲,尚不知道人世悲哀,却在这个小雪天里初识了远在离别之上的爱断情伤。她想说什么,却无从说起。她的大嫂,并不是陌生人,而是她三爹(我三外公)的养女。某个春天,我三外公在他的渡船上遇到逃荒的孤女,就带回了家,并取名春天。春天姑娘一直侍奉我体弱多病的三外婆。三外婆那时多年不孕不育。春天姑娘成为他们唯一的女儿,很小就与我大舅定下娃娃亲,而后三外婆怀孕生育了我芬姨。大舅一直拒绝这门娃娃亲,他天性聪颖好学,在三外公援助下,考上了著名的西南联合大学,更加反抗被包办的婚姻。他把口头的申明付诸行动,并把行动发扬光大到背离。拒绝回家,拒绝节日团聚。我外公迫于各种压力,在旧历年时,以身体有恙骗回舅舅。舅舅回家后被绑上绳子,与春天姑娘完婚。洞房花烛夜,被松开绳索的舅舅与我舅妈端坐于新房,却各自无语。夜色阑珊,烛光飘摇,天地岑寂,唯有几声梦呓似的狗吠。但我外公和三外公仍旧不放心,不时在新房外走来踱去,偶尔压低嗓门咳嗽几声。终于,烛泪淌尽,天色欲晓,远处传来早起的公鸡啼鸣。新的一天又开始了。俯在圆桌上瞌睡的舅舅猛地抬起脑袋,三下五除二地除掉繁缛的礼服,他没有揭开我舅妈的盖头,而是从窗户爬出逃跑。顶了一夜盖头的舅妈,脑袋昏沉发胀,浑身冰冷,内心却充满了期待。

在舅舅逃跑的响动中,她产生了误解。直至房间完全安静下来,安静到一种可怕的气息弥漫,舅妈心中感觉到前所未有的恐慌和绝望。她掀掉盖头,发现窗户洞开,明白舅舅逃了婚。她先是颤抖着身喉喊了声,他走了。然后不顾新娘礼仪,推开新房跑出堂屋,跑到院子里。悬浮在半空中的雪,简直稚童一般,没心没肺在眼前欢笑逗弄。

我外公外婆他们分别起床,跑出堂屋,站在高高的屋檐阶上远眺。只有灰扑扑的自得其乐的小雪。

我母亲也跟着起床,看见青石门槛下面的亲人,顿时明白自己的大哥逃婚离家出走了。她到底小,还是忍不住询问,没有人回答她。她也不需要回答。只是以询问表达她的不解而已。她跺脚几下,哀叹不已。她只能哀叹,因为她不知道说什么,埋怨自己的大哥她似乎做不到,她只有去拉蹲在地上的大嫂。

都是青春年华,都是亲人,却总是不能……决绝、离别、破碎——我母亲心中隐隐作痛,她想追去渡口送别大哥,却无法迈脚,她想安慰曾经的姐姐现在的嫂子却无从启口。

母亲陪着她嫂子,站在凌乱的地上,任凭刺骨的江风刮过脸庞,却无动于衷。

耳边的哭声,显然被压抑久了,突然被释放,一声赶着一声,而承载的身体被浩大而悲切的声音滚滚蹚过,难以适应,痉挛般地颤抖。江风甩乱母亲的头发,甩落出冰凉的雨水,它们顺着母亲的额头绵延出冰寒的雨线。

结束即开始。旧历年底的雪,轻薄地飘浮于大地,迎接来不同寻常的 1954 年。

三月初,原野上的麦子在绵延不绝的江风下招摇出绿色涟漪。油菜叶肥硕鲜绿,菜心抽起壮实的茎干,茎干挂满了花苞。家户门前堆起丘陵般的泥土,准备土钵种植棉籽。阳光高挂蓝天,红火着脸庞,似乎阳春到来。

傍晚时,浓雾却在长江腾起扩散,水分子和风力推波助澜,加重颜色和力度,从长江腾越出,伙同暮色朝孤洲袭击。母亲早早关闭大门,否则,风和雾会吞噬房屋的灯火,会侵袭房间每个角落,从色彩到温度进行扫荡、摧毁,留下断壁残垣似的废墟。外婆不停地咳嗽,咳嗽出大块淤血。床榻前踏板上的痰盂换了一次又一次。母亲从血腥的丝丝热气中捕捉到夜色中不同寻常的冰冷,双手交叉抱在胸前,缩紧骨头,拥抱自己取暖。

有什么东西从眼前划过。小而白的影子,倏倏摇曳,恍若流星划过天际。又在下雪。母亲打开后门,站在门槛上踮起脚尖看暮雪飘坠。苍茫的空中星星点点,萤火虫般飞来飞去,明灭不已。母亲保持张望的姿势,灵魂出窍一般久久不动,仿若沉陷于一场梦幻之中。那轻柔的雪,有不可知的蛮力,在黑暗中降临,又淡化黑暗的色泽,却被夜风消解得不知所踪。砰的一声,母亲关上大门,回到自己的房间。她坐在椅子上,双臂交叉抱在自己身上,又沉陷于梦幻之中。她没有点灯,但房间的黑暗却在慢慢褪色。桃花雪,从隔着玻璃和黑暗的屋子望去,分明是白梅纷绽了。

第二天,原野和道路一片粉白,亮晶晶的颜色刺眼又诱人。白色的雪层突然融合了天地,世界宽豁,大地洁白。静谧在天地相连的时刻,笼罩并蔓延。

我大舅妈气喘吁吁地跑来,带来噩耗:干爹被枪毙了。她干爹即我三外公,一直掌握沱江段航运,1952年底被人指控为资本家,后被人在家中搜出大量黄金而逮捕入狱,而现在……

现在他的尸体被人送到了江口码头,要家人过江去领。

外公和外婆一番准备,随我大舅妈出门。母亲跟上来,要一起去。大舅妈摆手阻止:你不要去,很丢人的。

我外公和外婆对望一眼,没说话。沉默在瞬间膨胀出紧张的气息。母亲被她大嫂的话怔住,她不是不理解她大嫂拒绝之意,但还是表现出明显的迟疑。"丢人"这个词语对她而言,似乎新鲜又混沌,在亲人逝去的悲哀和被政府枪毙的羞耻之间,显然她只明白"悲哀",如此真切并沉重。母亲执意要去,大舅妈再次拦下我母亲,理由坚决,我们都是偷摸着去接,你跟着去,就是累赘。

母亲跺脚叫道:有什么丢人的,还要你偷摸着去? 我三爹堂堂正正地做事挣钱,哪有什么罪——

## 二　呛喉的沙

桃花雪后,明媚的春阳日益健硕。长江的春汛到来,水色清澈,水域丰满。江边的芦苇返青抽芽,几天后就绿意盎然,密集成厚实绿墙,拥挤在江水之上堤岸之下。芦苇之上的桃花次第绽开,桃树下的油菜花沿着堤岸漫涌成阶,铺陈孤洲,童话一般倒映四围江水,逍遥出世外桃源的仙境。

不过,这是无风的时刻。尘埃落定,山野静立。但四围环水的孤洲,没有风吹的时刻,真是小得可怜。春风驰荡,本质轻柔,但风过江水,被流动的长江灌注马力,从四围发力,吹向水中央的沙洲。千年沙土沉积的孤洲,土质肥沃、疏松,更容易风吹草动。沙子、尘埃在道路上轻飘飘地,在一阵接着一阵的风中扬起、腾越,扑向四面八方。道路旁的建筑、树木、庄稼、行人和车辆,都是一身沙土、风尘仆仆的远行客形象。

大舅顶着一身尘土回到家。此时,三外公已经入土近半月,而我外婆病入膏肓,日夜咳嗽,血块哽喉,不吐不快。母亲哭肿了眼睛,她不再上学,日夜守在外婆身边。外婆平息剧烈的咳嗽,问她,还不上学去?

母亲解释,等你病好了我就去上学。

外婆屏着气摆手,再三叮嘱:没有什么事情比读书更重要的,你要坚持读书。母亲点头,哽咽着说:会的,我会读下去的。

大舅到家的傍晚,外婆闭眼走了路。年幼的母亲感觉仿佛天塌陷下来,恐惧、悲痛,在窄小的胸腔中游弋奔跑,横冲直撞,五脏六腑都似被袭击切割。她只有放大哭声,以响亮的号啕切割悸怕。

大舅妈安慰我母亲:别伤心了,人各有命,还是顺应老天爷的安排吧。本来是再普通不过的安慰话,母亲却被触怒,她站起来,伸出右臂,悍妇一般翘起右手食指骂道:白眼狼,你就是个白眼狼,什么是老天爷的安排?分明就是你的歪心思,你恨我大哥,巴不得我大哥的亲人都不好……大舅妈本是卑微的孤女,被母亲一顿抢白,瞠目结舌,愣在原地半天说不出话来。

母亲还在指责,唾沫飞溅,胡搅蛮缠。她把丧母的恐惧和悲痛转化发泄出来,还是真从什么细节看出一些蹊跷?

唯一确定的是,母亲从三外公被枪毙那天起,突然厌烦起她那个只有名分的嫂子。

我大哥不会喜欢你的,更不会接受你,你就是天生的孤单命。

母亲的指责沉重地打击了她嫂子,大舅妈跑了,但很快又回来,担当起一个媳妇对公婆走路的丧事之责。尽管我母亲指责的话绝情而锋利,但我大舅妈丝毫不在意,不因此责难我年幼的母亲。或许,在我舅妈眼中,我母亲那时就是一个口无遮拦的孩童而已。

办完外婆的丧事,大舅准备离开,大舅妈请来我外公、大舅和村子的干部还有几个姑婆到三外婆家。她在有威望有身份的人员齐聚的情况下,郑重地提出她的疑问,他们的婚事是否有效。当然,这根本不是疑问,只不过,是我舅妈借这个疑问来强调那件令她没有把握的婚事。

当然有效。他们异口同声地回答,并要舅舅承认。

这是包办婚姻,我无法承认。舅舅极力否认。

村干部说,父母都同意,有证婚人,还有你们父母给你们的登记,肯定是合法婚姻。舅舅大怒,那我申请离婚。

离婚,在当时的孤岛,无疑是一个新鲜而忤逆的词语。当它从舅舅的嘴巴里蹦出,立即爆发出清脆又坚硬的声响,滚雷一般炸在在座人的耳际和心上。一时无话。

要离婚除非我死。许久,大舅妈站起来,脸色发白,声音却平和镇静。是固执,还是出于尊严的抵抗,抑或是令人心痛的爱情?

大舅妈被三外公收养时,年仅八岁。大舅不过十二岁,在外读书,彼此照面的时日很少。再加上战火纷飞,大舅妈几乎足不出户,长年守在我三外婆身边,是三外婆的女儿也是她的侍女。三外婆是小家碧玉,养尊处优,稍不顺心,大舅妈就成为她的出气筒。舅舅在家的日子,看见大舅妈无故被欺辱,看不惯,出面维护几次，便被大舅妈感激在心。舅舅仪表堂堂、文质彬彬，颇有学识，大舅妈难免不心生爱慕，而舅舅止于礼节的态度算得上冷漠。这份毫无回应的爱慕，于她难道不会滋生羞辱？

没有人说得清。我母亲偏偏认定，大舅妈怨恨舅舅和舅舅的亲人。

一个十一岁的女孩子在风沙扑面的原野上，拿着薅锄，与她名分上的嫂子对质：你拼死拼活地嫁给我大哥，你不是喜欢他，而是恨他……你在报复。

大舅妈头上包着纱巾，还是无法抵挡沙子和尘土的侵袭。她蒙着沙土的脸上渗出细密的汗水，嘴唇却是干枯，她辩解，你太小，根本就不懂，爱啊恨的，都是空话，我没想过……对于我，只要能活下去就好。

你活下来了，你应该感谢我三爹，是他救了你……却死了……母亲眼睛圆睁，死死地盯着在风沙中眯眼的舅妈，朝前走一步，继续说：是你举报我三爹私藏黄金的，是不是？说着，母亲揪住她的衣服，被大舅妈推倒在地，她马上爬起来朝我舅妈扑去，又被舅妈抓住双手。母亲还在斥责她恩将仇报。大舅妈显然气昏了头，咬牙吐字，要你乱说，要你乱说……双手迅速卡住我母亲脖子，顿时，母亲双唇泛白。

我忘记介绍了，1954年的春天，桃花雪后，孤洲久而无雨，土地干旱，沟渠和堰塘几乎干涸。干旱带来的后果是，吃喝成为大问题。母亲被她嫂子卡住,一阵风沙袭来,马上昏厥过去。

等她醒来,已经躺在自己家中。大舅妈给母亲灌进一大碗米汤。母亲却伸手一拳,打在舅妈的太阳穴上,尖利着声喉喊:你就守一辈子活寡吧。

那你大哥还不是一辈子的鳏夫。

你说说,她这句话是不是证明,她恨你舅舅,想报复?母亲把她的深信不疑拿出来,以证据以推理以结论的形式,在我十岁那年。她总说——十岁后,你就是成人了。

## 三 决口的水

四月初开始干旱的孤洲,黄沙漫天灰尘遍布,田野上到处是龟裂的口子,大小粗细不一,却彼此相连,犹如走到暮年的耄耋老人。庄稼瘦弱、营养不良,看上去黄不拉几的。种植的棉花苗子死去大半。屋前檐后、田垄沟塍都是龟裂的干硬土块。

我外公家门后的堰塘干涸,水量减至一半,水面发黄,死气沉沉。人与牲畜的用水一度紧张。我母亲个子小,每次洗衣服或者洗菜什么的,都要穿双套鞋,一步一探地走进露出一部分淤泥的水塘,以防被陷落下去。

五月初,天空飘起了小雨。雨水滴淌进干涸的土地,被一张血盆大口吞没,马上消失踪影。孤洲土质疏松,渗透力强,雨水尽管微不足道,庄稼暂时也得到了水分补给。发蔫的棉苗顿时抖擞起精神,站直了腰杆,枯黄的茎叶泛起光泽。干旱是天灾,但相对于水患而言,这点天灾不值一提。即使没有小雨,有经验的庄稼人都存了希望,只要不破堤,还是有望头的。而更有经验的人——这些人不一定是庄稼人了,他们会嗤的一声,打个响亮的哈哈。望什么望,还不都一样活?趁着力气好好玩耍,去年不是没有破堤吗?现在还不是吃野菜咽猪糠,一个个肿胀得像溺死的猪狗?

几个掷地有声的反问,似在反驳不同一般人的活法,又似在张扬他们的随遇而安。这就是孤洲人的性格,不强求不勉为其难,及时行乐。孤洲方圆百里,是千年泥沙沉积出的水中孤岛,每年备受江水的冲击,又与长江为依靠。水之央,孤独岛,洲上人,在逼仄与孤绝的地理环境及频繁的水患中,接受了被水滋养又被水冲击的悖论,磨砺出独特的生存法则。逼仄孤绝的出口就是宽豁广博。很久以来,我不理解孤洲人的及时行乐,认为有挥霍、目光短浅之嫌。母亲不这样看,她批评我不懂,又讲不出什么大道理,只会拿些乡村物事来表达她的敬意和理解。她说到我祖父在连续几个通宵达旦的打纸牌中亡故,脸上还挂着笑容,而笑着离开,是一个人走路的最好方式……行乐也就到了极致。这是我最早听到的"行乐"解释,完全不同于课堂。课堂上老师关于行乐的解释是贬义的,但母亲却给予了褒扬。

我问母亲,你怎么行乐的?

母亲摆出纸牌,排列出三字经。七十士,上大人,孔乙己,化三千,可知礼,一至十的数字……问我懂吗,我摇头。母亲解释:土生万物,万物以大人为上,孔子才教化三千弟子,天下才知礼节懂荣辱,天下广阔,万物幽微,却有其规则,生于土,归亦土……我愣住,一项娱乐却暗藏如此精义?

你看这些排列是个圆咧,像不像我们孤洲?始终始终,九九归一呵。母亲继续说。

这么说,你从小就会玩纸牌?我颇有兴趣地问。

母亲摇头说,我那时上学,学校很远,每天起早贪黑地奔波在路上,哪有时间来玩耍?但1954年特大干旱,学校停课放假,我整天跟着嫂子种庄稼喂猪牛,空闲时,他们玩纸牌,玩得牛气烘烘的,我人小,对纸牌还没兴趣,但也有自己的乐处,喜欢上了围鼓子戏……围鼓子戏可是咱们孤洲独有的戏种。

围鼓子戏就是汉剧。荆楚汉剧解放前闻名天下。1941年日本人入侵荆楚大地,占据长江中下游一带航空、陆路,并在荆楚交界的城镇和乡村修建工事,大肆搜刮粮食棉花布匹石油等,为攻打石牌做准备。唯独水路还没有完全控制,但也成为日军重点攻击的交通路线。一时,沱江段风声鹤唳。沱江段是长江进入三峡口子清江段的重要关口,守住沱江意义非凡。在日军高压政策下,社会各阶层抗日力量风起云涌。汉剧也成为宣传抗日的重要手段,它从屋里走出来,排演新剧种,控诉侵略者兽行,宣扬抗日英雄事迹,发动民众抗日。日本人战败走后,汉剧又宣扬民主和平反对内战,遭到国民政府清剿,汉剧不得不又走回屋里。从开放到隐藏,秘密活动一般。既然要秘密不能声张,那么就必须收敛起声容,化繁就简。但作为艺术的宣传和娱乐的功能还是不能丢弃。

汉剧在严酷的时代背景下,从街头巷尾走回深宅院落,从城市走向乡村,从江岸水边漂泊到水中央的孤洲。于是,汉剧在孤洲演变出特殊的剧种——围鼓子戏。去掉汉剧的繁华喧响,只保存汉剧的仪式感。二胡兼锣鼓,咿呀咚嘭,几个人围桌而坐,启唇吐声,摆弄几个漂亮的手势与身段,讲古述今,传情达意。从舞台到日常,从艺人到百姓⋯⋯孤洲几乎每个村都有人会唱围鼓子戏,围鼓子戏里飞扬着孤洲人交流的聪明与不愿沉沦的精神。我母亲最喜欢的还是镇上的围鼓子戏。唱戏的不是洲岛人,他那经过训练的嘴巴纳气吐声,满口京腔,字正腔圆地说古道今,很有人气。只要他出场,听戏的保准是满堂,人挨人地围坐一大片。没有地方坐的,就爬到桌子上柜子上还有梯子上,连敞开的窗户上也趴着两三个人。他唱古戏还唱现代的戏,但唱得更多的是关于孤洲的一个传说。

我母亲就是被这个传说吸引的。"京腔"唱说,孤洲曾名叫丹阳,楚怀王被秦国当作人质扣押,后逃窜到丹阳,在丹阳地下挖了一个巨大陵墓,陵墓连通了楚国,有一天,楚怀王走进陵墓,从此销声匿迹……母亲想起在沟汊港渠边捡到的古钱币和类似酒樽的小玩意儿,更加验证那个唱戏人的说法。她深信"京腔"的说唱,"孤洲是个宝岛,下面已经挖空,连通了长江东西南北,而上面不能轻易挖掘"。

"京腔"有较高的职业道德,不局限在镇上唱,四处跑,在村子里唱来唱去,母亲就跟着他一个一个村子跑。

五月底,雨水连绵,数日不停,从绵绵细雨到瓢泼大雨,持续不断,一直下到六月中旬。阴雨天中,长江水流一天天丰满,水位不断蹿高,淹没了芦苇丛和芦苇丛上面的树林,冲击堤岸,水位快要与堤岸持平。六月初,防洪成为头等大事,不仅是孤洲头等大事,还是湖北头等大事。还有一件神秘事在孤洲流传,说有台湾特务潜入孤洲,大肆搞破坏,从各个方面侵蚀,譬如发传单,给小孩吃糖果,到处唱戏……领头的就是会唱本地汉剧围鼓子戏的"京腔",他哪里是唱戏,而是在借唱戏到处散播谣言瓦解民心大搞破坏,居心叵测啊,要防要抓。一时,围鼓子戏被彻底禁止。

六月中旬,江水淹没了芦苇树林,逼近堤面。大堤上都是帐篷,日夜守堤的孤洲人,不甘心这样单调沉闷地护堤防水,他们自有乐趣,几个人围坐一块儿,一边守堤一边捧着纸牌消遣。母亲闲在家里,却被反复告诫,台湾特务打入当地借围鼓子戏搞破坏,你不要再去听了,再遇到"京腔"要马上报告。我母亲拒绝这样的告诫,她不是信任"京腔"的身份,而是信任孤洲地底是楚王陵墓的传说,一遍遍说给乡邻听。每当母亲叽里呱啦地重复"京腔"关于孤洲的传说时,大舅妈及时赶来,拉走母亲,交代母亲收好包袱,赶最珍贵最值钱的东西收,做好逃离准备。看母亲没心没肺的,又说,村里传下话来了,江那边的沙市和武汉都溃口几次了,是百年才遇的特大洪水……

六月下旬,天气晴朗几天后,又开始下雨,淅沥不断,持续了整个七月。而七月中,洲堤溃口的消息不断,但都及时得到补救,没有酿成大的水患。进入八月后,天气时好时坏,而坏消息不断传来,说长江北边的城市几乎都遭受溃口的灾难,压力非常大,特别是武汉,京广铁路早已停运,汉江时刻有吞噬武汉的危险。

纸牌停了,所有人都在准备逃走。说是为缓解对面城市,特别是武汉的压力,孤洲将要炸堤决口分洪。

闻言的母亲大惊失色。不能炸堤,咱们孤岛下面是楚王陵墓,可都是稀罕宝贝。大舅妈反驳,你到底小,不经意间上了当,有些人到处唱围鼓子戏,根本不是唱戏,而是借机召集来看热闹的人,妖言惑众,妄图作乱,策划破坏活动,这样的人当然没有好下场,已经被政府抓了……母亲一时被激怒,满脸涨红,又骂起大舅妈,说她就会揪着帽子诬陷人。大舅妈很镇静地辩解:若是诬陷,怎么会被抓走被枪毙? 政府还能作假?

被抓枪毙……政府……她说的谁呢? 是我三外公还是"京腔"? 母亲至今也不清楚,因为从那以后,她说再也没有看见"京腔"了。

8月12日,母亲他们被机帆船接走,安排到对面的江口古镇避难。孤洲一个名叫金华码头上的大堤被炸掉,决口的洪水犹如千军万马奔涌进孤洲,掀起巨大浪柱,道路、房屋、原野、庄稼、树木……被滔天的江水淹没。

在江口镇避难的日子,母亲患上疟疾,上吐下泻,奄奄一息。我外公抱着母亲去江口医院看病,可医院里到处是病人,排队看病的队伍一直排到门外的街道上。医生看见我母亲眼睛都快睁不开了,要外公把母亲放过道排队等候。晚上时,我大舅妈送馒头来,看见母亲衣服上泻的脏物已经干硬,她着急了,一把抱起母亲闯进医务室,放在桌子上。值班医生大声呵斥并要求我大舅妈把人抱出去排队。大舅妈摇头,说,她只有一口气了,差不多几个时辰的事情,你就看着她死吧。看着躺在桌子上快要闭气的母亲,值班医生马上给母亲打针喂药。三四天后,母亲渐渐恢复。以后,母亲讲到大舅妈总要提到这个看病的细节,她无数次地感慨,你大舅妈当时是可怜我啊。

## 四　坚硬的冰

肆虐在孤洲的洪水持续到九月底才退。

一场水灾后,房屋倒塌,庄稼被毁,牲畜几近全亡。孤洲贫瘠荒凉。而母亲差点被疟疾夺走性命,活下来的身子骨单薄脆弱。外公心疼母亲,又毫无办法,只能到处挖野菜充饥。所幸的是,远在昆明的舅舅寄来了粮票。凭着粮票,可以去城镇买肉鱼买米油。这在特大水患后的孤洲,可是救命的粮票。外公思考再三,把粮票平均分成两份,一份留给自家,一份给了大舅妈。

大舅妈拒绝收,态度异常坚决,却被三外婆听见,她举起拐杖叫骂杖打大舅妈。你这个吃里爬外的死妮子,白白养活你,忘恩负义,我打死你……三外婆骂人时,声音尖利,语言流畅,一声比一声高。她打人更凶,拐杖从不朝大舅妈身上打,而是朝大舅妈脸上横扫。大舅妈双手抱头四处躲闪,终究没逃过,手腕处被打得青肿。

外公懒得拦三外婆,因为拦不住,反而会惹来叫骂,只好把粮票放在桌上,用右手拍下桌子告知,准备离开。三外婆果然看见了,停止打骂大舅妈,扭头朝我外公吼道:都放下,你儿子是上门做女婿的。外公只好放下另一份粮票。大舅妈喊道:妈——三外婆的拐杖在地上乱戳,骂大舅妈心肠毒辣堪比蛇蝎,一心就想饿死她……说着,三外婆全身发抖,脸色发白,倒在地上。

大舅妈第二天送来小袋的米,还有一小坨猪肉。她要求外公,赶快烧好猪肉给我母亲吃掉。说完就转身走,刚出门又回来,说,万一有没吃完的,一定要记得收拾好,我妈肯定会摸过来看的。

三外婆下午来了,专门转到外公家的厨房去。第二天早上,天光微薄,三外婆嗅着鼻子又在厨房里打转,看着外公煮野菜粥,不放心地询问,就吃这些?丫头(指我母亲)她还病着,就这样吃?外公黑着脸不作声。三外婆又说,她姑娘家,身子骨硬有力气扛,说罢掉头回家。

又过一天,母亲气色明显好转,能跟着外公下田了。

秋天的孤洲空阔荒凉,以往是白银般的棉花蔓延直至天涯,而现在,土地上是零星散布的棉秆,黑暗着身子骨,棉花秆的顶端偶尔挑着一两个硬邦邦的病桃。后来,病桃也不见了,土地黑皱着面容,板结着身子骨,不见一丝绿色。那些能吃不能吃的绿色植物都被寻空,就着汤水流进了饥饿的胃囊。甚至沟渠、堤岸、水边,均被挖空。裸露着泥土的孤洲,毫无遮挡,任凭秋风横扫,凉寒着五脏六腑,空洞着皮囊走到深秋,迎接来漫天飞舞的大雪,还有罕见的冰凌。

那场雪,比鹅毛还要大的雪,不是从天而降,而是从雪地上飘浮起来。一朵一团的,喏,就是地上冒出来的大泡花,心性儿却重,飘着飘着,就又落到地上。白茫茫的大地陡然升高了……

母亲说着,眼睛失神,声调变细变小,近似唇语。下啊下啊,大雪一直下着,在地面冒出白色的铺盖,放眼处,只有白色,看不见树木和房子,只能看见雪,雪连着雪,大的是雪山,可能是房屋(孤洲上的房子几乎建筑在高高的土台子上,为了防备洪水),小的是雪丘陵,可能是草垛(孤洲冬天冷,家家房前屋后都是码得整齐的稻草、棉柴和树枝,准备取暖之用)……

雪停了,却没有融化,而是结成了冰凌儿。

那些冰凌儿,那么大,圆圆的,长而锐利,从屋檐前挂下来,就像《西游记》里的水帘洞——母亲比画着,仿佛,冰凌儿就在她手上。

还是很好玩的,瞅准一个细长的冰凌儿,咯噔,随手掰下一个,那清脆劲儿,那晶亮的模样,真是惹人喜欢。但冷手,冷得骨头都疼,又舍不得丢掉,只好放在手上,翻过来翻过去地摩挲。眼睛呢,根本不在手上,还到处溜转。哪想,真又瞅准一个,比先前的要大,更有形状,就像一把大镰刀。于是,扔掉手中的,去掰大镰刀,掰下来了,却不小心弄掉了刀尖。可还是惹人爱,那么大的冰凌儿,要两只手才能握住,白白胖胖的。我就想,要是馒头该多好,忍不住伸出舌头舔了下,嗬,冷啊,赶紧收回舌头,凉寒的气息却趁机跑到胸腔和肚子里,到处乱窜。我只好握着双手,上下蹦跳,不断哈气。

再也看不见那么大的冰凌儿了。母亲重重地叹气,她是怀念还是在如释重负?

长江呢,也结成冰了吗?我突然想知道,四围环抱孤洲的江水,在冰凌天是什么模样。

嘿,那些天,长江都没有船走,嘟滴的航船声没有了,江水拍打声没有了,真是静啊……那种静,怎么说呢?母亲突然闭紧嘴巴,眼睛盯在某处。许久,母亲又启唇道,一静下来,远处的声音却大了,从雪屋顶上升起的炊烟的飘忽声,嘘嘘地响在耳边,啪,是冰雪中的树枝断裂声,还有小动物吁吁的腾跳声……长江呢,岸边都是冰凌儿,堰塘和沟渠早都结成厚厚的冰凌,我们要吃水,就只能试探着走过结冰的江水,走着走着……

母亲又停顿下来。

是掉进水中了吗?我担心地问。

母亲摇头,说,我们从决口的码头一直走,竟然走到对岸去了……回来时,江心的冰凌儿却突然断裂。母亲摇头,仿佛在为"突然"哀叹。她叹口气,说,真是太突然了,说断就断了,我那会儿跟着你大舅妈,她挑着水桶,我好奇地跟在后面,又跑到前面,脚底绑着一些干草,还是滑倒在冰凌上,手掌都撑破了皮,等我爬起来,后面有人喊"冰凌儿破了",你大舅妈丢了水桶,拽住我就狂跑,幸亏离岸近啊,回头看,没有跑脱的人掉进冰窟窿中,很快,黑乎乎的脑袋就不见了……

那年真是怪。先是洪水,后来是冰凌。除了这,还有饥寒,死了好多人,你的大姨爹在那年年底饿死了。母亲语气清淡,仿佛说着毫不相关的人事。他是我们洲上大地主的儿子,解放后被没收了家产,没有人理他们,你大姨是家里长女,家里穷……再加上三外公的事情,她嫁过去,可三外婆和你大舅妈却始终不理她了。

你外公带着我,还有你小舅一家,去给你大姨爹送葬。我去喊你大舅妈,她不去,我心中升腾起来的嫂子感觉消失了。她与我们隔着,终究走不到一块儿,我曾经的怀疑又冒出来:你三外公被抓被枪毙就是她告发的结果。

你说是不是?

问后,母亲又摇头苦笑,自语:其实,我也不问了,她多苦,送走你三外婆,咬着牙一个人撑着,到了六十岁,竟然同意离婚……母亲泪水出来了,她抬起右手,用手背揩了下眼睛,又摇头说,这些因果是非,理来理去终是心酸啊……

其实,你对大舅妈,在心中还是怨恨多于理解,是吗?

怨恨?这是什么词语?母亲坚决地摇头。你不会懂,怎么能够懂呢?水患、饥寒、疾病、离合,你看看,哪桩事情能够由得我们的心?你没经历过,不会懂的。

我懂,我刚才说的是指你十岁那年,而现在你说的不是单个的人,而是岁月。

母亲点头,再苦再不堪,毕竟都活下了来,对与错算什么,没有意义……你看1954年那场洪涝,咱们孤洲退一步,成全了那么多人的性命,还不是为了一个"活"字?多大气。这才是道理啊。

# 楠　声

一

楠木为管,简单的乐器诞生了。砰砰砰,拍打中说唱,词儿信手拈来,人间草木、家事牲畜、庄稼土地……日常事上了台面,客官你不能不心动。

楠声嘛,多是芜杂闹腾的民间气。

它脱身于沔阳渔鼓——说起沔阳渔鼓,回避不了长江中下游水域的地形地貌。两百年前,这里的长江段九曲回肠,水道细窄,每到汛期,江水汹涌澎湃。若遇上暴雨天,水患频频告急。"诸洲堤皆决,庐舍漂流,沿江炊烟断绝,灾民嗷嗷。"家园破坏了,成群结队的灾民只能出门乞讨。

乞讨,这是颇具忧伤的词语,暗含了悲苦和不幸,但它不止此,或者说,它不甘心于此。瞧,它昂起脑袋,抬起了眼眶。一道微微的光亮打来,闪烁了对方的眼睛。那时,旁观者就知道,不要小看它,它注定不会沉默,它憋着一股劲在拼力地突围,从而拔擢它临近死亡的卑弱。

乞讨的诉说——卖艺人诞生了。肩挎布口袋,手拄棍子,衣衫褴褛,满面愁容地走来,挨家挨户地走来,站定人家堂屋的门槛前。他们没有伸开双手哀求,而是从布袋里掏出了渔鼓,一声"给东家拍个楠管,请听啊",手拍击渔鼓。砰砰作响中,咿呀说唱的声音穿梭其间。那声音或粗犷或细弱,或悲怆或豪迈,或清亮或绵柔,他们的某些经历便为我们所知。家乡遭遇了洪涝,没有吃的,为了活命,只好出来卖艺,幸好遇见了善良的东家,请拨个赏头……救人一命,胜造七级浮屠……

简单的拍打,老实的说唱,单调的乐声,大致相同的命运,却还是引我们驻足聆听。静静地听完,再转身,端出满满的一碗饭或者从米缸里挖出一瓢大米,然后递给了卖艺人。

那个身背渔鼓的乞讨者,一路乞讨到孤岛。他的面目在一百多年前不甚清晰,但他拍唱的渔鼓哀切又不乏清澈,浑厚又不乏婉转。他站在张家大宅院门前,不卑不亢地拍唱,娓娓道出他的遭遇。一个身材颀长的男子缓缓走出院门,跨出门槛,然后朝拍唱渔鼓的乞讨者勾头弯腰,双手抱拳。

好个清音妙曲,在下有请师傅进庐舍聊叙。男子侧身,做了一个邀请的姿势。男子姓张,在当地富甲一方。那个乞讨者点点头,抱着渔鼓跨进张宅。秋阳劲头正足,迎面打来,抬起了他的脑袋。那模糊的面目由此清晰,瘦弱、肤黑、神情萧索。庭院中,男子愣了愣,便垂下微微扬起的脑袋。这样的一个人将在此完成艺术的华丽转身,他成为张姓男子的渔鼓师傅。张姓男子名金山,与颀长的身板白皙的面庞不大符合,却也实打实地道出了他的家业实力。

有人传说,张金山不是孤岛人,而是孤岛对面的董市人,但我家乡孤岛人硬是咬定在孤岛上,我信任家乡的版本。孤岛人也好,董市人也罢,张金山肯定就是楠管的创始人。

作为富甲一方的绅士,张金山颇有闲情逸致,平常爱好汉剧,这爱好发展到了痴迷地步,不仅客串,还成为当地的一个角儿。当他被沔阳乞讨者的渔鼓打动后,留下那位乞讨者,拜其为师,跟着乞讨者学唱渔鼓。师傅教得仔细,张金山学得认真,不出半年,张金山就能熟练地拍唱渔鼓了。渔鼓那乐声低切悲戚,长期由那些羸弱的身体拍唱,发出的声音总是令人惆怅伤感,无由地揪心。张金山热闹惯了,现在学会了拍唱渔鼓,却只能独自享乐,多没意思,独乐乐不如与人乐乐,他想发展更多的票友,便对渔鼓进行了改革。首先是乐器改革,在楠木筒这个低音部乐器外增加中音和高音,中音设置乐器简板,高音设置乐器小镲,这样,把以前悲切低沉的渔鼓丰富了弦声,高中低音起起伏伏,各种场合都能适应。接着,张绅士又结合本土特点,用当地方言代替沔阳口音演唱,借用汉剧道白,并选用戏曲武场的小钹增强伴奏效果。

楠声承袭了渔鼓以唱为主,唱、念(包括表白)结合的形式,又增添了一些新鲜东西。就表演形式来说,楠管多为单人行艺,一人怀揣楠管,走到哪唱到哪,面铺、茶寮、稻场、酒肆、街上、厅堂,有唱四方的灵活性。

自此,楠管拍起,砰砰声绵延长江中下游两岸,成为枝(枝江)宜(宜都)一处地域的标志。

## 二

我想想,在我十岁前,还没有随父母搬家到城镇,我曾经遇到了多少个卖艺乞讨的人?三个?五个?不止,远不止。夏天、秋天、春节……那些驻足我家青石门槛前说唱的人,衣衫褴褛蓬头垢面,他们或男或女或老或少,或专业或业余或说唱跑调词不成句。没关系,这都不是问题,他们不过借这个说唱方式告知世人:他们遭受了大不幸,此为人生之劫难,而他们不想束手待毙,要自渡,渡劫中,谁来助推一下,那些接济的贵人能否出现?

我年纪小,可能以貌取人了,不喜欢他们的破落相,曾经表现出厌恶。母亲不免数落我势利眼,数落完,又补白,都是人,谁都会遇到一些难处的,帮帮他们,我们就积攒了福分,以后,我们遇到难处,福分就会帮我们化解(应为"劫"吧)。母亲说得哆嗦,却是大实话。况且那些说唱的,咿咿呀呀,大都还是那么回事,拍打声与说唱配合不错,听听也清耳。我捧过米面给他们,递过茶水,还为他们递来碗筷,还有几次,去鸡窝里找出新鲜鸡蛋给他们……他们接过,双手会在胸前合上竖起,脑袋勾下,道个万福。那时,我幼小的心灵会有突然的亮闪,我觉得自己是个被福祉罩住的人。

这是延续多年的一种乞讨艺术,也是渡劫艺术,它在时间的更替中滋长了庄重感。这份庄重,因为灌注了"活命"的要素,从而获得了骨头的质地。

从清朝晚期诞生,至今,楠管有百余年历史。百余年中,楠管不断变化,其"配器"又被当地的扇子戏借用。不要武断,以为扇子戏就是艺人单纯地舞舞扇子。我们当地的扇子戏可是以扇子为道具舞蹈,并在舞蹈中说唱。这样说来,当地民间的扇子戏艺人,本身就是楠管艺人,只不过,是把站立不动的说唱艺术丰富了,说、唱、舞结合起来,强调舞美,表达一种情绪。这情绪多为喜庆。适逢家中族里喜事,或者遇上节假吉日,表演扇子戏,容易渲染热闹气氛。但,楠管表演的主流,还是站立着唱说,表达一种人生际遇。

或者说,我印象中的楠管表演,就是唱说,关乎家国情怀,也关乎历史传说,但多为个人际遇。而这种表达个人际遇的,又总是成为一种讨生的手段。

听,楠管拍响,楠声起:

……
"三样家业"抱在手,走遍沙宜和荆州,
走湖广,下杭州,走到哪里哪里留。
三年不带柴和米,五载不需灯和油,
家业一响口一开,自有神灵来保佑。

这是借楠管抒发心声,好比自我介绍。介绍中,我们称楠管三个击奏零件(楠管、云板、单面钹)为三样家业。"家业"这词道出了,楠管在我们孤岛上,可不是锦上添花的享受事,它是生存啊,细化成一日三餐一年四季。如此的表达使楠声根基如树木一般,朝着地下掘进根系,在那片卑微的广博的泥土层里壮实蓬勃,让人不可小觑。

楠管表演以长江为界分流。江北的艺人说得多唱得少,多喜庆多用于祝词颂扬。北路艺人有两个代表,一个是名叫张万栋的艺人,他善于从民间小调中选择素材,演唱中以喜庆赞颂见长。另一个阎广森艺人,借鉴皮影音乐,增加了诙谐幽默,常常逗人发笑。南路艺人以杨安新为代表,一直追求"动人的声韵醉人的音"。杨安新表演经验丰富,声、韵、调三个方面都有功底,不仅字正腔圆,而且富有音乐美。其后人杨德直又对楠管表演加以改革,吸取了江汉平原民歌中的音调,既大量运用了"徵、羽"两音,同时把"角"音也置于重要位置,旋律从高音区向下滑行,适宜表达忧伤感情,突出了"南悲"的艺术特色。

北喜南悲,有意思的区别。

此外,介于南北的中间艺人,生活在孤岛上,环境不同了,楠管表演又自有套路。孤岛四围环水,每年夏季都有或大或小的洪涝,家园和生命失去了恒态,每年会遭受洪涝的破坏,但每年都崛起,可谓常死常新。这样的环境决定了孤岛人的处事态度,不会过分渲染颂扬,也不会为其脆弱而黯然神伤,就那么一回事嘛,天大的事情,落到实处还不是一顿饭一场觉的俗事?悲悲喜喜有些作态,没必要。于是,孤岛人闲闲地拿起楠管,慢条斯理地扬落手掌,左手将楠管抱于胸前,右手中指无名指勾起,轻轻拍击作声。楠声风般自由地散落,听不出喜也听不出悲,情调稳静。

## 三

我七岁那年夏天,长江发生了大洪涝,也不止长江,还有中原地带的大小河流水库。连续许多天的高温后,接着是暴雨天,稀里哗啦的暴雨持续了一周,江河水库水位上涨,又恰逢汛期到来,一时,水流漫溢,洪涝蔓延。自然,长江中的孤岛也不能例外。洪涝下,大堤决口,堤坝崩溃,江水朝着孤岛倾泻淹没,漫过田野道路,冲垮了庄稼园田,冲垮了房屋所在的台坡,有些房子倒了,有些房子安然无恙。

孤岛人早已习惯,没有表现多大的吃惊和意外。他们耐心地等待,等待洪水退去,然后清除洪涝后的淤泥,处理洪涝留下的小病症,比如,小小的瘟疫和传染病。多年的习惯下,他们有经验得很,也得心应手得很。洪涝后遗症是不会存在的,孤岛的沙土土壤,肥沃无比,治愈能力极强,在洪涝后继续花红果绿,被中断的生长,犹如断电后的小黑暗,不过闪念间,黑暗消失,天地亮光堂堂。广袤的田野,风缓缓地吹拂,吹开云朵般的白棉花,安静弥漫。时间一天天过去,安稳一天天到来。

夏天就这样走过,秋天来临。

一场雨,不同夏天的雨,绵绵而清澈,落在孤岛上。秋天走近。秋风浸染了秋阳,吹来拂去,这亘古的风……孤岛的秋天,水若明镜,天空深远。村子里,被大小水塘烘托的村庄,在秋阳下,色彩斑斓,颇具油画美,但绝对是挂在镜框中的油画,稳妥妥的,晃动外来人的眼睛。

孤岛是个世外桃源呢。

河北河南的,安徽江西的,那些遭受洪涝,被迫背井离乡的难民,拄着长棍肩挎包袱讨生活来了。秋天日益走远,田野渐渐掏空,阳光和风也敛起了手脚。一切慢下来了,阔大的安静走向了静谧。

我们的台坡上走来一拨拨的人,又走远一拨拨的人。

我们家堂屋的青石门槛前,响起一阵阵的弦声。有唱黄梅戏的,有表演皮影的,有唱河南梆子的,还有唱花鼓戏的……我们看花了眼,没有喜形于色,也没有伤感悲恸。无论那些唱词和表演多么热闹花哨或者凄切哀婉,我们面色流水般平静,站在堂屋的大门前,与那些卖艺乞讨者隔着青石门槛对望。他们唱着,我们望着。有时候,应该是绝大多数时候,那些乞讨者不说不唱,只是伸出了手,手里托着一只碗,颤颤巍巍的碗令人担心,仿佛一个不经意的眼神就会让它跌落。

没有谁拒绝,更没有谁驱赶并关闭大门。从来就没有。我祖母会去厨房端出饭菜,盛满了递给他们,再给他们装上一小袋谷子。这是祖母专门为乞讨者准备的,单独放在一边。那年,洪涝灾难后,我家空了,没有了谷子,但玉米和红薯还有,我祖母仍旧准备在一边,代替了谷子。祖母双手递给乞讨者时,不厌其烦地解释,也遭受了洪涝,谷子没有了,只有这些杂粮,还多包涵啊。

我记得,那个浓雾弥漫的中午,我家来了一个卖艺乞讨的人。他几乎是一步一拖地走到我家青石门槛前,满脸菜色,嘴唇发乌,稍稍站定后,棍子倚靠墙壁放下,右手抖索,从布袋子里摸出一只海碗。破了边角的青蓝颜色的海碗越过门槛,正对向中堂的大方桌,方桌已经上好冒着热气的饭菜。

我祖父叫道,不好,他饿坏了。转身先给他倒了一杯茶水,那人接过,仰头一口气咕隆咕隆地喝完。接着,双手接过我祖母盛来的一碗饭,人却跌坐在地上,但一碗饭被双手牢牢地抓在胸前,又被抖索的右手喂进了嘴巴。

他活过来了,站起来,恭敬地垂下脑袋。

我白白吃了你们粮食,真是过意不去……本来快要饿死的命,也被阎王爷赶了回来,俗话说,滴水恩情涌泉相报,我这把老骨头,孤蓬野草一棵,哪来啥子泉水呢?遑论报恩……可幸,我还有这个楠管跟着,不曾离弃。说着,松开左手,从布袋子里熟练地掏出一支乌红颜色的竹筒。

他要拍唱楠管了。咔嚓一声,楠管分成两截。我定睛一看,并非楠木筒子断了,而是中间本身就有个含口,含口处可分可合。

这又有什么讲究?

客官啊,合上这个家业我就是个讨饭的叫花子,分开成对对儿两截,我就成为卖艺唱戏的,对面站的客官呐就是我的天帝,老朽这就施礼拜拜——边说边唱的他,扔了拐棍,卸下肩膀的布袋子,跨过门槛,抱拳屈身。

师傅大礼,我们承受不起,顿时慌成一团,分别回礼。祖父咳嗽一下,瞪圆眼睛,脱口问:师傅就是本地人?祖父一问,我们也愣住了。

客官,容我细细道来,本是岛上人,少小离家奔世界,客居冀豫,颠簸战乱饥荒,徒留祖传手艺,而今遭遇洪涝至亲罹难,老朽一叶漂泊向南归根,我就拨响那楠管哈,借楠声诉诉衷曲。

原来如此。

师傅贵姓,老家总还有人吧?

镇上巷道刘家人,姓刘名云生,岁月更迭,人情呐那个蹉跎,乡音未改鬓毛衰,儿童相见不相识,难得庙村容我延宕,我拍拍竹筒,敲响云板,唱古说今道传奇,传情达意表风流,客官啊,借我中堂一宿说唱《卜居》,送上清音呈个耳福。

刘师傅唱了今晚,就有明晚后晚,甚至……我祖母祖父嘀咕开了。我们多少晓得楠管的一些规矩,比如,唱书不能挖根(即唱完),要留点念想。留念想也不是吊客官胃口,而是给别的楠管艺人留口饭吃,只要有艺就能接着唱。农村普通人家,谁有能力连续几天请师傅住家拍唱?刘师傅仿佛看出我们的顾虑,拱手道,今晚在东家起个头,留个好兆头,明早就离开。

## 四

应该说,我七岁那年看见的楠管表演,是一次美妙绝伦的绝唱。而后,我随父母从乡村移居城镇,继而外出读书工作,再成家,也多次聆听楠声,正式的非正式的场合,无非是一听一笑,再无机会领略那样打动心灵的表演了。

那天晚上,我家可热闹了。全庙村人都晓得,我家请了大师傅拍楠管,节目都传得沸沸扬扬,名叫《卜居》,这文绉绉的题目点亮了村里男女老少的眼睛。挨黑时,我家已经准备好拍唱的场子,中堂春台摆放两盏大油灯,而中堂外面的屋顶,挑起了两个马灯。按照刘师傅的吩咐,桌椅依次摆放整齐。我祖母和母亲烧好茶水等候。

那个大雾天收雾后,太阳红彤彤的,到了傍晚,霞光满天。毕竟是秋天了,一会儿,晚霞消失,月亮上来了,黄黄的,泛着拉杂的毛边。夜色却趁机围拢,在我们庙村层层堆积。黄月亮很快就被烘托到穹幕顶上,逐渐瘦弱而清白,幽幽的,铺洒一地轻薄的寒光。

杂乱的脚步声后,我家中堂满满的,连门槛外屋檐下的台阶上都是人。兴奋而好奇的眼神,浮荡在灯光和月色中,在我家燃烧出一种特别的光亮,仿若水洗般的银器,岑寂着周遭。偶尔,是一两句询问:今晚说的是《卜居》?接着是中气十足的回答,对头,《卜居》。

这名字中听,有盼头……

盼什么盼啊,马上就要开唱了……

是哈,但还是盼,馋虫都勾出来了……

刘师傅在众人期待的眼神下,抱着楠管出场了。他洗了澡还洗了头,换上了一身灰白的打了补丁的衣衫,看上去,整个人都神清气爽。先是鞠躬,然后伸出右手指头,勾出楠管响声。刘师傅双手抱拳,介绍他自己:各位客官,老朽少小离家奔赴岛外,战乱灾害中讨生,绵延一口残气,全凭祖上传下的楠管,家业在手,拍响春秋,江北城池巷道马路,唱得满腔楚曲啊,念想的却是叶落归根,今晚月明中天,我犹得新生,喜借庙村风水人情,破喉一出《卜居》,博得客官呐会心一笑,老朽可就心满意足……

好……好……叫好喝彩声此起彼伏。刘师傅喝了一口茶水,言归正传,拍唱《卜居》了:

盘古呐开天地,水流到中曲。
神鱼寻休憩,看到我家啊——丹阳地,
懒身梦乡里,九十九洲归了一。
庙村呐是胸框,藏了支啊——楚后裔。
话说细水长呐,就从那个庄王讲,
秦兵灭国恨,庄王逃命啊——到了这里
……

堂屋里刚才还有的窃笑私语,在刘师傅说唱中,一下子屏住,活生生地被堵在喉咙,滑进了肚腹里。灯火算得上通明,却分明遭受破解,随着夜风左右飘忽,在白银般的月光中力不从心,油般浮荡水面,散漫出曲折的五彩纹路,魅惑着投注来的眼光。

我们仰起脖子,抬高的眼神齐齐聚集于方桌后面的刘师傅。

一身灰白的刘师傅,胸前抱着乌红色的楠管,面目分明,声音清朗。究竟是我们的眼神一起照亮了刘师傅,还是他自己的说唱点燃某种东西而发出了奇特光亮?不得而知。

中场休息时,听众纷纷起身离开,我家堂屋顿时空了下来。很快,他们又回来了。回来的左邻右舍喜形于色,双手满满。他们感谢刘师傅啊,提来了粮食、蔬菜、鸡蛋鸭蛋、米酒,还有人提来了腊骨头。这可是天大的人情了,刘师傅拱手谢了又谢,声喉哽咽了好几次。

那个晚上的楠管,我没听完,瞌睡来了,又不想回房间休息,就靠在母亲的肩膀上睡着了。一觉醒来,已经是大亮的天,拍楠管的刘师傅也走了。我家堂屋人去屋空,但分明还回荡着昨天刘师傅的拍唱声。

我七岁,刚刚上学,懵懂的年纪,但记忆如此深刻,是因为,我的记忆融合了村里人所有的记忆。那年的春节,我家宴客,请来了村里有名望的人,他们在饭桌上回忆起刘师傅的拍唱,满口称赞,而村里最有学问的老人,这样总结了刘师傅的演唱。

"楠管是祖传家业,洲岛里外均有传唱,可根脉不同风格相异,我们听到的唱少说多,大多耽于家长里短,不过寻乐逗个嘴皮,庸俗难耐,登不了大雅之堂,而刘师傅传承楚地声息,格物雅致,他在我们庙村拍唱的《卜居》,悲声去痛乐不饰喜,楚地风流尽得彰显,我们的来身去处啊,明明白白犹如神谕。"

我父亲是医生,还是个文青,一听老人的话,立马拍掌,夸赞老人总结得到位,还重复了老人的话,以后,又多次给我们提起。我不能不记得。成年后,我每每想起刘师傅的唱词,就在心中赞叹,那唱词绝啊,我们的来处竟然如此诗意不凡。

说来,孤岛是有来历的。传说一只大神龟在长江里寻找休憩之地,结果看中长江中下游交界的地域,这里河床宽广,气候温润,沙质软硬适中,于是栖身这里,而庞大身躯周围溢出了沙土,沙土隆起来,形成大小沙洲,共有九十九洲,随着时间推移,九十九洲合一,就是今天的孤洲。四围环水的孤洲交通不便,逍遥在尘世之外,有了桃源避世的意味,到了战国,楚怀王被秦国穷追,隐匿到孤洲上,建立了都城丹阳,秦国追兵后来闻讯赶到丹阳,哪晓得,楚怀王不见了,翻遍丹阳地都找不到楚怀王,他去了哪里?传说楚怀王在洲岛下挖通地道,连接了长江南北逃走了。洲岛作为楚国的旧都,其遗风遗俗还可从今天的习俗中一见端倪。而刘师傅的楠管拍唱,融进历史和传闻来唱说我们的居住地域,既是宣扬告诫,又是一种普及传承,听闻者,无形中就觉得,孤岛是了不起的,而孤岛人的血液里流淌着浪漫多彩的楚人的血液。

作为孤岛后人,我曾经以散文和小说,无数次去叙述孤岛及其人事。那块地方,相对于其他地域,邮票一样大小,可以忽略不计,而我的叙述源源不断,以至于乐此不疲。叙述中,孤岛的神秘无从解释,越发神秘,诞生的故事越发新鲜有趣,而孤岛本身,于我,处在新旧交替的叙述点上的我的眼中,它驳杂繁芜,仿佛一个浓缩的小宇宙版本,一个孕育生命的母体。正如,我现在追溯记忆中的楠声,哪里只是在说一种民间艺术呢,而是在说一种存在,不是单独的个体的存在,而是贯通了诸多东西的存在和存在的衍生。我愿意以文字的方式去叙述,叙述中,无数个生命诞生,无数个宇宙抵达。

## 五

七岁那年见到的楠管绝唱,是有对比的。

对比是我的一个亲戚也曾来我家拍唱楠管,他是我祖母娘家那边的亲戚,我喊他六斤哥哥。六斤哥哥家里穷,却又自认为聪慧,不愿意在家务农,从小就跟人学艺。学过裁缝,学过杀猪,学过瓦匠,学过……太多了,都没学精,半途而废。后来,游走他乡学起了拍楠管,自然,学的楠管是北边的楠管,多喜庆多逗乐。

年底时,六斤哥哥来到我家,想借用我家的堂屋拍唱楠管。

他的请唱是有原因的,就是刘师傅开的好兆头,人气足嘛。这个要求没什么不合适的,又是亲戚,我们答应了。早早就准备好拍唱的场子,同样在屋檐下门楣两边挂起马头灯,还蒸了大锅馒头(里面掺杂了许多红薯玉米)作为招待。那晚,也是济济一堂,连屋檐下都是人,他们双手笼在袖口,踮着脚尖朝屋里看。

天气冷,我们学校刚考试完放假,不过,老师们还在学校里,可能在批改卷子,也可能是在忙别的。晚上,学校也有老师留下。怎么说呢,农村小学的老师,半边户多,民办老师也多,白天在家务农,晚上来批改卷子备课开会什么的,是常态。我五外公的孙女淑琴姐姐是学校请来的民办老师,她青春漂亮,会唱一些俄罗斯的抒情歌曲,带我们的音乐课。学生喜欢这个漂亮的、一边弹琴一边引吭高歌的女老师,而这个女老师正是我的表姐啊,我得意极了。淑琴表姐仰起脖子,笑靥若花,眼眸星辰一般晶亮。深夜花园里,四处静悄悄……潺潺若流水的琴声下,那曼妙的抒情诗帅了我们的眼睛和呼吸。岂止我们,还有李校长。李校长也是我亲戚,是我外公的孙女婿,我喊表姐夫,我的亲表姐小琴的丈夫,小琴与淑琴是表姐妹。那几天晚上,淑琴表姐的歌声在我们村庄隐约流淌,我母亲一听见就摇头。我赞叹淑琴表姐的歌声,顺道说出了李校长——母亲打断我的话训斥道,小屁孩你知道什么啊!

是啊,我一个懵懂无知的小孩子,知道什么呢?不过顺口说说。

但我的确知道了什么。我的"知道"正是六斤哥哥的楠管乱拍的结果。他又如何乱拍的？六斤哥哥走南闯北的,他学拍楠管,套路是北边楠管的,唱得少说得多,"说"是笑说,为了场子为了人气为了求一个好彩头,这"笑"极尽逗乐奉迎。虽然,那见"人"说"人话"的好功夫,的的确确表现出脑袋的灵光和嘴皮子的顺滑,可是——六斤哥哥对他自己的认识没错,他是一个聪明人。眼睛一睃,眼前的听众就一一在心了,于是,勾起楠管,砰砰拍响,嘴皮子抹油一般,顺口夸来,夸仪表夸内质夸前程夸健康夸福寿夸家运夸学业夸姻缘……依次说唱,套上老古戏里的词儿,连缀好我们孤岛的乡音俗语,都是押韵的好听句子,还脆生生地响耳。关键是,说词均不重复。好有趣啊,六斤哥哥在说唱中,增加了扇子戏的份头,扭着腰身,摆出一些高难度的舞蹈动作,活脱脱的戏子了。

这样的拍唱下,听众们眉开眼笑掌声四起。

谁晓得呢？我家堂屋慢慢来了两个人,就是李校长和我的淑琴姐姐。他们可能是一起来的,只不过彼此相隔较短的时间。他们终究还是要避人耳目,不敢大胆地在一起,一边一个角落站着,但听看中,两双眼睛就穿透了人群,突然对视而笑。望着笑着,两个人慢慢站在了一起。

昏暗的油灯下,拥挤的人群中,他俩不大惹人注目,但他俩毕竟不是农民,形象上有些区别,特别是我的表姐,漂亮文雅,而他俩旁若无人的相视而笑,简直就是在喧闹的人群中竖起一堵无形的墙,活生生地把周围人隔绝开来。人群中的李校长和淑琴表姐,即使那飘忽的灯花照耀不到他们身上,可是,他们不可能不醒目。六斤哥哥发现了他们,从他们的举止穿着立马揣摩出他们的身份。于是,六斤哥哥来劲了,来了一个高难度的动作,他双脚并拢全身蹦起,在空中来了个三百六十度的旋转后,稳当落地。哐……一声脆响,六斤哥哥夸起了我淑琴表姐和李校长,他的夸赞这下改变了策略,不是一个一个地分别夸赞,而是交叉夸赞。那些词句,真是好听啊,我忘记具体的唱词了。我觉得好听,不光是我耳朵听得舒服,还有大伙儿雀跃兴奋的反应。那种雀跃兴奋却没有声音,全化作色彩和光亮,在大伙的脸庞上无声地笼罩弥散。

但是,全场越来越安静了。那飘忽的灯花摇曳得厉害,似乎有些觳觫,幽暗的堂屋里,爬行着屋外冷月的清寒恍惚。李校长和淑琴表姐觉得难堪,正准备离开时,六斤哥哥居然朝他俩递出了"家业",说唱道:

夫妻双双把马上,碧蹄踏破板桥霜。
你看那残月犹然北斗依,可记得双星当日照西厢!

伤风败俗……砰的一声脆响,有人摔破了茶杯,爆出怒吼。堂屋里的听众一下站起来,接着是人群起哄声,再接着是呵斥吵闹声。我家堂屋乱了。一个年长者夺过六斤哥哥手里的"家业",摔在地上,旁边的听众伸出左右脚,乱踩地上的"家业"。六斤哥哥被人抱住挨了不少拳头,但他一边哎哟着一边扭捏着身体,三两下挣脱了围攻,抱着脑袋从我家厨房后门跑掉了。

李校长和淑琴姐姐也被围攻了,但淑琴姐姐被我母亲他们护着,从堂屋后门跑掉了。这个晚上后,淑琴姐姐再也不能在学校和家里待下去了,在村子里也待不下去了。她走出了孤岛,先是在宜昌某个学校代课,后来嫁出了湖北,离我们孤岛越来越远了。

被砸了场子的六斤哥哥呢,再也不敢来我们村了,也没有脸皮再去说唱楠管了。但他聪明,又学起了武术。如果说以前他学的那些行当,什么杀猪啊裁缝啊瓦匠啊,还有楠管,不外乎是为了混口饭吃,有实用性,可是武术……起码在乡村,在八十年代的县城乡镇,武术无异于花拳绣腿,自个健身可以,至于养家糊口,免谈吧。

这是令人费解的。

我成年后,在城里的父母家中,我与六斤哥哥再次相遇。他头发花白,但身板丝毫看不出中老年人的臃肿呆滞。这是武术的功劳?我开玩笑,说武术到底还是起到作用了,瞧六斤哥哥的身板,令我们这些小年轻们也汗颜。六斤哥哥哈哈大笑,说起了武术,也就说起了他学武术的缘由——还真的是因为那年的楠管说唱落下耻辱而起的。

拍楠管啊,要先管好自己的肠子,再管好自己的嘴巴。六斤哥哥总结道。

我们笑笑,没接话。不好接话,他说的楠管,仍旧是北边的楠管,说得多唱得少,说说唱唱,磨嘴皮子逗逗乐子夸饰一些东西,现今在整个宜昌整个湖北也吃香。但我们记忆中的拍楠管,那年中秋在我家堂屋拍唱的《卜居》,清流一般,流淌在我脑海心田,占据了我所有关于楠管的记忆。它雅正端肃,又通透澄明,不做态,不敷衍,不粉饰,不端架子,真的是绝唱了。

# 六

我听了一个楠管拍唱。不,应该说,我观看了一个楠管表演。

台上,一个笑眯眯的表演者,穿着传统的大红对襟套装,以楠管资深代言人的身份出场。他怀抱三样"家业",以说代唱,俏皮话源源不断,伴随楠管嘭乓声,大拇指不断竖起赞颂。

有省里来的文艺大家,她知道我的家乡是楠管诞生地,问我,这就是拍唱楠管吗?

我点头又摇头。文艺大家旁边有省里来的陪同人员,是我的熟人,我曾经送给她我的小说集。她问道,我看过你写的小说《卜居》,写了一个拍唱楠管的艺人,与我们今天观看的有太大的出入。

我吸了口气,无话可说。女人继续说,文学虚构得太厉害了,但事实,特别是涉及基本知识的,还是要遵守。我表示赞同,脱口道:是的,小说里面的刘师傅,的确曾来到我老家乞讨,并唱了《卜居》,我印象太深刻了。

面对惊讶的眼神,心中不禁一阵冲动,关于楠管,我真的要说说什么了。

正如我的出生地,我的老家孤岛。现在坦荡如砥,田畴家舍与江北平原毫无二致。但它与我儿时所见的孤岛已经是两个地方了,曾经遍布孤岛的池塘河堰沟渠大多干涸消失,曾经垒起来的高台土坡也不再寻得,环境的急剧变化,自有缘由,却还是令我费解。我以笔叙述万籁寂静下的桃源记忆,无异于痴人说梦。而那种岑寂下的每年生死转换的生命轮回——轮回中产生的悖论哲学,到底是我的虚构妄想,还是非虚构下的残酷写实?

同样,有远方的师友来到孤岛,游历一番后,对我感慨,就是长江中的一个小地方啊,真看不出什么特别的,与你笔下的孤岛是两个世界。

这话永远没有错。

我笔下的孤岛,幽魅、神秘、岑寂,但充满了悖论。悖论下的孤岛又不时地散发孤绝、逼仄、坚硬的气息。恰恰是这种气息,将孤岛带出洪水的包抄,走出了旷阔温润的质地。自此,一个人的疆域得以扩充。这片土地上,无形的有形的,虚拟的现实的,不可或缺,叙述从而丰美完整。

但是,我仍要说,孤岛的本质就是"孤"。在此之上的叙述本质仍旧是幽暗。楠管作为叙述的一种,它理所当然地配合了"孤"字的拍唱。楠声起……生活的本质叙述。有伟大的里尔克诗句为证:

> 我爱我本质的幽暗部分,
> 在其中我的感官渐渐深沉,
> 在其中仿佛在旧日的信笺,我发现
> 已然被生活过的我的日常生活
> 已然杳如传说,已然被克制。

# 梦　潭

## 一

"过车轮磙子要小心啊,时间晚了一定要约伴一起走。"祖母和母亲在我每天上学前都这样交代我。

车轮磙子是我初中后上学回家必经的一条坡路。高高的土台子上,前后坡路都显得高峻陡峭。几个大石磙隐埋在泥土下面,连接坡前坡后潭水的流动。想必有不少石磙支撑泥石,才垒起山陵一样的坡路。石磙形如车轮的命名嫌疑,是我至今能揣摩这条路名的唯一证据。坡上,一户紧挨一户的一长溜人家,均坐西朝东。这些人家如果被描画在纸上,而纸张左右折叠,车轮磙子刚好是左右分离的折叠线。

坡前是菜园,在四季红绿热闹着。坡后是树林,灌木乔木花草藤萝,密麻拥挤参差不齐,却屏障一般护卫着坡上人家。前后坡底呢,均是深潭。树林下的深潭沿着坡底拉成直线延伸,清幽、静谧,隐隐有绿莹莹的光芒。那屏障般的山坡在潭水表面矗立起山洞般的黑影,压迫出浓郁的神秘。神秘下,每个小孩都可能被大人反复交代"不要到坡下的水里去玩,否则会丢命的"。

车轮碌子以道路形式着急地从潭水上滑过,东面毗邻着村小,西面却无限延伸。我成长的脚步被车轮碌子送出。

## 二

我六岁时,已是小学一年级的学生。在教育还没有普及的乡村小学,低龄在集体中非但没有任何优势,反而越发张扬自卑。我不大喜欢上学,不是成绩不如别人,而是从开始我就看见骨头下紧缩的阴影。

同一个班的林和红比我大了两三岁,他们是我的邻居,知道我家的秘密——我家是村里的单姓户,历来要受到欺负;我祖父好赌,却不断地输,他输走家产还输走家产之上更多的东西;而我父亲在镇上的花边新闻已经传到我们村,还被传得沸沸扬扬,好像我和母亲就是来承受耻笑的……这一切成为他们控制我的撒手锏。我觉得屈辱,无法言明的屈辱让我很早就明白,保持距离,不要和人靠近。

我的疏离不过是想被他们忽视,少受一些欺负,但这个愿望无法实现。首先是一个非常紧迫的问题——如厕排泄。学校没有正规的厕所,大小便要到附近农家的私人厕所。最近的农家就是在车轮磙子坡下临潭散布的几户。

下课了,纷涌的学生拥挤在这些厕所里,干净些的有遮蔽的厕所总是人满为患,而露天的厕所(一家农户在菜园里临时用一口大缸做厕准备为蔬菜施肥的)是低年级学生唯一的选择。这是能想象的,大缸承载有限,污秽到处蔓延,每次方便都找不到落脚的地方。难堪,着急,我极力强忍。大便尽量在家里解决,而拉尿无法控制。尿意鼓捣我的腹部,煎烤我的神经。我做不到疏离,我需要女孩站在旁边守卫。我担心被调皮的男孩子戏弄,更担心——这样肮脏的地方总是会突然出现一个神经兮兮的女人,被人称呼为杨幺姑的女人。她的脚步轻飘几乎没有声响,总是不经意间靠近露天厕所。她头发蓬乱,衣服破而脏,接近沉郁的黑或者蓝色,衬托她枯槁的面容。形销骨立、行踪诡异,增加我们的恐惧。

她的家就在车轮磙子上。

我的疏离完全被杨幺姑破坏。趁老师不在教室当儿,她闯进我们的教室,径直走向我。那么多的学生,她只奔向我,我几乎是绝望地看见她空洞的眼睛突然闪烁出绿莹莹的光芒。不要抓我,不要抓我,我内心这样祈祷,并重复梦中的呐喊(我无数次梦见,自己被一个女人或男人追赶,她或他偏偏不顾我的祈祷,扑向我),但这有什么用呢?杨幺姑径直朝我走来,伸出如鸡爪的双手。我失控地哭叫,身体朝后退缩。然而,杨幺姑的手强劲、蛮横,紧紧地拽住我肩膀,犹如钢筋压制,挣扎成为徒劳。她嘿嘿地笑出了声,笑声粗重怪异。她拽着我朝教室门口走……老师赶来,拦住她,厉声呵斥。杨幺姑松手,被赶出教室。教室里充溢着难以抑制的笑声,所有目光聚焦出一面令人羞愧的镜子。我低头,发现裤脚竟然在淌水,温热的水滴就像我脸上的泪珠,畅快地向下滴淌。我抱住脑袋趴在桌子上。说不出来的悲痛和羞辱,使我哽咽,上气接不了下气。

那么多的学生,她只奔向我……恐惧磨砺我的脑神经,微微颤抖中,我不由厚起脸皮,靠近他们,靠近那些看上去闹腾胆大的学生,讨好谄媚。譬如红。

## 三

杨幺姑终于逮着了一个孩子,一个比我更加弱小的孩子。她把孩子扔进露天的粪池里,小孩在粪池里嗷嗷踢打。她视而不见,在粪池周围走来走去,拍着手掌,要求孩子:快喊救命啊,你快喊救命啊,不然,真是你自己弄死自己的……

小孩的父母气喘吁吁地赶来,捞起了奄奄一息的孩子。杨幺姑被孩子的父亲重重扇了巴掌。啪啪——犹如凭空炸下的鞭炮,吓住了杨幺姑。她后退一步,捂住脸庞,发呆,须臾,啜嚅嘴唇喃喃自语:"我的孩子,我的孩子,你不知道喊救命吗?"说着,杨幺姑蹲坐在地上痛哭。断断续续的哭喊在她顿挫般的嗓门上发出,怪异,扯大锯般的刺耳。一声长嚎后,双手扑打着左右腿,身体跟着俯在腿上,声音渐至消失,但她又猛地仰起上身……时高时低的哭喊,汹涌急切,盘旋出记忆的旋涡。不断延伸的旋涡中,她沉陷其中,左右漂浮,不能自主,任凭记忆的铁钳紧紧地遏制心灵和大脑。她不能浮出,只有臣服。

她寻找所有的机会闯进一个暮春的下午,可是无法篡改。事实已经成为她的伤口。她和家人都去种田了,唯一的孩子却跌进了粪厕,溺死在粪池里。一路跑回的杨幺姑看着孩子直挺的尸体,晕倒在地,醒来后她撕破喉咙发问,掉进粪厕的孩子肯定会喊救命,粪厕就在路旁,离学校那么近,谁都能听见救命声,你们都听见了……可你们却没伸手抢救,你们是见死不救,是不是?怒、悲充塞她整个胸腔,发酵、凝固,再阻塞她的记忆通道,从此,她在狭窄的记忆缝隙中跌跌撞撞,无从突围。

她是可怜的,但也是可怕的。前者仅仅是我偶尔泛起的同情,后者却是长久压迫我的梦境。一个黑衣人,身影飘忽,鬼魅般地偷袭柔嫩的心灵。她有猩红的舌头,有水草般蓬松的头发,但她没有脸,甚至没有骨头,在梦中狞笑或者哭泣,终于,她的眼睛喷射出可怕的血……幼小的、时刻可能与杨幺姑相遇的我,心怀最大的祈祷,希望她或者他们消失。

# 四

命是上天布置好的……哦,我是说,杨幺姑的孩子不溺死,也活不好。红很神秘地把嘴巴凑近我耳朵。我侧过身体,脑袋朝后仰。红的嘴巴有股酸气,那是他们家整天吃椿芽的缘故。但我害怕红知道我厌恶她的口臭,装出将信将疑的样子,问:为什么,你说说?红很得意,她终于在我的询问中找到被认可的自信。甜蜜的微笑荡漾在她牙齿上,酸味大面积地朝我扑来。

"嘿,车轮磙子上的孩子啊,怎么活得好",红卖弄地朝我瞪眼,嘲笑我的无知,继续说,"你看那些小孩,豁嘴、哑巴,要么就是结婚多年也生育不出来。"

红似乎很在行这些事情,嘴巴里时刻响亮地传诵着歌句子:车轮磙子的粑粑,糊了嘴巴,不是豁嘴,就是哑巴,还有一个,阎王爷走来啦。

红的歌句子,让一个哑巴姑娘几乎时刻成为同学们取闹的对象。在哑巴连续留级,和我们同班时,红时不时暴露哑巴姑娘一些秘密,而这些秘密却使女孩子羞愧和害怕。一些男孩子被红怂恿,揪哑巴姑娘的耳朵,撕哑巴姑娘的作业本。在哑巴姑娘站起来刚要坐下时突然挪动凳子,哑巴跌倒,身子仰躺带动了后面桌子上的墨水……

哈哈哈……我跟着哄笑的声音里带着一丝惺惺相惜的可怜,我在红的面前说起了哑巴的好话:哑巴还是很好看的,你看她的脸蛋多白,她的眼睛亮晶晶的——红鄙夷地撇嘴,打断我的话——亮是亮,怎么也是绿莹莹的,和那个杨幺姑差不了多少。

我一番言不由衷的话却深深地触动了红。红,比我年长了三岁,已经十一岁了,她不断向哑巴姑娘询问,你为什么这样白?怎样才能像你一样白?哑巴呀呀比画,一个车轮磙子翻过,双手打开的河流有如鲜花的绽放——我们都听懂了,哑巴每天用潭水洗澡。

红,学习上从没有如此开窍,在对待自己美丽与否上却表现出非同龄人能有的早熟。是她自己深入实际的观察,还是旁人的旁敲侧击,抑或早熟心灵的自悟?不得而知。某个闷沉的下午,她的嘴巴再次凑近我耳朵:你知道吗?哑巴每天深夜都被她婆婆带到潭水里洗澡,她肯定是这样变白的……那潭水,绿莹莹的,据说有神仙住在里面……红的声音断续,闪烁的眼神似乎让我触摸到潭水被传说烘托出的神秘——潭水里,有一个美丽的女子,她只在天空闪电时浮出水面,谁看见了她,谁的愿望就会得到满足。这样的传说,在我九岁时一个闷热的下午、黄昏反复被我反刍。

傍晚时,刮起了大风。紧接着,雷电闪烁,青獠白牙的闪电中,一个绿眼睛、长头发的女妖站立黑水之上,全身波光粼粼,皮肤莹白如凝脂。一声炸雷,女妖喷出了鲜血,潭水被染成了红色,漫天漫地……我大汗淋漓地惊醒,雷电已经停止了,只有瓢泼大雨,一声紧一声地敲打着大地……门窗外,到处是漫延的水流。

梦境有多深,现实就会有多残酷。它们以震惊联手制造成长的伤感和心灵的无奈。红就在黄昏时的雷电中走进潭水,她是去洗澡的,却被女妖掠走了魂魄。第二天,她的身体在潭水表面浮起,像充气的轮胎,全身浮肿,披头散发也遮盖不了她严重扭曲的面孔。

很长时间,我一睡下,就梦见雷电轰鸣,一个绿眼睛的女妖全身闪亮,然后喷薄出血液。我沉湎梦境,全身滚烫。祖母想要带我去深潭洗澡,希冀神仙能够眷顾拜谒她的人。母亲制止——那个哑巴,被她祖母深夜带到潭里洗澡,说是有神仙可以帮她夺回声音,夺回来没有?都是骗人的瞎话,哪里有什么神仙,她(母亲的手指向我)不过受到了惊吓。

不过是惊吓,在我九岁的心灵上,留下神秘而恐惧的黑影,又被梦境反复渗透,组合成童年,伴随我成长,搅扰我的心灵我的世界。

多么无奈啊,尽管我从不喜欢红,甚至憎恨却又莫名惧怕她。我曾经祈祷她消失,但她真的以死亡消失了踪迹时,非但没有稀释我骨头下的阴影,反而使这些紧缩的阴影不断释放。

## 五

深潭,深潭之上屏障般的树木,氤氲出浓重到沉郁的荫凉。凉飕飕的黑暗,从身体四周袭来,包围、笼罩。沉重、锐利、无法抗拒。它走向我的梦境,一边凿开又一边萎缩我本能的抵抗,犹如不断复制的梦魇,一个黑影,女人,或男人,不顾我的祈祷——"不要抓我,不要抓我",还是拼命地朝我追赶……

## 六

临近暑假时,在潭水边为我们提供露天厕所的那户人家,两妯娌在菜园里互相扭打。

老些的妇女骑在年轻妇女身上,挥舞着拳头破口大骂:你嘴巴硬,我生的儿子都是豁嘴,你诅咒就有好果子吃吗?我今天就撕烂你嘴丫子,看你会生出什么东西……大媳妇的骂声痛快淋漓,仿佛在为她连续生了两个豁嘴儿子的憋屈命运而揭竿起义。

但骂能扭转什么?命运的无情在于,豁嘴的兄弟俩均在四五岁早夭,而第三个儿子又是豁嘴。大媳妇一手揪着小媳妇头发,一手撕小媳妇的嘴巴。那个小媳妇被骑在下面,四肢在空中左右扑打,嘴巴嗷嗷地叫喊,泪水纷披,从面庞到土地。那是她的苦,深埋在肚子里的苦水。结婚多年一直没有小孩的大忌以超越伤感的羞耻晋升为悲愤,她无处排泄,只能以泪液淌着,一点点地,连着人生的痛,在众目睽睽中浮现。她们的叫骂和厮打吸引了无数的大人和学生围观,人群中荡漾着无关痛痒的评论——谁对谁错,谁委屈谁活该。

小媳妇的脑袋在淌血,从头发到嘴角再到地上。暗红的血,混合了胸腔的愤怒与悲伤,还有无法言说的耻辱,在袅袅风中弥散出腥热的气息。还有丝丝甜蜜,犹如糖一样沾染到旁观者的嘴唇和眼睛。他们不由得惊喜。或许是疲乏,小媳妇不再挣扎,任凭大媳妇殴打。终于,大媳妇爬起来,拍手收工。小媳妇也直起上身,在大媳妇"你最终连个豁嘴也没有,断子绝孙的坏女人"得意的痛骂中号啕大哭。她的男人突然上前,揪住小媳妇的头发,一把拽起来,叫骂她丢人献丑,是只会吃食的猪,又纠正她连猪都不如……一把一把的黑发被手掌松开,飘散在地上,又被风吹走,纠缠在地面的草叶上和小树桩上。血液、泪液模糊了女人的面容,她看不清楚她眼前的世界,左右踉跄,无法稳住脚步。终于小媳妇跌坐在地上,歪着脑袋,垂下肩膀,木偶一般,任凭男人朝着脸庞左右开弓。黄昏很快降临,飘散在风中的发丝溃败我们的视线,溃败夜色和风声,当然也溃败她的身体。她不管了,管不了了。打吧,打死我吧。她是这样想的吧。谁晓得呢?

也许她乐意享受——如果泪水不够,血液可不可以算作流淌出去的悲愤?

## 七

四年级后,我跟着父母去镇上读书了。接着,考上了重点初中。学校位于父母家和老屋中间。老屋里,只有年迈的驼背祖母一人。我在某个晚自习后或者周末离开学校,踏上宽阔公路,经过车轮磙子,过了乡小,穿过一小方棉花田,回到老家。

我回老屋的稀少多次被祖母责怪,我振振有词:那个车轮磙子,你又不是不知道,我害怕啊。

祖母坚持认为是我薄情忘了她,她的理由也堂皇:你回来就带信给我,我到车轮磙子接你去。这是祖母的赌气话,有谁记得捎信给她呢?

某个星空璀璨的夜晚,绵密如新棉的洁白星光在地上铺陈出水银路,我突然想回老家了,况且,住在老家附近的几个同学边走边招呼我,这么好的星光,一起回去吧。我蠢蠢欲动,又心惧神秘的车轮磙子,但他们在星光下欢笑雀跃的劲头,再次鼓动我下了决心回家。

头顶上的星辰在深邃的夜空此起彼伏,我们的欢笑在路途的延伸中一再分解。一群人,三五个,宽阔的公路开始变得狭窄时,只剩下了我和春萍,她和我同年级,同一个大队的重点初中的女学生。我们的声音被名叫"幸福地"的坟墓群消弭。我们的手捏在一起,紧紧地,彼此传递力量。春萍是长跑冠军,她修长的腿子带动我的脚步。我气喘吁吁,边跑边喊:等等我……她"喔,喔"回应,微微偏头等待。我们的手再次握一起时,又开始奔跑。坟墓群被抛在了身后,黑压压的棉花田被抛在身后,偶尔相遇的自行车哐啷而过。村子就在眼前了,车轮磙子矗立着,山洞般浓黑而高大,洞中逐渐放大的灯光不断拉近我们和车轮磙子的距离。

春萍紧紧捏住我的手。马上要过车轮磙子了。

我勾起手指刮了刮她的掌心,算是回应,我已经提高警惕。

几乎不敢看,但我知道,上坡的路途两边,潭水散发着黑亮的光芒,那些绵密的星辰正被潭水收容、清洗,然后又被冷冰冰地抛出,蹦跳到我们身上,吸附我们的热量。汪汪……汪……凶恶的狗吠声一阵接着一阵,压迫我们的脚步。

迟了,一个翘着尾巴的黑狗立于磙上,凶狠的眼睛射出绿莹莹的光芒。我们彼此的左右手交换了下力量,然后平视前方,尽量避开黑狗直勾勾的视线,装着无所谓的样子爬坡。就在我们和黑狗擦身而过时,我的腿哆嗦了,一个棉柴垛子绊倒了我。春萍啊的一声尖叫后,惊恐地松开我的双手,撒腿奔跑。黑狗站立在原地,没有动,但它侧过脑袋,发出高频率高分贝的狂叫。我的心狂跳不止,手脚毫无力气。更可怕的是,黑狗的后面突然多出了一个矗立的黑影——杨幺姑走来了。

眼泪纷乱,我忘记站起来,朝前爬着——多年了,我被追赶,追赶,公路、街道、村庄、水塘,我一路逃窜,怎么都加快不了速度,腿软趴下后,竟然不能站立了,我只能朝前爬着……心痛力竭,惊恐无边。

这就是梦源吗?当我以文字的形式一层层地拨开这些黑洞时,无异于在清扫记忆通道里的腐殖。那么,请让我详尽描绘这些心灵黑洞中的细枝末节。我深深记得,一直狂吠不止的黑狗似乎清醒了,提起前蹄纵身,似要扑起……完了,我哽咽着发出"救命"的呼喊。谁能想到呢?黑暗中,杨幺姑嘿嘿笑了,轻斥黑狗——小小,不要欺负好人,让好人过去……她在喊救命,你没有听见吗?小小,放了喊救命的人,你也是好人。

汪——汪汪——狗吠声开始减弱,然后是逐渐远去的脚步声。杨幺姑带着小小离开了。我慌忙站起来,像春萍一样一路狂奔。

事后,春萍一口咬定,杨幺姑一定记得我,才让黑狗放了我。我摇头,一个疯子怎么会有记忆?她被记忆牵制了神经,活在混乱的旧时光里,谁都不认得。可是她放了我——多年后,我想对春萍说,要是换了你,她也会放了你的,只要她听见救命的呼喊。"救命"是她的心结。而多年前,我和春萍潦草地带过杨幺姑放我走的细节,斤斤计较并夸饰我们的胆小和天生的恐惧,以此衬托强悍坚硬的恶。春萍诧异:你最怕的还不是黑狗,而是那个疯子。春萍又叹息,我也是的。我们都不问为什么,仿佛是常识,在黑狗的凶恶和疯子的无理智之间,后者更可怕,它们飘散成黑蚂蚁的影子,一路走进松弛的神经,轻轻、间歇地咬噬,似乎麻醉似乎预示。

这是我最后一次见到杨幺姑。

## 八

在我对杨幺姑开始转变情感,可怜比可怕要多些时,她竟然满足了我儿时的愿望,在一个深夜走向潭水,死了。她是寻找她的黑狗小小而去的。小小的凶神恶煞显然成为公敌,它被人,众多的男人沉进潭水里。它的尸体漂浮在水面时,杨幺姑才发现小小离去。多么雷同的细节,总在亲近的人或物离去之后。

她怎么能信?她要涉水去救小小,但被其他女人拦住并告知,小小是不小心跌进水潭里的。她拍着手掌,大声嚷叫:"你不知道喊救命吗?你喊救命就好了,他们听不见我能听见啊。"随后,蹲坐在地上,号啕痛哭。长长的哀号后,她俯下上身,双手拍打大腿,哀号近乎消失时,上身又仰起,继续长号……时断时续的痛哭,构筑记忆的旋涡,她在其中盘旋,释放人生的苦楚与宿命。

杨幺姑没完没了,一旦想起就坐在潭水边,用哭喊构筑记忆的旋涡。声音时断时续,令人哀怜又恐惧。有好心的女人告诉她,抑或安慰:小小肯定去看你儿子去了,你还是想开点为好。杨幺姑信服了这句话,在深夜走进了潭水,寻找她的儿子和小小去了。

这似乎是杨幺姑最好的归宿。死亡担负的罪责因为死亡本身而消解,甚至变更意义,杨幺姑在瞬间消融了曾经落在我心灵的黑影。多么无常啊,杨幺姑这个女人,她并没有任何改变,一如以往,与我看见的任何一个女人都不同,但她的确又改变了,类似我的母亲,我所看见的任何一个母亲,甚至多年后的我。

## 九

你想看清楚水面上山洞般的倒影吗?那么,请俯身勾勒这些黑影,扳正它们,你会发现黑影的源头。当你仰起头,站起来,你还会发现,它们在你不断直立的身体下,逐渐缩减、矮小,朝着远处后退,直至一个核。请你理解它,怜悯它爱它,你才能正视它。它为你呈现你的童年,你将伴随它再次生长。你的心灵你的世界。

当我一次次地回味逃亡梦境,几乎看见,那个快要结成核的黑影,漂浮在梦境的河流,有不能承受之轻。它有冲击的野心,还有和解的诉求,与记忆比肩而生,仿佛人生有多长,它们就会走多远。随时萎谢再诞生,消解也在推陈出新。而梦境一路收藏,供我回溯、捡拾,在黑暗中打开,直至秘密浮现。

车轮磜子的潭水被抽干了,深潭消失。或者说被消灭。因为深幽的潭水,深陷磜下,无法流通,而磜上的废水,甚至农药全部流到潭水里,女人饮用后,要么生育出豁嘴、哑巴,要么难以生育。

潭水消失了神秘,却无法填补人生的漏洞,譬如杨幺姑,杨幺姑的儿子,还有红,打架的两妯娌,甚至小小……生死的磨难与救赎,被风一遍遍吹拂进梦境……与记忆比肩重生——会来的,万千阡陌里,最初的送程,在脚步踏响时,已经开始受伤,它以疼痛与记忆较量,反复不停地麻醉或者预示,而后,萎缩成记忆之核,你的世界城堡。

# 虚构舅舅在朝鲜的若干切片

## 冬日灵堂前的梦

2012年深冬,舅舅走了。

我相信,他是在睡梦中把灵魂与身体剥离,灵魂交给了梦,一梦向北,徒留一具肉身,从此,肉身开始天长地久地酣眠。我没有眼泪,相反,一阵轻松。

舅舅终于安然睡着了。他离开了我们,我指的是灵魂。

殡仪馆人员拖走他的肉身,并以最快的速度设置了一个灵堂。舅舅躺在灵柩中,身着灰色中山装,还戴着深蓝色的工人帽。国字形的脸庞抹了白粉,嘴唇也许涂了一点口红。

这样,睡着的他看上去回到他的中年,回到我对舅舅最初的记忆。我看见他紧皱的眉头下如电的目光,嘴唇微微翕动。"坐要有坐相",他的吼声让我不由得挺直了胸膛,双手规矩地放在身体两边。他要求我们女孩子是淑女,不是的,装也要装作淑女。

我屏息,声容平静。舅舅开始了讲述,关于他在朝鲜的岁月。他哪里是在叙述?是在演讲,滔滔不绝声情并茂,语言从他的嘴里河水般流出。透亮宽敞的河流中,我听见了遥远的山川的雪落,看见阳光下美丽的金达莱和图们江鸭绿江的奔腾。我不曾一睹它们的真容,但舅舅滔滔不绝的描绘,为我送来山川河流花朵和那载歌载舞的高丽姑娘。沉浸在语言之欢中的舅舅用朝鲜语唱起了《道拉吉》。道——拉——吉,道——拉——吉——舅舅的歌声犹如蹦跳在舌尖上的豆子。小豆子充满了诱惑,瞬间攫取我的心神。我的视线凝聚在舅舅嘴唇上,看见小豆子上下左右地蹦跳滑滚。我担心错过丝毫,以至于不敢眨巴眼睛。终于,豆子不见了,也许跌落,也许被舅舅吞下了肚子,还也许它长出翅膀飞走了。沉默顿降,划拉出寂静的时空。我愣坐原地。舅舅也坐在椅子上发呆,眼睛耷拉,嘴唇紧抿。但那描述蜜蜂般在我耳边飞舞。它们嘤嗡,恰如闯入阳光中的冰雪,带来遥远的雪山气息。那时,我真的看见朝鲜的天空和土地。

许多年后,我以白日梦的形式虚构那块土地。在文字里,在对友人的诉说中,在一场莫名到来的梦幻中。

围着舅舅的灵柩,走了一圈,然后,盖上黑色的金丝绒。尽管,他的睡眠看上去如此深沉,我还是希望他不受到惊扰。这也是舅舅的希望。只有在经久的睡眠中,那剥离肉身的灵魂才能飞得更快更高,才能安全地抵达魂牵梦绕的土地。那块土地上,孑然一身的舅舅遇见他的亲人,他的灵魂才会找到依托。而曾经,灵魂那样漂泊不定、寂寞无助。

黑色金丝绒在我眼前制造漫长而沉重的黑夜。我闭起眼睛,右手托着半边脸庞打盹。黑夜深沉,寒风怒吼,我的打盹单薄又矫情。我干脆趴在桌子上睡觉。

但大风灌进大门敞开的灵堂,黑金丝绒突然被掀开。灵柩里的舅舅坐了起来,张嘴唱起了《道拉吉》,道——拉——吉,道——拉——吉……他还不满足,伸手推开灵柩的顶盖,边唱边爬出了灵柩。我的心几乎跳到嗓门上。爬出灵柩的舅舅换了衣服。宽松的高丽服,套在舅舅身上,他的眉眼满是喜悦,他勾脚伸手,跳起了舞蹈。

舅舅怎么变成了朝鲜男人?我揉眼,站起来伸手去拉。

啪啦,桌子上的一瓶墨汁倒到地上,那是准备为亡人书写码子的。码子就是写在黄裱纸上的祭奠文,许多祭奠文折叠码成一个包袱,然后在火钵里烧掉祭奠。我醒了。梦幻消失。黑色的金丝绒华贵而沉重,覆盖在舅舅的灵柩上。风一阵阵地从门外灌来,它尖锐的呼啸却被灵堂活生生地阉割。它被削弱了声势,胆小、慌张、迟疑,根本不足以掀翻什么。

我洗了手呆坐了一会儿,重新打盹,也只不过闭闭眼。而黑金丝绒下的舅舅,却根本不为任何声响所动。他真正实现了大睡眠。

那么,凌晨到来时的遗体火化,真的就只是仪式了。他的灵魂,想必,已经抵达了长白山。

## 一条河流带来的消失

舅舅在新婚之夜消失了。消失在大红披挂的新房中。老式雕花木床还散发着桐油味,床铺上红绿耀眼,床单上的喜鹊闹春描绘成一个偌大的圆圈,稳当地停在床铺正中,而两三床绸缎被子整齐地折叠,依靠床铺内侧依次码好,压挤出闹腾腾的喜气。喜气从新房拥挤膨胀,从窗棂门缝中逸出,伴随冬天的冷风横冲直撞,见谁扑谁。那个时刻,每个人的脸庞都有一股红彤彤的喜气。

外公外婆自是大舒了一口气。在西南联合大学读书的舅舅回家了,他是被他们以身体有恙骗回的。回家的舅舅被捆绑了手脚,套上鲜红的礼服长袍,戴上大礼帽。新郎的行头臃肿而烦琐,怪腻讨厌,却弃之不得。外公拱手,要求舅舅好好配合,完成彼时的承诺——娃娃亲的承诺。新娘是我三外公的养女。她有一个美好的名字——"春天"。七岁的春天姑娘快要饿死在春天的一艘渡船上。渡船是我三外公的,他年纪轻轻就垄断了长江沱水一带的漕运,多年来,膝下无子女。于是,奄奄一息的春天姑娘被我三外公带回家,被认作养女,还与我舅舅结成娃娃亲。那是亲上加亲。而我舅舅能够顺畅地完成小学初中高中再到大学的学业,全是我三外公的功劳。三外公资助舅舅,他是把舅舅作为半个儿子养育的。舅舅与春天姑娘的结合,等于是给我三外公家稳了人丁兴旺的桩,以后在这个桩上起屋,才有后继有人子孙成群的大厦。

我不同意。

舅舅的口头禅从他上初中开始就挂在嘴边上,但孤零零的,犹如一个遗留在荒野的大丝瓜。大丝瓜悄悄地开花长果,慢慢地成熟,再在秋风中干瘪老去,而后留下一只老皮枯瓤的丝瓜在风中摇曳。冬天来了,枯瓜凋落地上。它贼心不死,居然尸身完全,皮是皮,瓤是瓤,弯成长镰刀一样在地面晃悠。它的贼心有些好笑。它不知道,一场大雪即将来临。在积雪下,孤零零的贼心只有一个结局。

除非……

是的,走出凌空而来的大雪。撕裂外皮,掏出内瓤,一棵丝瓜就会有另外的活法。不再是丝瓜,而是韧丝,丝丝相绕的韧物,烂不掉,折不断。这仿佛注定,舅舅的逃逸,就是为了以后年月的告别。漫长的告别,成全成功逃逸的韧丝,直至韧物出现。

告别……在逃逸的韧丝中,年复一年,盘结岁月的逃逸网。送走青春、中年,直至暮年,人生的冬天到来。

一纸婚约算什么？哪怕身上绑着绳索。尽管进了洞房的舅舅被大舒一口气的外公他们解掉绳索,尽管红蜡烛快要滴干蜡油。舅舅安静下来,支棱耳朵倾听。他是用耳朵在探路。一条开始逃逸的路途。些微杂乱又短暂的脚步声,还有遥远的狗吠,还有似有还无的鼾鸣。是时候了。舅舅站起来,扯掉繁缛的礼服,越窗而出。

他直奔岛上的南边。此时,南边的长江几乎断流,裸露的沙地在冬风的肆意吹拂下已经板结,过江如履平地。过江的舅舅没有回到学校,他向南了,走出孤岛,再一路向北,向北。

冬天的凛冽,在北方就是天寒地冻,北方之北呢？一个逃逸的人,印象中,应该奔向南方。可舅舅的逃逸方向颠覆了猜测。八年后,舅舅突然一身军装出现在家里,我外公他们为这次猜测体味到自己的短见浅识。

过了鸭绿江就是朝鲜。舅舅说道,他的眉宇间流露出的阔豁气,瞬间就把北方的一条河流搬运到我外公他们眼前。

鸭绿江？我外公外婆,三外公三外婆。我小舅舅小舅妈,我的三个姨妈还有我的母亲。他们为这条河流缄默不语。

身陷长江包围的孤岛人,不会对河流模样感到陌生。河流的发音就是奔涌的动态,它以包袭的姿态截取我们对河流的视线。一条河流不是伴随视力出现,而是在意念中就轻而易举地奔涌到眼前,不择时空。它浩荡的现实对垒出无边的虚构。

然而,鸭绿江是不同于长江的,它意想不到地寒冷。残暴的寒冷冰冻了两岸泅渡的心灵。

我们无法听懂舅舅的嘟囔。我外公外婆小舅姨妈还有我母亲他们都不懂,若干年后,我们这一辈人也听不懂。我们却在舅舅的嘟囔中听出无奈,还有失落和愤懑。

残暴的……寒冷……

泅渡的……心灵……

鸭绿江也许不比长江宽阔,但比长江沉重。它承载的冰雪、出发、告别、逃逸和归来,还有永久的诀别……肉体的七情六欲被河流消耗,在时光中殆尽。这令人心碎,简直绝望。可是,被时光之火炙烤的躯体中的……意念中的东西,曾经云蒸雾绕地弥漫盘结。盘结,等待有一天结晶再飞身而出。

一颗在逃逸路上被路卡关闭的心灵。它在等待一条回归的路途。

泅渡的心灵,湿淋淋地攀着晶体般的灵魂,再次越过鸭绿江,找到回归的路途。

一条河流带来的消失,却指引出一条泅渡的魂路。

## 虚构舅舅在朝鲜的切片一

舅舅一路向北,跨过鸭绿江来到了朝鲜。

"雄赳赳,气昂昂……"高亢而热烈的进行曲铺天盖地,他的逃逸显得小气而不合时宜,甚至难以启齿,但空气中激烈豪迈的气氛大海一般宽阔深邃,即刻吞没了一切不适。波澜壮阔的潮汐一波接着一波地袭来,浩大整齐,似要翻卷出鸭绿江的春天,然而春天那么遥远。冰雪覆盖的土地上,枪炮、硝烟、战火、歌声、呐喊、厮杀、搏击……铁铲一般锋利无情,日夜不停地挖掘,刨出冰冻的黝黑泥土。白天与黑夜没有区别,围困与突围,奔袭与巷战,伏击与追剿……冷兵器和枪炮交融的战争,没完没了。睡眠几乎是找来的,趁着一个空档,倒下就睡。但一根神经绷在脑门,以微弱的脉搏感应周围的风吹草动,它往往在大脑快要疏忽的刹那猛烈地弹跳——有危险,于是,睡眠结束。短暂的危险的睡眠,以不安稳的神经宣告,白天长于黑夜,或者说,白天几乎扼杀了黑夜。

舅舅是正宗的大学生,还是学习机械的高才生。刚开始他修理卡车坦克兼任驾驶,而后端起机枪直接上战场。他的左腿和两个胳膊分别遭受过枪击。

这不算什么。可怕的是饥寒。被困于山洞,没有粮食吃,吃完了草皮树根,没有油水的肚皮紧贴着骨头,冰凉趁势起义,它以成倍的寒冷围剿活生生的肉身。

他们冻坏了双脚,冻掉了耳朵鼻子,冻死了心脏。然而更多的人在闭眼休憩的刹那凉寒了鼻息。睡死——你们无法理解……诉说中的舅舅猛烈地摇头,双唇紧抿,眼球凸出。他在后怕吗?也许。须臾,舅舅长吁一口气,嘟哝道,我最担心自己睡死,它那么容易……我常常提醒自己,要张开眼皮,张开张开……呼,我挺过来了。

舅舅挺过来了。子弹,刺刀,严寒,饥饿,疾病。它们从舅舅身上穿过,带出舅舅的血液和皮肉,却带不走舅舅的生命。

但他还是落了泪。他的泪水从北方之北淌到我们孤岛,泪水延续到八年以后十年以后三十年以后四十年以后,直至死亡。他的回忆充满了感伤。

全顺是我的警卫员,他为我挡了子弹,我的命是他捡回来的,我能不为他报仇?

我们点头,眼睛充满了期待。那场战争和战争中的仇杀,舅舅请你告诉我们,一个男人从厌恶战争到快意恩仇的故事。

舅舅抹下眼睛,双眼透露一道精光。他似乎看见偷袭的一个白头发军人,舅舅的"看见"若一面镜子,轻易地为我们呈现。"独臂白头翁",舅舅送给他的仇敌一个形象称呼。镜面由此光滑锃亮。"独臂白头翁"身着朝鲜服装,与他的同伴混进舅舅扎营的一个村庄,干掉舅舅的战友,摸到一棵椴树后面。舅舅正倚靠椴树休息,他不知道匕首伸到脖子边。枪声响起,舅舅惊讶地站起来转身,发现两个人同时倒在身后,一个是身着朝鲜服装的敌兵,一个是他的警卫员全顺。而撒腿跑进树林里的正是"独臂白头翁"。

他总会出现的,我必须要他付出代价。镜子定格舅舅的呢喃,再次推出"独臂白头翁",他混杂在一群俘虏中,却被舅舅一把揪出,舅舅用刺刀解决了胸中的块垒。快意恩仇,原来就是英雄侠气,无关战争无关纪律,只以良心抉择善恶结果。

我不再是团长,但有什么关系。舅舅的容光在许多年后,伴随讲述一次次迸现,点燃他的豪情侠义。但很快,舅舅眼中闪现泪花。那复杂的液体,在岁月洪流的冲击下,昏黄又笨重,却忍不住滚滚而下,它们积蓄了体腔的热情,如此滚烫,几乎灼伤我们眼睛。我们不由低头,但我们还是以余光看见,泪水在虚幻的镜子中,犹如陈旧的黄月光,闪烁着彼时的感伤。

他报仇,却换不回为他挡子弹的兄弟,而兄弟抛尸朝鲜。他无法不落泪,绵长的泪液也许是在遥遥地祭奠,然而,不只……

泪水滚烫绵长。这个绝情的男人,在新婚之夜拒绝圆房而后逃逸,吵闹了四十年要求离婚,终于在六十岁那年,他的逃逸抵达了目的地。他自由,却白发丛生。他倔强,却孑然一身。那个名叫"春天"的女人苦苦哀求、抵抗,而后沉默,却无法焐热舅舅的铁石心肠。你的心是铁打的。我名义上的舅妈是在感慨,还是在表达她的愤懑?也许都有。因为在我们孤岛人看来,她的话完全没有错。这个孤寡一辈子的女人,她的童年、少年、青春、盛年、老年,从来就只有影子与她相伴。她以活着表达她的生命存在,而同意离婚——我们在揪心的疼痛中发现她的尊严。她不是"妻子"无缘"母亲",但她以坚韧和独立换回妻子和母亲的荣耀。她心疼自己爱惜自己,以健康鲜活的肉体对抗漫长岁月的风霜。她的骨骼分岔出妻子与母亲的枝干,安慰她拥抱她亲吻她,还让她强壮。这样的混合体,犹如巨大的容器,古朴沧桑,却盛满黏稠的温情。

舅舅却拒绝。他的拒绝如此决绝而绵长。

## 虚构舅舅在朝鲜的切片二

舅舅身上的疤痕无数。他在朝鲜八年,有三年时间几乎每天在战火硝烟中摸爬滚打,他立下了三次战功一次工作功。单从战争角度讲,这虽不算战功赫赫,起码也是成绩显著。但,舅舅还是愤然了。

如果他不能入党还有谁能入党?这是舅舅所在部队领导的原话。是对受到误解中伤的舅舅的辩护,还有发自内心的赏识。

但舅舅偏偏不能。也不是完全不能,"能够"还是"能够",却有前提。舅舅眯眼,抬手扶了扶眼镜框——那是虚拟的眼镜框,还不够,他又搅起舌头说起字正腔圆的普通话。

他在装扮考察他的赵干事。

入党必须保证政治清白,你那三爹被人举报私藏黄金已被抓进监狱即将枪决,只要你与他断绝关系,保证你平步青云。

啪。一声钝响,舅舅的右手拍在桌子上。他腾地站起来恢复他自己的本色。眼睛怒瞪,面色紧敛,嘴巴里爆豆子一般蹦出热腾腾火辣辣的豆子:人不能忘本,如果连自己亲人都背叛的人,谈爱国爱党,是他妈的扯淡。

赵干事怎么反应?我们紧张地问道。

怎么反应?他从哪里来再滚回哪里去。

可你呢?

我?舅舅的手指指在他的鼻尖。然后坐下,放慢了语调述说。他的叙述有村庄,有会唱《道拉吉》的老人,还有绿油油的开始泛黄的稻田。他的叙述再次变形镜子,我们看见遥远的土地。

1953年初夏傍晚。残阳如血,半边天红彤彤的,从天际铺张到江河,犹如灿烂的火把群。水流注入晚霞的血液欢畅地奔腾,沿着高山丘陵喋咳逦迤,再以碎片驻留村庄湖泊。而辉煌若画的黄昏中,男人和女人吆喝着,在夺回的土地上耕作歌唱。

舅舅赶走了赵干事,继续回到村头,给他手下的士兵补习。但马上来了人收回他的教鞭,还没收所有的粉笔。即使他再有知识和水平,但一个身份有瑕疵的人,有什么资格来教育他人?

舅舅再次从副职降级。

盛夏时,板门店会议召开。舅舅带着车队,帮助返回家乡的朝鲜人运输行李粮食,遇到未来得及撤退的敌兵,他们正在伏击朝鲜有名的"和平鸽文工团",舅舅他们即时解围。那么又算立下一功。

舅舅的领导颇语重心长地交代,你好好地把握机会,马上又有人来考察,该说什么不该说什么你要认真地掂量掂量。

见舅舅嘴巴紧抿。领导摇头叹息,直接摊牌。我直说了吧,这次是我又打了申请报告,上级答应给最后一个机会,我惜才啊,人家不信,我已经做了担保……看在这个面子上,答应吧。

领导吞回肚腹里的话,还可以直白,就是:舅舅如果再孤注一掷死不悔改,那么断送的不仅仅是他自己的前程,还会连累关心他的领导。

舅舅僵硬着身体等来考察的人。

还是赵干事。

他眯眼,手扶眼镜框,舌头在嘴巴中搅动,吐出字正腔圆的普通话:积极要求很好,还是那句话,要进步必须保证政治清白,只要你与你三爹划清界限断绝关系,保证你平步青云。

舅舅反问,凭什么要我与我三爹断绝关系?

他私藏黄金,已经抄家抄出来了,而且他已经认罪。

不可能。

什么不可能,都已经……被枪毙了。

舅舅站起来,推了赵干事一把,马上被旁边的一个士兵拦下并拉走。舅舅被关禁闭,他忍不住哭泣。泪水滚烫绵长,从遥远的北方洒落孤岛,飘坠若雨,淋湿我的童年、青春和中年。

他在为他吃了枪子的亲人哭泣。那个亲人,与他血脉相连,供养他读书直至考取著名的西南联合大学。他没法止住泪水,然而,他的泪水还不只……

## 虚构舅舅在朝鲜的切片三

1953年7月19日,板门店会议。7月20日,朝鲜人民军和中国军队在金城江南岸建立新的防线。7月27日,停火协定签字,历时三年的冲突结束。但舅舅继续留在朝鲜,协防边境五年。

1958年舅舅回国后,在昆明一家汽车修配厂工作。他只是一名普通的技术人员。也只能如此。在入党提干考察中,他的倔强与冲动为他埋下铲除不尽的荆棘。舅舅很坦然,每每面对如此诘问,他做一个后退姿势,解释,不朝那条路上走,蒺藜还能跟着你改道?

他能改道有蒺藜的功劳路,却不肯变通死心到底的生活路。到昆明工作后,每年回到孤岛,只有一件事情,就是解除婚约。

他开始了长达四十年的离婚之路。锲而不舍,斩钉截铁。我母亲、姨妈他们都劝舅舅,算了吧,都这把年纪了,就这样凑合过吧,你又没有过怎么知道无法相处?

村妇之见。舅舅的回答充满了轻慢和不屑。我母亲她们再也懒得劝说。离吧,只要你离得动。母亲姨妈她们凑一块,口气满是讥讽地总结。她们以四个十年的时光为切口端倪出舅舅行径的愚蠢可笑。但四十年后,我母亲她们被舅舅和那个名叫春天的女人震撼了。

他们离婚了。

我母亲简直恼羞成怒,对我姨妈说,她怎么就答应了?都六十岁的老人了。开始是愤愤然,但说到最后几个字时,声音钢丝般抖颤,泪水滴淌下来。她在心疼,不仅是为名义上的嫂子,还为孑然一身的舅舅。

母亲的心疼带着小女孩般的赌气。回家后,与我父亲唠叨,全是她的揣摩——都年届花甲了,还那样死心眼地要求离婚,可能是他在昆明有合适的人选,否则他会这样强烈要求离婚?

可惜,等舅舅退休回到我所在的城市,他仍然孤身一人。我母亲才否定她的揣摩。不仅否定,还纳闷地发问:舅舅有文化,长相也不赖,难道就没有遇到相好的?

她的发问苍白。因为她以一个朝鲜族女人的名字回答了她自己。金贞玉。镜子就这样送出一个身着鲜丽服装的朝鲜族女子。她的清晰出场,还是在舅舅讲述1953年7月板门店会议后,舅舅的最后一次作战。

正值盛夏,舅舅带着车队,帮助返回家乡的朝鲜人运输行李粮食,遇到未来得及撤退的敌兵,他们正在伏击有名的"和平鸽文工团",文工团全是朝鲜族女性,她们以歌舞鼓舞群众和朝鲜人民军及中国军人。

其时,和平鸽文工团只有11名女性,大部分是刚走出学校的女学生。舅舅专门讲道,他与和平鸽文工团四次相遇,几乎每个演员他都熟悉。但到这里,他的嘴巴紧闭,关于和平鸽文工团的叙述戛然而止。我们几个外甥女偏有万分的兴趣,不停地追问,企图敲开舅舅突然闭上的嘴巴。

舅舅你告诉我们,谁最漂亮?

舅舅耐不住追问,轻轻答道:金贞玉。

那么,遭受美国兵伏击的和平鸽文工团里面自然有美丽的金贞玉。舅舅没有提她,我们却从叙述的明镜中看见她的出场。还看见男人的英雄救美。

痛快,真痛快。那些残兵败将,被我们收拾得干净利索。舅舅用一句概括话语轻轻蒙上镜子,刚刚出场的金贞玉马上消失了。

我不死心。问,你救了那个金贞玉,她高兴吗?

高兴。舅舅嘴巴吐出两个字后,马上皱眉,责备我一个小女孩家多话,讲话没头没脑。舅舅被自己的责备惹出火气,腮帮子鼓起,坐在椅子上独自生气。

他为什么生气?

舅舅这次讲述简直不可捉摸。但我母亲回家后悄悄对父亲说,我哥肯定在朝鲜有心爱的女人。她不知道我就在她的身后。我马上说道,金贞玉。母亲与父亲愕然对望,拉长了脸颊,以严肃的沉默禁锢我的嘴巴。

多年后,我来到图们江边,遇见身着鲜丽服装的朝鲜族女人。她们白皙的脸庞总是洋溢着微笑。而她们弱柳扶风般的身姿,行动处就是优美的舞姿。我头脑闪现一个女人的名字:金贞玉。

而曾经被语言变形的镜子再次竖立眼前。我看见相遇,从眼神到心灵的相映缠绵。年轻的舅舅与美丽的朝鲜族女人依偎拥抱,淙淙的溪流淌过喃喃的情语。炮火中的歌舞,田野里的相濡以沫,晚霞满天中的执子之手。但告别还是来临,匆忙地从相握的双手滑落,相背而去。而后,漫无边际的无法言说的隐秘思念成河,绵绵不绝。

你五八年离开朝鲜时,见到了金贞玉吗?

我们在成年后,斗胆问起舅舅。舅舅看我们一眼,垂下眼睑。他沉默,拒绝回答。但他低头沉默的沮丧和哀痛,分明又变形出一面镜子。关于告别,不,永别,爱情的永别。我无意夸饰,但我必须承认,我在虚构。以虚构抵达被语言禁锢的真实。

关于诀别的真实细节,一张迟到的照片馈赠我虚构的勇气与能力。这是后话。

诀别已经到来。我的指头在颤抖,它们悲伤,却充满了灵慧。它们敲击键盘,黑字排列出汉江的花红柳绿,整装待发的舅舅与金贞玉双手紧握,满脸哀戚。我的指头听见女人的哀求:留下来吧,留下来吧。

但我的心灵代替舅舅回答,不可能,我的亲人还不知道我去了哪里。是的,我多少知道一些历史,在朝鲜已经成家的中国军人,可以申请留在朝鲜。但舅舅只有相好,也无缘谈婚论嫁,何况他还是已婚的男人。金贞玉,你不能怪罪这个中国男人。我满是歉意地敲出这样的话。可我的指头电击一般,接到语言的指令,还是女人的哀求:那么带我走,我愿意陪你回到你的家乡。

指头僵硬。泪水泗横。我在代替舅舅流泪,他这个绝情的男人从来没有停止他的泪水。从北方到长江中的孤岛,舅舅的泪水若暴雨,敲打并浸湿每个孤独的日子,直至他八十四岁生命终结。现在,我又代替他落泪。

## 照片上的男子是谁

舅舅退休后回到我们当地的县城。他是自由身,却将孤寡终老。

但这只是我们的看法。与他无关,他认为,他不是一个人生活,因为他拒绝听见"孤寡"两个字。他暴躁地切割,生硬地指责我们说话没有礼貌。他的脾气极坏,丁点不如意的事情就要跳脚叱责。

我们提着水果去看他。他刚刚接下,又推到我们手上,眨巴着眼睛问,看我一个人,你们就可怜我?

我们否定。舅舅生气地反问:当我痴呆啊,你们回你父母家每次都带礼物?不要不要,你们拿回去,再不要来了。

我们不来。舅舅找上门,进门就责问,忘记你老舅了,是不是?我们无语。他真的老了,尘封的往事快在心胸中发霉,但他拒绝拿到阳光下晾晒。他要以生命为赌注,守住隐秘,守住青春的浪漫。但,终究憋得慌,他的内疚遗憾甜蜜感伤早已发酵出晶体。这块晶体在日益衰老的皮肤血肉中,一不小心就磕疼了他。他的脾气越来越坏。不只对我们,对邻居路人也如此。

舅舅一再搬家。七十岁那年,我们帮舅舅搬到一个四合院的民居房。不像往常他一个人搞定,这次他搞不定了,他双脚和双手浮肿,动弹显得吃力。我们搬来行李,在整理房间时,意外地看见一些照片。老照片以前被舅舅拿出来看过,也不陌生。但一张快要发黄的照片惊呆了我们。

一个年轻的男子,酷似舅舅,却分明不是舅舅。他身着朝鲜民族服装,倚靠在一棵树上。树木背后是广袤的田野。男子眉宇间带着探询,仿佛询问对视的眼睛:可否认识我?

谁?

我们几个表兄妹交换了下眼神。随即,都垂下了眼睑。问舅舅,他会回答吗?即使回答——不曾谋面,只有一张照片,哀思和悲痛不可避免,何苦?其实,也不需要答案。答案在心中。我们匆匆收拾好照片,再也无话。

但内心波涛汹涌。金贞玉这个名字再次浮腾心口。我的猜测,不,我们所有的猜测都是事实。事实没有真相,没有结果,只有少之又少的细节碎片。但往往就是,真实隐藏在细节和碎片的揣摩与阐释中。

我的虚构多少没有白费。虚构之上的灵魂,抽离肉体的刹那,带着透明的晶体一路向北起飞,要去寻找另一颗结晶的灵魂,完成隐秘而热烈的夙愿。

晚年的舅舅患上了帕金森综合征,身体迟缓僵硬。手脚越来越不利索。舅舅坚持每天走路,还是倒走。也许是他坚持的结果,也许是他坚韧的毅力,一度迟缓无法动弹的身体,在近八十岁时有了好转,他不仅能行动还能自己做饭洗澡。

然而,只是暂时。很快,他又行动不便了,连站立都成问题。可怕的是,他的语言中枢神经出现了问题,他面对我们,张着嘴巴叽咕,但舌头就是不能吐出他要表达的话语,哪怕一个词语。

舅舅的脑门大汗淋漓,眼角渗出浑浊的泪液。他双手抓在我的右手上,似乎要摇摆,却力不从心。

他在着急。忧心如焚。他再也不能去叙述他的荣耀与愤懑,也无法表达他的内心。何况那些尘封在心灵一角的隐秘往事?哪怕,最简单的语言需求也不能。

他张开嘴巴,哇的一声吼出,眼角却泪液飞扬。

我喊道,舅舅,我知道你要说的……话语此时也在我嘴巴终结。我知道什么?我什么都不知道。一个八十多岁老人的生命历程,我所看见的揣摩的虚构的,算起来不过是冰山一角。但我只能这样回答。这个老人正在为生命机能的衰败而痛楚,为与外界的交流被中断而忧愤。我偏过头去,泪水和鼻涕顿时肆意滴淌。

## 静静的图们江在流淌

2014年初冬,我来到了延边。身着民族服装的延边人很少,但还没有到绝迹的程度。偶尔看见,我心中竟莫名地产生他乡遇故知的幸福和惊喜。

而熟悉的《道拉吉》倒时常听到。这是朝鲜族的民谣。也是这块土地所有生命的见证。"道拉吉道拉吉道拉吉,白白的桔梗哟长满山野,只要挖出一两根就可以装满我的小菜筐……"以朝鲜土地特产为歌,唱风俗民情还唱爱情。它哪里只属于朝鲜族?它属于一切与这块土地相关的有情人。我仿佛天生会唱,跟着导游应和,但我一点也没听见自己的声音。我清楚,我不是自己寻乐,而是代舅舅在唱。

原准备去朝鲜的,但中朝边境因为埃博拉病毒刚好闭关。所以只能到图们江畔去看看。遗憾不小,激动也不小。图们江蜿蜒曲折,在初冬,它内敛静谧,时不时断流,即使水域丰沛的地方,也是波澜不惊,汪着清亮的积水,镜子一般反射红彤彤的太阳。风从四方来,水面涟漪阵阵,波光粼粼。

两岸的荒野,均在山坡上,宽阔而平整。绿黄的杂草上,牛羊在啃吃,但很少。偶尔出现几间矮小的房子,房顶上的烟囱冒出折不断的炊烟。是的,初冬的图们江寒冷,想必,那烟囱下面的柴火应该是在烧炕保暖。我几乎一眼不眨地盯着图们江那边,一样的土地,却是另一块国土。

那块国土,半个世纪前,我亲人来过,并用脚步和心灵丈量过。而今,我亲人的灵魂正在这块国土上与他魂牵梦绕的灵魂一起休憩。

而静静的图们江见证了眼泪与血液相融的际会。它淡泊包容又热烈奔放。以缓缓的流淌姿势诉说一个个动人的细节,甚至碎片。啊,只能是碎片。碎片拼凑的故事,凌驾于虚构之上,又被虚构映照,还是碎片。真实就在其中。

舅舅与图们江有关吗?也许他不曾看见这条江,但图们江哪只是一条边界江河?它是一个符号,一个开关,关于跨越时空的记忆和往事。

不是吗?舅舅八十寿辰,我女儿朗诵了一首诗歌《金达莱的故乡》:

> 金达莱花开呦满山岗,
> 我的故乡是美丽的城。
> 凉爽的海风从图们江吹来,
> 洁白的云朵山间飘过。
> ……

舅舅站起来,紧紧盯着我女儿,他双手拄着一根拐杖,走出座位,走到我女儿旁边。那时,他身体器官均已退化,到了冬天,站立困难,几乎难以走动。然而,舅舅不仅站了起来,还走动了几步。

图们江的风,吹来洁白的云,云在瓦蓝的天空漫游。

这自由不羁的灵魂……

# 水上书

## 一

灰蒙蒙的铅块,从头顶扣压。带着霉味的湿气扑面浸淫,掠夺鼻子和嘴巴的热气。又是雾,漫天的大雾,从岛边环绕的江水蒸腾而来。

有许多这样的日子,顶着浓雾上下班。田字形状的街道上,我刚参加工作的学校位于田字南端中央,我家,即镇上医院职工宿舍,在田字北端。这片"田"在岛北大堤下,喧嚣又沉寂。此消彼长的声音:呜——嘟——轮船起航或抵达;嘟嘟——机帆船在催促;嘀嘀——切——飞艇离岸靠岸,它们真切而千篇一律,在孤岛上切割出鲜明的时段。

秋天的雾气凉薄,带着炊烟的袅绕。校园里的树木花草蒙着面纱,沉湎内心。它们的枝叶和花朵,那么内敛,朝着自身缩小,不断缩小。终于,在视觉中缩小成一个黑点。我骑自行车刚过校门,就被一个女孩子拦住。她白皙的面庞浮现一层红晕。漆黑的直发被一根橡皮筋束在背后,柔顺、蓬勃,让我想起电视中做飘柔广告的女孩。她是校长女儿,是学校打字员,但她是哑巴。她热情地呀呀,拉我去她办公室坐坐。她的办公桌上,有新剪下来的两枝玫瑰,插在一只细长的磨砂瓶子里,甚是惹眼。花瓶旁摆着庞中华的字帖。她拿笔,在白纸上唰唰书写。钢笔字棱角分明,但显然,她用笔有力,笔尖戳破了纸张,夹起纸屑。她撮起拇指与食指指尖,去捡笔头的纸屑。指尖上的墨痕——她翻出手掌看看,似乎惋惜,于是,再次伸向白纸,向下按。白纸上落下指印,黑色的墨团,花蕾般攥紧了自己。

他是谁?

在哪里上班?

他不在岛上,是吗?

……连串问话后,她把笔递给我,热切的目光打在我脸上,充满了期待。我垂下眼睑,摇头。"他"是谁——她要问的?

她夺过笔,又唰唰飞快补上:上次来看你的,穿黑风衣的男人。我笑。她说的"他",是我同学梅的男友,他们一起来这里看我,遇到了哑巴。或者说,哑巴一下子记住了他。哑巴着急地在纸上补写:名字和联系方式,告诉我。她把笔按在我手心,再次投射来热腾腾的目光。告诉她吧,反正也不是什么机密。

我刚刚收笔,哑巴就夺走白纸,热切的目光滞留在我那歪斜的缺乏底气的笔迹上。

## 二

校园里有一大簇玫瑰,红黄两色,在教学楼后面,厕所右前方。乡镇学校厕所在九七年还是旱厕,臭味熏天,但我还是选择临窗的座位——红黄两色的玫瑰伸触窗前,含苞待放,芬芳扑鼻。

哑巴女孩突然从花丛中伸出脑袋,笑吟吟地。她靠着窗口,朝我招手,左手举着一张报纸,上面有我的文章。我还她一个甜美的笑容。她右手翘出大拇指称赞。我不由脸红,摆摆脑袋。她慌了——以为我在否定她的真诚,于是,瞪起大眼睛。她是真诚的,我该如何传递我对这份真诚的理解与谢意? 踌躇间。她颇失望地放下左手,右手拍在她的胸脯上。漆黑的大眼睛有火星喷溅,喷溅到我左右手。左右手仿佛受到指令,合抱于下颌,随着脑袋一起摇动。这样的动作,带点江湖气,又富喜剧性,瞬间就有了效果,女孩居然也抱拳于下颌。我们忍不住同时咧开嘴巴。其实,我听见了自己扑哧的笑声,但此刻的扑哧无疑是对真诚的亵渎。我把扑哧声消灭在唇齿间。

无声的笑容,在那些日子敞亮眼睛。我清楚地看见,红玫瑰开败后黄玫瑰才撑开了骨朵,而黄玫瑰却总挑在枝丫顶端,不费气力地豁开每一个花瓣,花瓣光滑脉纹清晰。女孩脸庞总在旁边闪现,镜片般地流泻明朗光芒。有一次,我靠近窗口,递给女孩一本《徐志摩文集》,她满心欢喜,翻到徐志摩与陆小曼的合影,举到头顶,朝我竖起大拇指。

期中考试,我所带的班级成绩不好不坏。我所在年级的阅卷负责人是我大学师姐,她分发下来试卷和统计册。我翻阅完试卷,右手不自觉地拿起桌上的计算器,重算均分、高分率、及格率。惊讶、愤怒,抱着试卷和统计册找师姐告之统计有误。师姐看我一眼,推开我的手,低声申明,做人要低调,诀窍在于避免锋芒。她的话我懂。年级组长,还有教务处领导,均与我任教同一年级语文学科。他们都是老资格了,师姐语重心长地强调。

领先了,我给学生宣布。学生哗然。刚结束的期中总结大会宣布了成绩,我所带班级的语文成绩并不拔尖。学生们交头接耳,窃窃哂笑。很快,他们送我一个称呼:朱鹮。他们刚在生物课中学到的一种动物。三两个男孩子隔着窗户喊:快——朱鹮来了。教室里马上响彻哄笑声。取绰号的举动,使初为人师的我感觉威望受损,不由震怒,警告学生。学生更得意,直着嗓门喊叫:朱鹮,朱鹮。同事也称呼我朱鹮,并笑说,学生真是冰雪聪明……

朱鹮是东方珍宝,常年栖居高树,天敌太多……我哪配,故而继续反对学生们的绰号呼喊。

## 三

冬天来得早,与孤岛四围环水有关。

四围的江水常常加重岛上的雾气。浓厚的雾气下,树木枯朽,冷风肆虐,空气凉湿。岛瘦弱而倔强,它抱紧自己,维护胸腔中那团燃烧的火。摇曳的蓝色火花,亮堂着仄小的心胸,有窃窃的私笑,它们舔舐、烘焙。

医院宿舍楼前,一辆摩托车横在楼梯口,泥泞满身。我皱眉,厌恶油生。他又来了,这个名叫金的男人,瘸腿,并不妨碍他骑摩托车。他在雾气遮蔽的冬日,准时来我家报到,拉着家常,母亲把饭菜端到饭桌上。

朱叔,我这腿,你知道,可是功臣腿,为赶走鬼子才锯掉的……我在这里守门,不辱没医院吧,你得给我说话……

在父亲试试看的回复中,金仰起脖子,汩的一声,吞进一大口酒,然后落下酒杯。长长的吁气声后,他抿紧嘴唇,脸庞泛起猪肝色。被企业辞退的苦楚和妻子逃离失踪的悲愤,遭遇热腾腾的酒菜后,不由释然。他狠狠地用牙齿切割连着筋的牛骨头,吱吱作响。昔日的英雄气概在酒杯起落中浮沉。

事情并不理想。父亲是副职,他高估了自己的影响力,也高估了金参加边境战争的经历。金不相信,他提着自家产的新棉打成的棉被央求父亲。金以为,父亲这个"岛上一把刀"在医院当然是有话语权的,何况他还是副院长,只要父亲真心帮忙,而"真心"的前提就是行礼在先。金耷拉着脸庞,唾沫飞溅地诉说,他的往昔、荣光与痛楚,哀叹世人的淡忘。父亲在一个中午留下金吃了午饭,带他去找院长,谋求医院门房职务。

那天下午,我接到梅同学的电话。她在电话中气愤地骂我神经病,说我是掮客,因为哑巴姑娘找到她男朋友那儿去了,他们的关系骤然升温,难分难舍了,而她却被冷落,快要成为旧人弃妇……这罪责最终落到我头上,是我给哑巴透露了联系方式。

哑巴黑亮的大眼睛在笑,提笔落墨于白纸。笔尖戳破纸张,她的指尖放在笔头,然后用力在白纸上按下。花蕾般攥紧自己的墨团……

我放下电话,朝打字室里跑。操场上雾气又笼了上来。刚下体育课的孩子们,看我着急慌忙的样子,隔着雾气高呼:朱鹮,还有一节语文课。学校规定,天气不好时,所有课外活动都改上语数外,那天刚好轮到语文课。我当然记得,不理他们,着急跑。孩子们还在后面笑喊"朱鹮,求求你,语文课你不要再让我们写作文了"。我慌忙跑到门房旁边的打字室,果然,里面空无一人。

蓦地想起,今天一天没有看见哑巴了。她果真过江去了。过江到对面的城市去找那个穿黑风衣的男孩子,而男孩子是我同学梅的恋人,是我把他的联系方式给了哑巴。现在,苍茫近乎漆黑的雾霭下来了,在冬日的黄昏,化作煤屑,笼罩孤岛。长江码头必定封渡。过江的哑巴回不来了。

我踱来踱去,心中焦急,又给梅同学打电话。梅开口就骂,一连串的责骂,长鞭子一般朝我兜头甩来。好不容易逮着她哭泣机会,告诉她,又起雾了,长江肯定封渡。她马上尖利着嗓门骂:"关我屁事……"上课铃声响起,我搁下话机。

厚重的雾,如同密实的墙壁,隔绝视线,甚至呼吸。我胸口发闷,推出自行车,又放回。旁边擦肩而过的学生招呼:朱鹮,还是走回家吧,雾大,看不清楚。我讨厌他们故作大人状的深沉,狠狠地瞪眼。可惜,煤屑般的雾霭中,他们看不见,但他们的笑声,清亮如珠落玉盘,与勺子敲打碗钵的声音起起落落。晚饭时间了。哑巴的父母,校长与食堂那个卖饭菜票的胖女人,没有看见女儿,会怎么样?满腹惆怅。

医院宿舍楼下,中午就来了的那辆破旧摩托车还在。它横在楼梯口,一身邋遢,缺少机灵的心眼,缺少善解人意的心怀。我厌烦地大踏步爬楼。金已经坐在饭桌上,酒瓶在他的脚下,他的酒杯满满的,脸色却发黑。他不端酒杯,苦苦哀求父亲,反复询问,为什么这样?为什么这样?为什么这样?

我端着饭碗,冷着脸色和口气。没有为什么,自己靠自己。

金吃惊地望我,嘴唇颤抖,言辞在诉说往昔中越来越激烈。父亲举着筷子,思索他不能办好的原因。母亲叹息,现在都不提那场战争了。金瞪大眼睛,把"为什么"后面跟随的问号修改成愤怒的感叹。父亲拿筷子敲敲桌子。他眼睛发亮,醍醐灌顶似的提示,你干脆把那床被子,再加点别的什么……找下院长,毕竟是他说了算。

丁零……电话响起,是找我的。

女人威严而粗陋的声音炸着我神经。是哑巴的母亲,她问我是否知道她女儿去了哪里。我的心提到了嗓门,嘴唇嗫嚅:她过江去了。女人问我怎么知道,她女儿过江干什么去了,她什么时候去的,是不是你给她出了什么主意——我想起哑巴提笔在白纸上的问话,一句赶着一句,一个问号排队在一个问号后面。我应该回答哪一句,哪一句才是她真正需要的?

我的掂量显然缓慢。威严的声音提高了分贝:识相点,女儿不见了,你就是罪魁祸首,你会付出代价的。代价是什么?我脑海一阵茫然,但它重重地捶在我胸口,生疼。我的喉咙带着被阻塞的疼痛,忍不住咳嗽。抬眼看窗户外面。黑暗沉重如铁,灯火亮起不仅没有缓解,相反,它被黑暗压迫,看上去心事重重。我沙哑着嗓门,忍不住打断电话那端喋喋不休的警告,用金一样的语气央求:你听我说,没事的,保证没事,我也是听一个朋友说的,她找一个人去了。

父亲与金出门了。母亲拿起电话,她邀好牌局,准备在我们家里开战。我关闭房门,捧一本书,想着哑巴。她从来没有如此让我牵挂,也从来没有一个人像她一样让我整整一夜牵挂,甚至,我在被窝中合拢双手,为她祈祷。

## 四

冬日的雾骄横跋扈,它们有些厚脸皮,甚至变态。哪怕,那么多的人乞求,快散了吧,快散了吧。它不顾不理,得意地蔓延,从黑夜到白昼,明明刚才被一阵风吹散了,但茫茫的雾气又追了上来,从白昼追到了黑夜。

岛被湿漉漉的雾气埋葬,它抱紧自己再抱紧自己,意图剔亮那团还没有熄灭的内心之火。终于,它消失在肉眼中,即使拍击岩石的江水也无法凸显它的存在。

父亲大发雷霆,跺脚骂娘。他手里捏着菜单与账单,上下抖动。他的一个远房侄子在镇上餐馆吃喝,然后大笔挥下他的名字。

这个王八蛋,老子要扒了他的皮。暴怒下的父亲坐上金的破旧摩托车,去岛上一个名叫高山的地方寻找他的侄子八斤。高山没有山,却是岛上最高的地方,位于孤岛正中心,传说它的腹地是巨大的坟墓,埋葬着楚王。八斤深信不疑,致力于寻宝,他的理想与现实都在虚无的寻求中消耗。他相信有一天他会非常非常有钱,所以他不屑于稼穑耕作,他云游孤岛和外面的世界,从不操心吃喝。他拿着大把钞票赌博,慷慨地签名赌债,他的理由振振有词——我家底下就是楚王墓,多的是金银财宝。但是他在岛上,吹嘘他家底下的财宝,却在各大餐馆,签下我父亲的名字。

夜晚,该死的雾笼罩着孤岛,消弭着路途。金的摩托车刚跑出镇上的街道,上了人工河右边的公路,就撞在一棵老银杏树上,掉进了人工河。冬天的人工河没有河水,全是干裂的冻土。也许,他们是幸运的,摔到人工河并没有被淹着。但又是不幸的,他们受惊了。父亲滚在枯草堆上,可怜的瘸子金却伤到了右大腿,那是他保存下来的行走世界的唯一腿子。金伤心而泣:我的右腿也没了,以后该怎么办啊……站在一旁的父亲以外科医生的眼光检查一遍,镇定而严肃地宣布,没有大碍,完全能够恢复。

恢复的日子漫长无比。母亲埋怨,她现在是金的佣人,吃喝拉撒,没完没了。父亲厌烦金也厌烦母亲的唠叨,又无可奈何。于是,每天给金送饭菜和开水成为我的日常工作。金要求我扶他起来练习走路。我果断拒绝。金很生气,责骂我不仁义,狗眼看人低,他可不是普通人是胸挂红花的英雄……他又提起往昔的荣光。

金慢慢下床了,他要求回家,要父亲一次性结清费用,两万。

两万,怎么可能?母亲口气坚决地否定,与金讨价还价五千。金眨巴眼睛,说他是英雄才不愿赖人家的钱,何况是朱叔?言下之意,父亲还是他这个英雄看得起的人。母亲老到地清算她近一个月来的伺候,喋喋不休。金仍不松口。终于,母亲咬牙一字一顿地问:真准备把事情做绝了?

金在心中掂量了母亲的话,一阵沉默后,答应,五千吧,都是亲戚。

谢天谢地。母亲恢复晚上摸牌的习惯,尽管临近春节,尽管忙年是主妇的事情,她依然有条不紊地安排妥当,因为她舒心。

我又在为哑巴牵肠挂肚。回来的哑巴姑娘再次消失。她的母亲,食堂里卖饭菜票的胖女人找到了我,她追根溯源地清算,哑巴的错误从接触我开始。

实际,哑巴上次离开孤岛,三天后就回来了。三天。不长也不短,可以记忆也可以遗忘的时间,可以开始也可以结束的小时段。她留在孤岛对面的城市,与大雾没有关系,因为她没有准备回来。但她回来了,是她母亲拽回来的。

我看见哑巴,一颗怦怦乱跳的心落地安稳了。她好好的,毫发未损,相反,她的眼光荡漾着笑意,那是一个少女怀揣爱情之火的甜蜜。梅在电话里枯涩着嗓门骂我惹祸精,说哑巴快要抢走男友,他们不久会结婚的………梅又在呜咽,终于,她清晰地吐出一句:我不想活了。我的心又乱跳起来,口无遮拦地许诺:没有什么事情,你放心好了,哑巴母亲绝对不会放走她的女儿。

可哑巴自己有腿,十二月底,哑巴又失踪了。她母亲恼羞成怒,在教学楼梯口,一把拽住我,翘起食指,指尖点到我鼻子上。我又看见哑巴指尖上的墨痕,墨痕在指尖下按中落纸成紧实的花蕾,花蕾不断缩小成一个黑点,在我鼻尖上。我本能地后退。胖女人更来势,再次拽住我。

朱鹮,你推开她……朱鹮,对欺负你的人要反抗……学生在旁边叽叽喳喳的。一个男孩子上来,拽住胖女人,另一个也跟上来拉女人的手,他们大声叫嚷:放了朱鹮,我们要去买饭菜票,你不是说什么时候都可以找你买饭菜票的吗?

朱鹮,你笑一笑,我们就给你写出好作文。

黑板上的留言让我好笑。我耸耸肩膀,否认自己是朱鹮。学生们哈哈大笑,齐声高呼:你就是,朱鹮。

## 五

父亲陷入惊恐中。

单位开会时,有人说他因为欠下金的钱才不得不替金徇私谋求门房职务……他是个容易恼怒的人,更容易在家里恼怒。他走来走去地骂人,骂八斤骂医院骂母亲骂我……这一切都让他无法安生。但他不骂金。

我嘟哝,都是金惹的祸。

与他有什么关系？父亲怒目否定，接着指责我不仁义。他脑门上的青筋一跳一跳的，如同苏醒急欲出洞的蛇。金也曾经这样骂我。我在心中轻蔑地回应，往往不懂得仁义，才滥用仁义。

你，你……咳，看你没心没肺的，有什么出息。父亲脸色乌青，满是失望。他不断地摇头，摇头。

春天了。岛上的雾气在春水的荡漾下开始散淡、消失。呜——嘟——嘀——船声此起彼伏。岛上桃花红了，梨花白了，菜花金黄。

金果然恢复得很快，他骑着破旧摩托车来我家，督促父亲落实他的工作。母亲这次彻底厌烦了，即使金来得再逢时，她也不给金准备筷子。她很有耐心，抱着双肩坐在沙发上，等待金说完事情再开饭。父亲给金拿筷子，被母亲夺下，扔进垃圾桶。母亲大声说，再多拿双筷子，我继续扔。金很坦然，坐在沙发上，说，朱叔，你们吃，我已经吃过了，你们吃完了我再说。

父亲带金去镇上找书记。父亲十拿九稳，马上要换届选举，书记年纪偏大，可能还是这个镇的书记，但求稳是个大事，而金的事顶多算个小事，书记不能不答应。

父亲不知道金单独去找了书记。而金说了什么，父亲一无所知。父亲和母亲被医院叫去谈话，被严厉警告：要以实际行动带动亲戚朋友搞好乡镇党委书记的换届选举工作，出了差错要负政治责任。

政治责任……这块巨石兀地滚落,压疼了双脚。从会议室出来的父亲气急败坏,心急如焚,径直去找金。

金得意地告之,书记很重视他的工作。

我被校长喊到办公室,校长问我,选举书记,你选谁?

现在的书记。

校长眯缝起眼睛打量我,他不信任,早已经不信任。先是哑巴女儿屡次出逃,接着是当下的选举大事,都与我有关。校长为人威严,不苟言笑。他警告,自由随意是人生大忌,必然招惹麻烦。我从校长办公室出来,一颗心乱蹦乱跳。回到家,父亲反复叮嘱,慎重对待选举,现在的书记就是某某,你要记住他的名字,你要给他投票。母亲发女人泼皮威,吼道:就不选他,天还塌了。父亲颤抖着声音说,本来不选他可以没事,但是我们都被怀疑没安好心,不选他就有了事情。

父亲找来了金,交代他选举事情。金眉飞色舞,得意地说,我当然选某某,我跟他说了,不给我办好事情,我所有亲戚和朋友都会乱投票。

混账。父亲竖起了手指,手指微微颤抖——你这是威胁,是耍流氓,最后的账要算到我的头上……

在学校打字室里遇到哑巴姑娘,我颇意外。她是刚回来还是早回来了?她不像往常那样看见我就拦住我,朝我笑。她的神情陌生,眼神专注于空中某个地方,冥思或者发怔。

阳光逐渐丰满。我们脱下臃肿的外衣,单薄的春装和裙子恰到好处地与温馨映衬。哑巴站起来去倒水,我发现她胖了,从胸脯到腰身。

就在我转身离去时,哑巴拉回我,她唰唰提笔在白纸上写:我要结婚了。

结婚——那个穿黑风衣的男子,我同学的男友,与他?

哑巴脸上飞起红晕,她这次不管笔尖上带起的纸屑,继续龙飞凤舞地书写:我铁定了心,要跟他结婚。白纸破出一个大洞,笔尖被桌子表面的皱纹削掉锐气,严重分岔。哑巴随手把钢笔丢进垃圾桶里。

"他"是谁——是梅的男朋友吗?如果哑巴姑娘真跟"他"结婚,梅呢?旧人弃妇真就坐实了,梅会寻死吗?

# 六

乡镇换届工作结束后,金还是没有来医院门房上班。他又来我家,与父亲反复分析,问题出在哪里。

四月是岛上最温暖的季节。明亮迷人的阳光,金子般地抛洒光芒,和煦的风吹拂脸颊,带来蜜糖般的花香。那时候,孤岛逍遥,似在江湖之外。沙洲上燃烧成金子的菜花倒映在长江中,它们朝着另一个世界生长,岛变得深不可测。绵延在无垠原野上的白色梨花和柑橘花,堆积出漫天的云彩。大地与天空讲和,它们携手开掘邈远的诗意和宁静。而岛上的潭水、池塘、河流、沟渠,汪着绿色的水波,偶尔荡漾层层涟漪。它们温柔又锐利,把沙岛划出无数的裂痕,碎成没有形状的镜片,镜片中,清亮的水流动着尘世外的梦幻。

一到这样的季节,我就想瞌睡,脑袋昏沉,哈欠接二连三。不独是我,学生们也这样,他们在课桌上堆高书本,把自己的脑袋隐埋在书本后面,闭上眼睛,神游梦幻。我依次叫醒他们,他们那样慵懒,迷迷瞪瞪地,一遍遍央求:朱鹮,我们去春游吧。

田字街道正中搭建起长条台子,准备摸奖。所有的孤岛人蠢蠢欲动,他们拥挤在长条台子周围,围拢成挤不动的洪流,唾沫飞溅,飞短流长,粉白和预言。那几天,街道上的茶馆突然没了生意,麻将、花牌在摸奖台前失去吸引力,隐退于人群视线以外。

气球飘在街道上空,红灯笼点亮了簇新圆满的喜庆,绸子捆扎的舞台成功隔离了木架子的破朽和邋遢,鞭炮轰隆隆地炸响。锣鼓喧嚣中,老年腰鼓队扭起欢快的秧歌舞。一场唾手可得的丰收,正在预祝中到来。

试试手气吧。碰下运气。撞个彩头。老人、小孩、男人、女人,无业赋闲的、上班上学的,有意无意地徘徊在长条台子前,以

"运气"之名伸出双手,去采摘莫须有的果实。这似乎可笑,甚至不可理喻。但他们被允许,一次次地透支钱包,寻求"运气",醉心梦想。有那么一两个,长时间流连在浑浑噩噩人群中,突然爆发大笑。他们中奖了。但绝大多数人没有运气,被隔离在梦想的果实之外。隔离令人忧愤焦急,却又充满了挑逗。于是,"绝大多数"不服气,归纳被"隔离"的缘由在于没有坚持。"舍得一身寡,守得金玉来"的古训此时派上用场。摸下去,浑水也有鱼。"绝大多数"在长条台子周围流连忘返,与其说是在碰运,不如说是在践行人生之理。他们的勤勉与无私,使一个礼拜的摸奖活动,从清晨到子夜,始终保持了高涨的人气。

不要信任天上掉馅饼的运气。我警告学生,但被他们嗤笑反驳:运气来了,都不知道伸手去接,岂不是傻子一个?道理枯燥,何况我懒于任何理论,即使叨叨令也贯不成气。我许诺,你们若是表现好,我们就去春游。

学生做到了。周五下午,我带学生去长江边的沙滩野炊。春水已经丰腴,一波一波地冲击沙滩。学生刚刚垒好的城堡马上塌陷。有学生问,朱鹮,听说九八年长江有千年不遇的洪水,我们的岛会不会没了?

不会,这么多年的洪涝,咱们这岛还不是好好的?再大的洪水也冲不走咱们这岛,这洲岛是金刚不坏之身。另一些学生马上否定。

"不坏"是相对的,只不过是废墟中的重生。又有学生文绉绉地阐释。

我被警醒,此处危险,于是,带领学生退出沙滩,退到大堤对面的沟渠去野炊。

爬堤时,我们遇见了哑巴姑娘。不是她一个人,还有一个男孩子,牵着她的手,另一只手拎着大袋水果。不是穿黑风衣的男孩子。哑巴姑娘穿着单薄的裙子,裙子下的腰身……我想起了水桶。

她是否怀孕了?

否极泰来是怎样的词语,它真等同于时来运转?八斤突然来我家,喜滋滋地,给我父亲还钱来了。他欠下的餐馆的债,他有足够的钱偿还。这下可大发了。八斤嘴巴反复嘟哝着"大发",提醒我们——他摸到了大奖。他手气比所有人都好,摸到大奖,一辆东风牌货车,他当场卖掉,除去税钱和花钱(岛上得财的人分发给旁边人的小钱俗称花钱),还有八万多。这么多的钱,揣在荷包里,鼓囊囊的,乐坏了八斤。

面对突然现身的八斤,父亲手足无措,他不想与这个人有任何瓜葛,要八斤自己去还酒家的钱。你自己欠下的债务自己还,与我无关。父亲双手一摊。八斤抽出一叠票子,牛气烘烘地吵嚷,够不够?母亲盯着厚厚的钞票,在心中估算有多少,八斤慷慨地把钞票放到母亲怀里。

半个月后,八斤再次找到我家,他搓着双手,呷吧嘴巴,哀叹时运不济,责骂钱财势利见异思迁。是的,他嘴巴说得最多的话就是:运气不好。命痞啊——他拉长语调,他的哀叹因此婉转多情,增添感染力度。事实正是如此,刚刚到手的钱飞走了,更残忍的是,他手里所有的钱,借着中奖的东风呼啦着准备起飞滚雪球扩充战果,哪曾料想,却砰然落地,砸出大窟窿,葬身泥土尸身全无,包括刚刚卖掉的牛钱,全部在赌博中输掉了。"赌输",于八斤却是经常的事情,他的模样看上去并没有多少痛楚,相反,他的眼睛透露出逼人的精光。

母亲赶紧提一个黑包出来,递给八斤,说,都是你的,我们一分未动。八斤揣着黑包,转身就走。父亲暴跳如雷,翘起右手食指,对着大门痛骂,你那些臭账你自己了结,你不要到我们家来了。

防盗铁门早已关闭。八斤消失在铁门之外,也许正在下楼,也许他已飞跑出宿舍楼。八斤能听见吗?听见与否都没关系,他还是来了。六月一个大热天,他来我们家,脚刚踏进防盗门,就大声嚷嚷,岛上发现了石油,现在石油勘探队都来了,我有事情做了。

没有人搭他的话。八斤嘿嘿一笑,在沙发上坐下,东扯西拉地,极力寻找我们共同关注的话题。终于,他发现今年夏汛这个话题的黏和度极高。他放慢语速,发布他的见解:刚到初夏,长江的水位就飞涨,比以往汛期都要高,估计今年有特大洪灾。

是啊,听说是百年不遇的洪涝,母亲叹息。她的记忆有挥之不去的洪水淹没孤岛的阴影,洪水中,她的母亲我的外婆死了,她的大姐夫我的大姨爹死了,而我的父亲,还有眼前的八斤,都有经历洪水带来的惨痛记忆。说到洪水,她不能不叹息。

这回会不会溃堤?哪里最容易溃堤?如果不溃堤,洪水威胁对面的城市,是否要挖堤分洪为对面的城市解危?洪水来了,我们有可能被安排到哪里去……他们攀着洪水的话题,用满腹疑问培植一棵令人忧心和悲痛的大树。

六月中旬时,哑巴姑娘结婚了,她的丈夫是码头货轮上一个船工,那个在四月大堤下牵哑巴手的男孩子。哑巴的肚子大得惊人,她脸上布满了黄褐斑。她对我熟视无睹,仿佛我在她面前根本不存在。

## 七

七月时,洪水一天天见涨。我们放暑假那天,哑巴生了一个女孩子。哑巴丈夫捧着红蛋依次分发,送请帖。我没有得到。我一直心存疑问,他依次到办公室发的,他与我毫无恩怨,既然见人发喜,为什么不给我发红蛋?哑巴丈夫略过了我,当我真的不存在。

——是哑巴要求他这样做的,还是他丈母娘?抑或他耳闻什么后的擅自行为?我不得而知,唯一能肯定的是,他们把我排除在"友好"门外。

中旬,我参加另一个单位的招考,调出了孤岛。下旬的孤岛被大水四围,浑浊的大水漫溢在孤岛周围,淹没了码头,淹没了码头上大堤下的树林,与大堤快要齐平。汪洋中的孤岛,真真切切地与世隔绝。

而坏消息一天天传来,长江上游的城市被淹,下游一些地方被淹。洪水几乎覆盖我们的日常,岛上的人惶惶不可终日。

金最后一次来我家,是找父亲弄消炎药。他裤腿上满是泥巴,看来他每天坚守在孤岛西边的大堤上。据说,那里一个地方已经溃漏几次,幸好发现得早,用水泥袋和石头堵上才没有出事,而他身上多处受伤。父亲劝他没有必要守堤,说他这样的身体反而是累赘。金大怒,唾沫飞溅却掷地有声。

临阵脱逃不是英雄本色。

英雄的标签,他当宝贝似的收藏,一旦有合适机会,"收藏"现身,往昔的荣光就会回归……回归意味时光倒流,那么,人生是不是可以重新设计?

八月时,暴雨连下四五天,洪水再次暴涨。簰洲湾溃堤、公安县黄金大垸溃堤、九江市长江干堤溃决、沙市武汉危险……坏消息频频传来。父亲接到通知,可能马上转移,孤岛要破堤。母亲与我仓皇地收拾行李。

一个雨天傍晚,父亲穿着雨衣从大堤上回来。我们围住父亲问,是不是马上转移走?父亲摇头说,回家看看,下岛大堤有多处溃口,太可怕了。

父亲匆忙而去。那夜,我与母亲待在一个房间,我们不敢睡,穿着衣服坐在床上闲聊。母亲拨了几次电话,无法连通。电话线路断了,电视线路也断了。孤岛真的与外界隔绝了。"隔绝"犹如一块巨石砸在脚下,虽未临身,却震响不断。我没由来地惊恐,反复问母亲,洪水淹没上来,人跑不跑得脱?

母亲瞪我一眼,责备我瞎说,说好多年没有发大水了。须臾,又缓和神态,轻声安慰我不要乱想。母亲的安慰出于一种疼爱本能,希冀恐惧的我减轻压力而已。但……就在那夜,8月10日夜晚,洪水没有上涨,没有达到峰线。

父亲第二天回来,异常高兴,他蛮有把握地说,洪水要退了。

电话开始通了。电视也开始转播。不甚清晰的屏幕上,我们突然发现了瘸子金。在满是黑芝麻的屏幕上,瘸子金浑身泥浆却满面红光。他面对话筒,滔滔不绝口若悬河。那一刻,我真的有恍惚的错觉,金就是一个英雄。

父亲感叹,金一直留在大堤上防守,没日没夜啊。

八月结束,洪水隐退,金成为岛上名人。他频频在岛上电视台露面,他参加边境战争的经历重新被人提起。金如愿以偿地实现医院守门人的愿望。

我离开孤岛那天,八斤又来我家。他在推销一种药,恳求父亲帮忙。父亲断然拒绝。八斤似乎有准备,收好药品,顺手拿起父亲的皮鞋,放进他随身的蛇皮袋。

他坐在饭桌上,端起酒杯,开始讲古:为什么孤岛经历那么多次洪水,都冲不垮,你们知道吗?高山下的楚王坟墓是长江的一个通道,传说,楚怀王就是借死之名从坟墓通道逃走了……洪水来了,即使冲到岛上,还是要回到江海,我们的孤岛是个神岛啊。

没有人搭理八斤。八斤依然故我地口若悬河,他说,当年他挖人工河时挖出的钟磬——钟磬你们知道吗?那是楚国皇室贵族招魂所用的乐器,真正的大宝贝……一个台商识货,看中了,但我不愿意卖,因为台商奸诈,欺负我不懂行,出价太低,我怎么会上当……

# 回到大海

> 我们想回去,
> 回到大海,
> 大海孤独的走廊,狂热之夜的大厅,
> 悲伤爆发,沉入死亡的大海,
> 如小熊座飞旋的星辰。
>
> ——罗伯特·博莱

## 一 回到大海

相对于内陆中西部,大海是遥远的。但它大百科全书式的气质,长于人类文明的历史和对等于星空的浩瀚传说,远在天边的大海,随时就扑来了它洁白的浪花,在我们身上播撒信息。它清凉晶莹的水珠,它略带腥咸的气味,它残缺不全又随心所欲的扑倒姿势……

与它谋面之前,我们与大海早已完成了远距离的拥抱。甚至,生命的记忆刚刚启动时——"在海的远处,水是那么蓝,像最美丽的矢车菊花瓣,同时又是那么清,像最明亮的玻璃。然而它又是那么深,深得任何锚链都达不到底。要想从海底到水面,必须有许多教堂尖塔,一个接一个地联起来才成,海底的人们就住在这下面"——绝大多数时候,大海从白纸黑字的经典童话中走了出来。有时候,一方偌大的水域呈现江河湖海的样子时,水滴竟会抽身而出,撞击一个个打量它们的小肉身。大海出现在意念中,几乎注定。于是,大海在记忆这块硬盘上四溅碎花,给予生命童真的虚幻感。

是的,虚幻感。

童年开启的生命虚幻感,很大程度来源于远方海水的启迪。从而,想象注入我们肉身,渗透并与之交融。但生命伊始,一切尚在开端季,一切尚无意识,恰好的"一切",想象跻身于血肉中,参与一具肉身的缓慢成长,以巨大的隐秘力量把守记忆闸门,看护它修复它固存它。此际,记忆源头形成,记忆河流亦开始流淌漫延。童年站稳了生命的脚跟,隐秘地刻画心灵波线图,绘录心理线条,思维纹路天网似的纵横交织。

勒个……你看过大海吗?

多年前,村庄里的一个怪人遇到我们小孩子,弯下他湿淋淋的身子。他刚从我们村最大的深潭游泳上来吧,雨人一般,正撮着嘴巴吐气。他抖落一身的水滴,接着,递来白发若雪的脑袋,雪白刺眼,越发衬托出他的尖嘴猴腮。他叫什么名字?我忘记了,村里人截取他的口头禅称呼他"勒个",类似如今的网络语言。我们喊他"勒个",语调上扬,语气无限延长,延长出被舌头压下的笑声。这笑声的意思……他是奇怪的,然而,我们顶多笑笑,既是善意的嘲讽,又有宽容的接受,还有淡淡的否定。总之,"勒个"出现时,湿淋淋的,一副气喘吁吁的模样。他的出现,代表奇葩盛开,我们司空见惯。然而,那张猴脸上,有光亮,他发红发肿的眼睛闪烁奇异的亮光,霎时点燃我们的眼神。我们读懂了一个词语:期待。这没用,他浓重的口臭和水腥味,还有说不清道不明的落魄味道,太招人嫌了。我们瞬间熄灭了他的期待,用手捂住鼻子,然后逃之夭夭。

勒个……大海啊……你们终会看见的……怪人的叹息抓钉似的抓住我思维。以至于,白天某个当儿或者夜晚的梦中,脑袋不免回放。回放的那两句话犹如水面鼓起的水泡,刚冒出旋即消失。再次遇到怪人"勒个",水泡又冒出,仿佛那怪人的本事就是生产那俩水泡。"勒个"吸取了教训,不,他有了自知之明,看见我,远远站住,右手轻放于嘴唇。勒个……你看过大海吗?噢,你太小,还没机会去看,但是你肯定会见到大海的。

他的语气轻而笃定。我没有跑掉,仰起满是迷惑的脸庞,问为什么。

我就是从大海来的,我的亲人也在大海,我当然还要回到大海去。

我愣怔,完全是丈二和尚摸不着头脑。他在回答他自己,而非我的询问。换句话说,他把"自己"推而广之到我们所有的人。

你常常在水塘里游泳,为什么?

去见我的亲人啊,我三个女儿,还有我老婆,我们一起在大海游泳,他们却游走了。"勒个"的脸色灰暗,声音疲软下来。

游走?到哪里去了?

到——哦,就在水底里,为了见到他们,我只有常常在水里游啊游……

我掉头跑掉。这个疯子,不晓得来自哪里,阳春三月时的某天在我们村住了下来,住在靠近水潭边轧棉花的破仓库里。只要天气好,每天在水潭里游啊游,上岸了,逮着机会就说一些莫名其妙的话,谁晓得他还会来什么举动。

我只有跑掉,跑了一阵后,又驻足后望。心里涌出一阵强烈的伤感,"勒个"的经历当然是谜,可至少我清楚了,大海给他带来了希冀,却是建立在悲剧上。

勒个……大海啊……你们终会看见的……

正如他的到来——异乡人"勒个"突然出现在我们村庄,不定时地绽开他的奇葩,点缀乡村枯燥的日常生活,而后又突然消失了,"奇葩"从我们身边秘密地撤退。但他的口头禅犹如风铃,在风中脆响延展,唤醒小孩子混沌的心灵,植入混合了悲伤、希冀和温暖的记忆。一个居住在江水四围的孤岛上的四五岁女孩却无意间被启迪,关于大海。

## 二 到灯塔去

七岁那年的夏天,我见到了贝壳和海螺。

是村书记的弟弟从海南回家度假捎带的礼物。他是海军,常年驻守在海南,现在准备转业,所以有机会带着家人回老家住上一段时间。军人的妻子穿着鲜艳的长裙,长发垂肩,手腕挂垂着五彩贝壳手链,走路舞蹈一般。风被她摇曳出浪漫多情。那个名叫琼莺的少女也是,亚麻色的肌肤,中等个子,洁白贝壳串成的项链衬出她细长的脖子,但那海蓝色的海军裙在风中旗帜似的招展。直击人心的魅力下,我傻子一般,用目光久久追随。那份魅力,除了她母亲的浪漫,更多的是高冷,高冷的气息不断充盈,搭建一座虚拟的高台,她是台上唯一的主角。

海洋的气息冲鼻入肺,我耳畔不时地响起"勒个"的口头禅。

还不够。清晨或黄昏,或者某个寂静的时刻,螺号声呜呜嘟嘟地吹响,穿透我们村庄的大小水塘和婆娑大树。风幽树静,螺号的粗粝沉淀下去,只有绵延的婉转缠绕我们耳际。鸟鸣声,狗吠声,鸡叫声偶尔穿插其间,螺号声还在沉淀,沉落到泥土里,沉淀出底座,夯实在村庄的夏日。而底座上,歌声烟丝般缭绕徘徊……海风你轻轻地吹,海浪你轻轻地摇……一丝淡淡的怅惘悄然升起,随后,我听见,一个声音在心中坚定地回复:大海啊,我终会看见的。

蓝色的、摇曳的、壮阔无边的大海,它有召唤的秘籍,还有拥抱的胸腔——最最重要的,它总在顾念,不是顾念所见的,而是顾念不曾见到的东西。因为,相对于一个正在抽芽成长的肉身,所见的只是暂时,所不见的已在路上,等待与我重逢。

高二时,一个名叫碧波的男同学,从外地省城转学到长江边的一所高中,我们成为同座。他讲一口京腔,鼻音浓厚,但青春期的鼻音硬是给他的朗诵增添了迷人的魅力。早读课,他在座位上,声情并茂地朗读普希金的《致大海》,标题和作者刚刚出口,他站了起来,左手拿书本,右手在胸前画出小弧线。

> 再见吧,自由的元素!
> 最后一次了,在我眼前
> 你的蓝色的浪头翻滚起伏,
> 你的骄傲的美闪烁壮观……

全班安静下来,碧波同学抑扬顿挫的诵读几乎统帅我们的眼神和呼吸。我悄悄接过他左手中的书本,保证了那份表演百分之百地趋向完美。那是怎样的画面啊,它一度定格在我的脑海,分解某些寂静时刻,然后咔嚓一下弄疼我的脑神经。那时,我刚完整无误地写出"一语成谶"这个成语,他却……他把长江错认为大海了。不,应该说,他把长江当成了意念中的大海。六月,天气已经热起来了,中午午休,碧波同学叫上几个男生偷偷跑出校门,直奔长江边。

他们去看大海了。

或许是他的错觉吧,碧波同学把他自己留在了意念中的大海,完成了最古老的拥抱。他是什么时候下水的?又是什么时候消失的?不可知。没有谁看见。另外的男同学赤脚嬉闹着走进江水,其中一个回头喊他:快下水啊,碧波。据那位男同学说,此际,碧波同学眼睛微闭,正踮起脚尖,伸长了双臂,朝长江做出了拥抱状。这样的姿态,放到今天来说,就是作秀了,但那时,我们不明白"秀",何况这动作来自大城市的碧波同学,何况这是他留给世人最后的镜像。"作"一说,未免不敬了。我听见这些流传在同学层面的陈述,足足了三分钟,脑海里尽是他朗诵《致大海》的模样,甚至,我把那种下意识的播放移到了晚上,将两个画面重叠。于是,我清楚地看见了那个镜像。长江边,碧波同学高声朗诵《致大海》,他的尽情和鼻音浓厚的京腔感动了万千水滴。那来自大海的水滴,被他召唤,一时,碧波万顷的江面掀起了巨大的浪柱,滔天的浪柱接纳了他深情的拥抱。

这是我的想象,绝非梦幻。它露水一般挂在睡眠的枝头,清澈又脆弱,一点响动它就破碎消失,唯余清凉的回味。清凉的梦境。清凉的愣怔。我无法不相信,大海是生命的归宿,而非驿站。

大学时,我读到伍尔夫的《到灯塔去》,那些语句,海水一样晶莹又高冷,碎玻璃似的堆积一块儿,反射天光,虚化出尖锐的箭矢,击穿我的心胸。

"夕阳西下,清晰的轮廓消失了,寂静雾霭一般袅袅上升、弥漫扩散,风停树静,整个世界松弛地摇晃着躺下来安睡了。"

"你必须和普通的日常处于同一水平,那是一把椅子,这是一张桌子,同时,你又要感到这是个奇迹,是一个令人销魂的情景。"

"只要静默,独自一人,一切外扩的、绚丽的、语言的存在和行为都消失了,人怀着庄严感缩回自我,一个楔形的隐秘的内核,是别人看不见的。当一切都集中到这种安宁永恒的境界之中,于是某种战胜了生活的凯旋欢呼,就升腾到她的唇边。"

"我们灭亡了,各自孤独地灭亡了。生命在这一点趋于静止。除了死亡与孤独之外,没有什么能够带到灯塔去。"

……

我脑海闪现出异乡人"勒个"和碧波同学。他们与这些碎片句子及伍尔夫有什么关系?看似没有。却大有关系,否则,为何这些句子击中了我的心脏,拽回有关他们的记忆?只缘大海啊,寂静是暗夜大海的永恒主题,但大海里的灯塔闪亮,照耀出黑夜灵魂的躯体,萤火虫一般游弋……

瞬间,我理解了"勒个"和碧波同学,他俩以异于日常的言行完成了自我寂静的回归,恰如伍尔夫在睡衣口袋里装满了石头走向大海深处。大海是寂静的,孤独和死亡更是大寂静。寂静的青烟缭绕于我们头顶,诱惑着启迪着,我们通过它看见被肉体遮蔽的……比如灵魂。可灵魂并无精致的躯体,荣格说:灵魂必须作用于灵魂,通向最为内在的圣所之门必须设法打开。于是灯塔出现了,我们承认与否,那个灯塔就矗立在寂静的大海中,我们所有的步伐,归根到底都为灯塔奔赴而去。从生活到哲学,恰如,从日常到真理,万法归一。那么,殊途同归。他们没有不同,他们与我们也没有不同,只不过,他们加快了步伐,走在了生命的前面,将归期大大提前,青春中年暮岁重合而已。

顿悟种子似的在心胸抽芽成长,而后快速地枝叶婆娑,氤氲出氧气。那被隔绝了视线的心灵密室中,气息吐纳间,总有隐秘的呼唤叩响,去看大海……

## 三　青春期的两次相遇

十九岁那年的六月,我去青岛,第一次见到了黄海,北方的大海。重点在青岛金沙滩,金沙滩位于山东半岛南端黄海之滨,青岛市黄岛区凤凰岛,它南濒黄海,呈月牙形东西伸展。导游介绍,金沙滩水清滩平,沙细如粉,色泽如金,故称"金沙滩"。青岛金沙滩占据了全国沙滩的三"最",沙质最细、面积最大、风景最美,"亚洲第一滩"的称号不为过。这样的沙滩和海洋,恰如一个人的青春期,新鲜生猛又耀眼纯粹,轻易就将梦幻揉进了现实。

那年的六月,大学毕业在即,我将去某地的一家民营工厂参加社会实践,但我偷跑出来,与他相约一起去看大海。我们坐了一整夜的火车到达青岛,然后来到了著名的金沙滩。

大海真实地展现眼前。

碧波荡漾水天交接,我脱掉凉鞋,赤脚走在沙滩上。细腻的沙子摩挲脚底,又机巧地在脚底沦陷。看似密实平整的沙滩路,实际处处陷阱。我满怀信心地赤脚踏去,脚板下顿时松垮坍塌,我只好小心翼翼地提起。每一步我走得既安稳又危险。这样的悖论感充塞心胸,让我感悟到人生的隐喻。抬眼处,那金黄色泽的海滩与碧蓝的海水相连映照,眼睛遭遇擦洗一样,无限旷阔明亮。我踮起脚尖在沙滩上转圈,双手朝着天空伸出。这个怀抱姿势,让我意识到,海风和阳光哗啦啦涌到胸前,钻进身体要我辨认。它们——故人,这是始于我童年的风和阳光,一路颠簸流浪到青岛凤凰岛金沙滩,与我相遇,撞我一个满怀。是它们给我顿悟,我可能走在一条回归的路上,因为我看见了时间的溯回。时间回廊中,"勒个"怪人和碧波同学前后出现。

我矗立于海水中,任凭海浪箭镞般涌来,冲击双脚再漫过脚踝。湿凉的相逢。寂静地分离。再一次涌来……我耳边回荡起《致大海》的朗诵声。这光明自由的孩子,这统领世界的神之子。注定要完成一个个相遇,在相遇的心灵迸发光亮。奇异炫目的光亮啊,分解在人生的某些时段,被人为地套上帽子。此时,我套上了爱情的帽子,而清晨和黄昏的大海编织了这顶帽子的边沿和盖顶。

看过清晨的海吗?

朝阳从模糊的海岸线逐渐升起,新鲜蓬勃,濡染陈旧的肉身并瞬间渗透到肌理内脏,令人一下就回到婴儿心态。朝阳倾覆的海面,崭新的清冽的宽阔的……波浪荡漾,海潮旋转,观望者的身体遭遇清洗。迷人的景致,适合沉默。而与你并肩沉默遥望的那个人,一起回到初生,犹如一起成长……

黄昏的海,风乍起,海面翻卷着黑夜来临时的躁动,海底的精灵慢慢试探手脚,缩头露尾地闪现海面,或伴随浪头的翻卷而吞吐舌头换换呼吸。光线在海面倾斜沉落,仿若油水渗浸纸页的纹理,洇染得一塌糊涂。黑暗逐渐扩大弥漫,海面深沉。而水滴,吞没并包容了太多说不清楚物事的水滴,相互挨挤融合,板结成一块无法渗透的生铁,在眼前平铺直叙。平铺直叙?海洋似乎拒绝这样的表述,但此时它分明就是平铺直叙——至少是眼睛如此传达的海洋的信息。可眼睛的错觉过于明显。马上,夜风从海面吹来,这是风与水的合奏,铁板似的海洋发生倾斜动荡,一股宏大的轰鸣越过耳膜率先抵达心脏。危险。行人惊恐地拿起鞋子帽子衣服等,后退,后退,从海里的岩石退到沙滩再退到沙滩外面。等我们转身,黑夜的海洋仿佛什么也没发生,在若有若无的星辰下绸缎一般,风的褶皱传递出绸缎的平滑和光洁。

他说,这是一块打熟的铁。

我花费诸多笔墨,以诗意的笔调描绘清晨的海洋和傍晚的海洋,又哪里是在说海洋呢?我是在说一段新奇的感受。那感受一经出现,就拂尘般擦拭我。而这种虚幻的感受下,有个人自始至终与你一起,还将与你作证,去推翻日常中一些固有的认知。

行程的最后一天,我们看完了海,来到一个咖啡馆,咖啡馆的名字很有意思,叫"信在远方"。咖啡馆有一个随机的生意,就是自己做一张明信片,寄给某人,至于能否收到则是另一回事情。邮筒是个巨大的从中截断的沙漏,且沙漏不停地旋转吐沙子,沙漏口是一个长形的切片。这要求制作的明信片尺寸要把握好,以免沙漏的切片吞不进去。"信在远方"咖啡馆的信笺投寄纯属好玩,客人大都兴趣浓厚,但每年达成心愿的寥寥无几。他观察了沙漏的切片后,精心制作了一张明信片,明信片是飞鸟状,他拿起笔写下寄语,从切片投下,真投进去了。第二步是,旋转的沙漏吐出的明信片刚好掉进一个洞口下面的大信封里,信封接住,自动合拢封上。于是,主人又要求他写上地址,然后交给邮局投递。那时,我正值毕业,去往哪里还是未知,他写下的内容和地址是哪里——我不是没兴趣看,而是觉得这纯粹就是游戏,无法较真,也就没必要看了。邮局邮寄的平信能否到我的手中?又是运气了。据说,每年成功送达的明信片太少,甚至有一年没有一例成功。

两三个月后,我们再次相约去看大海,这次朝南方走。我们一起来到海南,先到了三亚,后来接受当地人意见,前往儋州白马井,又见到了大海,南方的海洋,还是原生态大海。

从钱地村海滨路的一条陡峭的坡路下去,贝壳和海螺堆积的海滩横空飞来,刺疼眼睛。荒芜、沧桑的海滩,静静泊在海边,任凭风吹日晒雨淋。碎片林立的残渣余孽中,总有板结的礁石。大小礁石黑沉着脸,不动声色,要么群居成林,要么茕茕孑立。亘古的气息钻心入肺。而那海洋——天啊,我们齐声惊呼,而后傻子一般呆立愣怔。褐色泛绿的大海,从天边涌来,翻卷着咆哮着,随即恢复平静,扯起缎子覆盖大地,整个水面在下垂,地面在下垂,世界进入寂静的尾声,但滔天波浪又开始翻滚……九月太阳下的海浪多么坚硬啊,潮湿寒冷,啪啪拍响,涌起千堆雪,激起浪柱。游客屈指可数,我们很快达成默契,全部消声,成为旧时代的黑白默片。在海滩上扒拉,在礁石上观望,或者静静站立。

默片终结于一条破船。我们接受钱地村村民的生意招揽,乘坐一个破旧的机帆船,一起出海。

机帆船简陋,嘟嘟嘟的轰鸣淹没了所有的声音。太阳也消失了踪迹。硕大的浪花从褐色的海面长出宽大的白手掌,在机帆船两边张开,各自成片。海面深远。眼中除了大海,再无他物,海洋终于覆盖了所有。成片的白手掌受到鼓舞,哗啦一声爆响,腾跃起巨大的浪柱。海风中的浪柱气势汹汹,瞬间膨胀出浪墙。轰鸣声突然消失了,而海水的冰凉潮湿裹挟了我全身。我脚底发生可怕的倾斜——机帆船快要翻掉,恐惧蟒蛇似的缠绕我周身。我瘫坐在座位下面,他抓住我的手,上身护住我身体。别怕,没事的。

发动机的轰鸣再次鼓噪时,他长长地舒了一口气。我们全身都是水,浪墙给船舱填上没脚的海水,保持蹲伏状的我们几乎泡在海水里。船老板是个白头发的男人,回过头,招呼我们。大海跟你们开玩笑的。他的冷峻声调和死板面容给"玩笑"涂抹上僵硬的色彩,延拓出可怕的画外音:也许还有更恐惧的事情在等待我们。果然,船上有人抗议,不能再逞强朝前开了,应该迅速返回。另一个女性附和,还说到了海潮和飓风等。

船老板丢过半张脸,真回去,不看了?那太可惜了,朝前面再走点,其实更爽快。

不,不,已经够远了。更多的声音在抗议。

接着,一个滔天浪墙劈来。我们蹲坐船底,抱起脑袋。他的双手在我周围环抱成栅栏。惊恐的哀鸣声中,他突然说道,看,太阳出来了。

金黄的大圆球霎时挂满我的眼球。那么纯粹的浑圆的太阳,我第一次看见。它挣脱了我平素所见的平面形状,立体饱满圆润,海面金光波泽,万物生辉,包括我们这些被海水蹂躏的人。机帆船在大海的深处画了一个优美的弧线后,突突突地返回。喧闹过后,海面是难得的平静。

海洋再次唤醒体内沉睡的感觉。它的颜色竟然慢慢变化,从金色到蓝色再到碧绿,接着又是蓝色,然后是蓝灰,直至黑色。太阳逐渐远去,又恢复到平面样子。海水波涌,围着机帆船掀起浪柱浪墙。澎湃的海潮气势宏伟变幻莫测,使人只能围着它旋转。那时,孤独感强烈。相对于一滴海水,永恒的不断推陈出新的海水,一切过于渺小,一切都是转瞬即逝。

从白马井前往东坡书院的路上,我告诉他:好奇怪,我耳边一直有个声响。

是的,我耳边也有。

你说说,是什么声音?我急切地转过脸,看着他。

我总是听见皮肉崩裂的声音。他放下了我的手,脸侧向一边,但话语还是冲撞我的心胸。啊,我也听见了。我激动地抓住他的手臂摇晃。他回过脑袋,右嘴角上翘,右眼的上下眼皮挤在一块眨巴。海水似乎还在冲击我们,我们有些失措,张开双手……我们哈哈笑着完成了"拥抱"。

回到家乡两星期后,我收到了一张明信片。心中纳闷,这不过年不过节的,谁还给我邮寄明信片,要抒情,可以电话啊。可能是保险电信银行之类的促销广告吧。就在我眼睛瞅到信封上的地址"青岛"时,我的心一惊,再次定睛,果然是"信在路上"咖啡馆寄来的。明信片上是铅笔书写的一首诗歌(美国诗人罗伯特·博莱的诗句):

*我们想回去,*
*回到大海,*
*大海孤独的走廊,狂热之夜的大厅,*
*悲伤爆发,沉入死亡的大海,*
*如小熊座飞旋的星辰。*

我没有读懂。坐下来,泡了一杯绿茶,点开相机。相机上储存着我在青岛和白马井拍下的一些海洋照片。怪事,我一下就回到彼时情境中,再次读明信片上的诗句,我有些明白了。悲伤与星辰的转换,正是海洋给予肉体的初生感觉……而我回到了俗世,还能重温。且,我竟然收到了那完全靠运气的明信片。

晚上,我打电话告诉他收到了明信片。哦,那明天或者后天还有一束鲜花。是"信在远方"咖啡馆奖励的,凡是收到了明信片的,反馈给咖啡馆,咖啡馆都会空运鲜花奖励。

只送我一人鲜花吗?

还有我。

收到明信片的第三天,我真的收到了一束玫瑰,含苞欲滴的玫瑰。他也是。我问他,是不是你要求咖啡馆送玫瑰的?他否定。"信在路上"咖啡馆还真是诗意,当然,这种商业经营的诗意模式,我归纳为靠近海洋的缘故。海洋的启迪,见者有份,而海洋给所谓的"运气"注入类似奇迹的血液。总有什么在发生,超出被掌控的范围,我日益相信。

## 四　中年的东兴金沙滩

四十岁那年的中秋节,我来到了东兴金沙滩。

金沙滩是北部湾的一个海滩。海岸线的线条简洁流畅,大海却奔放率性。一浪接一浪地扑来,毫不厌倦,势头威猛,拉垮人的重心,令那些踏进海水里的身体不由为之倾倒。东兴是接壤越南的边境城市,即使秋天了,天气仍旧炎热。游人对于海洋的邀请——霸道不失妩媚的邀请很是心甘情愿,也百般享受。于是,大海成为一种方向一个场一个星系,磁铁般聚拢了人们。花花绿绿的人们尽可能地减少累赘,换上泳装,或者就是穿着简单的内衣踏进了海水里,去试探心灵可以承受的飞翔。

大海满足了人的想象,尽可能地满足人的想象。

飞翔——女人的裙角在飞,孩子被游泳圈插上了翅膀,男人大都一个裤衩,他们张开双臂做出拥抱状。他们都不是鸟雀,然而,他们感觉自己就是鸟雀。在大海的磁场里,那种感觉鲜明,海洋帮助他们成功地虚幻成鸟雀。轻而易举地——各色鸟雀,扑棱起翅翎,在大海里实现了飞翔的梦境。梦境里,这些等同鸟雀的人,见证了触手可摸的虚幻,虚幻是多么简单啊,说时迟那时快,梦幻成真。每一颗水滴都是鸟雀栖息的树枝和振飞的基点,但每滴水都是崭新的不可替代的,又是遥不可及的,致使每一次飞翔都要命似的短暂。这感觉令人悲哀。而悲哀何其可贵,在浩瀚凶猛的海洋面前,只有悲哀才能匹配,只有悲哀才足以提醒自己,说到底,在大海面前,生命都会褪其华衮示人本相,我们都是稚童,都是颜色各异的不曾相识的小鸟。

海洋就这样保存了陌生感,并赋予生命各自的陌生感,恰如鸟雀栖枝互不相识。各自的快乐做到了旁若无人。

海的颜色是五彩的,在阳光下变幻莫测。沙滩边的海水呈现金色,蜜汁一般覆盖了双脚,还鼓出蜂窝般的气泡。就在眼睛为之眩晕的刹那,一个浪头扑来,掀翻身体的重心,瓦解先前的蜜汁感,双脚不由得一步再一步地深入海水,金色变成蓝色的。蓝色的大海淹没我的小腿甚至腰部,给我动荡感,却又深沉至极,抚慰那双被迫动荡的眼睛。

浪花飞起来,飞出无数碎片,托举我们沉重的肉身。我再次意识到,没有翅膀的飞翔,只有大海了,它以浪花的形式无数次帮我们实现了飞翔,飞到高空飞去远方。看吧,海洋调皮,马上变成绿色,淡绿色只在眼前,那是大海在传递远方的诱惑,更深更远处才有绝美风景。是的,早在青春期,大海就告诉了我,它的深邃在深处,只在深处。

而到海洋的深处只能出船。又是当地人的破旧的小机帆船,轰隆隆的声音响彻大海。

出船到海洋深处,我们看见碧绿色,海洋的一块老玉。

绿色透明的大海,清澈无邪。我在心里打了个比方,犹如深山老林的溪流。海洋马上嘲笑了我,粉碎了我的浅识。越来越高的波浪,掀起巨大的浪墙劈头盖脸地砸来。出海的机帆船激烈颠簸,快要翻掉。我们双手抓住船舷,大声惊呼,身体东倒西歪。大海逗弄了一阵,随即平稳。我们刚要放心时,大海又掀起巨浪制造颠簸，更大的颠簸，几乎快要抛起机帆船，我们纷纷跌坐在地上。还是他，还是那样的动作——抓住我的双手，上身护住我整个身体。别怕，没事的。海水砰砰泼进船舱，犹如重物坠地。我们快要成落汤鸡时，颠簸慢慢减小恢复了平稳。接着，又一个浪潮掀来，动荡开始。既然恐惧无用，不如坦然接受。赫尔曼·麦尔维尔在小说《白鲸》里这样描述，"幽灵似的白浪滔天的海面"，"大寿衣似的海洋"，所言不虚。这次有了经验，我们双手紧紧抓住船的栏杆，装作镇定自如，然后放眼四望。

那一望无际的绿色的透明的水流，动荡不安却又寂静安稳。它所有的梦境和现实都在合一，相对于人，它才是浩大真实的存在，并以虚幻推波助澜。无数碎片集合的虚幻，锻造现实又清洗现实，粉碎现实又升华现实。这样的现实可亲可近，让人安心信任，因为每个碎片都居住着得道的神灵。它拒绝，人的所有揣测和接触。

沙滩上蹲着不少人，手拿一个铲子在挖掘。挖什么呢？当地人介绍，每次总有一些游客不明所以地在沙滩上挖掘，希冀挖到沙马，沙马是个好东西，很好吃的，卖的价钱奇高，但在白天难以挖到……听闻这样的介绍，我用手机百度。沙马，是一种主要生活在海边沙滩上的小螃蟹。它们在沙滩上掘深洞居住，白天和涨潮时休息，晚上和退潮时出来觅食，主要吃浮游小生物、藻类和有机物碎屑等。其不同于其他蟹类的特点是，其尖长的爪子能支撑它们在沙滩上奔走如飞,奔跑起来如马奔驰,故海边人称它们为"沙马"。沙马肉虽少,其味却极鲜,煮粥尤其鲜美,营养也丰富,深受海边人喜欢。当地人又说,好东西遭殃得快,现在这东西越来越少了,不过只要海洋在,它也消失不了。这意思是说,沙马机灵着呢,被人挖了几回,学乖了,藏匿得更深了。

海洋总在的,恰如我们总是丢不掉虚幻,恰如,唯独虚幻才能证明被时光遮掩的生命履痕。我忍不住再次引用美国诗人罗伯特·博莱的诗句(它甫一出现我眼前,就烙下了印记,简直不可磨灭):

> 我们想回去,
> 回到大海,
> 大海孤独的走廊,狂热之夜的大厅,
> 悲伤爆发,沉入死亡的大海,
> 如小熊座飞旋的星辰。

罗伯特·博莱多么理解大海啊,准确地说,他以诗人的敏锐和清明理解了世界。这囊括了肉体与心灵和物质与精神双重对峙的世界,其本质正是无力挽救的将倾的大厦,而倾倒的刹那,我们体会到飞翔的光亮,借着这光亮,我们一边埋葬一边重生。这意想不到的……巴塔耶的《内在体验》序言这样说:当我步入意想不到的领域,我就看见了眼睛不曾看见的东西。没有什么比它更令人陶醉了:理性和笑声、恐怖和光明可以彼此渗透,没有什么我不知道的,没有什么我的狂热无法通达的。如同一个不可思议的疯女,死亡对她无尽地敞开或关闭了可能性的大门。

这混杂了诸多生命体验的领域,最终通透空明。我们茫然沮丧,但最终,我们凭借那奇迹般的、直觉性的指认,犹如粒子生成的脐带系结在一起,然后启动彼此,犹如启动宇宙某个程序,完成了不可能的相触。那时,悬于我们命运头顶的类似宿命的编码,就这样被我们这些合谋者篡改了一次。

所以,一定有一个东西存在,存在我们肉体之上,一笔勾销了孤独和痛苦。或者说,孤独和痛苦,在那个东西的牵引下,发生了质变。我们还是我们,我们不再是我们。大海见证。大海就是助推这个契机的神祇。我们向往大海,我们奔赴大海,我们被埋葬于大海,而后重生。此时此际,我们看见了那个东西,那个东西显示我们的爱与痛,要我们看清楚内心的隐秘。爱与痛的边缘,我们才接近自己,我们在接近的刹那间告别回归,从而创造出理想的自己。

大海,永生的诱惑,从北方的海到南方的海,从清晨到黄昏,从我们的少年到耄耋白发。

晚上,闪电在黑暗的空中撕开了大口子,也就那么两下,接着是轰隆的雷声,再接着是瓢泼大雨。东兴的中秋节夜晚,没有月亮没有星星,雨水哗啦啦地溅落开花,整个城市夜雨朦胧。借着这份清凉,我坐在酒店的阳台上,不停地刷手机。那个被称为万人迷的女星在微博上发出深情的呼喊:我要你陪我看月亮……一下跃升为微博头条。这撒娇的呓语,太浅太虚了,但因为她那里的月亮照常升起,她的矫情变得深情。

好吧,中秋节不能天涯共此时……怎么可能?度娘说,10月4日,地球发生一起"火流星"坠落事件,撞击地点在中国云南迪庆,没有被充分燃烧的流星体残骸落到地面,被称为陨石,散落在迪庆周围,而其他地方的夜空被遮掩,自然,皎皎明月不可见。天象不可违,月亮没被看见,只是不可见啊,不等于它没出来。我在想,此时的北部湾是什么模样呢?是波浪惊骇,还是海上生明月天涯共此时?

那时,一个短信传来,西南某个城市也没有月亮,但是发信人坚持,她看见了月亮以及……天涯咫尺的此时。

刷了一通手机后,发现雨水停止,东兴城华灯璀璨,夜风缓缓吹拂,飘洒远方大海的咸湿气息。寂静发酵的味道。呵,寂静——伍尔夫笔下的寂静无法替代地在我周身蔓延。


夕阳西下,清晰的轮廓消失了,寂静雾霭一般袅袅上升、弥漫扩散,风停树静,整个世界松弛地摇晃着躺下来安睡了。

# 大水天上来

## 一　下雨戴草帽

我习惯赤脚走路。

拐弯就是沟渠,沟渠流到了堰塘,堰塘一个一个,在我家右后方连接出深潭。深潭名叫无忧潭。夏天雨水淋漓,路面湿漉滑脚。走在泥水中,落脚都是泥巴,泥巴是沙泥,不粘脚,却总有些沙土和碎屑挤进脚丫里痒痒的。水洼水沟水塘,向我挤眉弄眼,来吧来吧——那明晃晃的水光召唤我的脚。边走边洗,边洗边走。我的脚修长结实。

我其实怕下雨,那瓢泼的哗啦的雨……大水天上来,水流从我们房屋所在的高台冲下,在土台坡路挖出沟壑。万千沟壑,雨水的皱纹。那从古代来的雨水,动不动就老调重弹。那坡路,不晓得多少年代,青苔遍布,长而滑,总是拧紧了我的心。

赤脚下坡,我少不了趔趄,甚至摔倒。上坡也不简单,弄不好就会嘴啃泥。

有兜脚的,草丛石块和大小桑树,我不妨一试,试前,喉咙抬高嘴巴张开,气流就反弹出一声:嗨……我在跟蛇招呼。要不,踏到那东西,惊动了它,可是过错。植物和石块的缝隙,是蛇的家啊,我能不招呼? 若不招呼,它咬我一口,这冤屈无处可申。

那东西有时好奇,探出湿滑脑袋,三角形的脑袋上有它略显阴森的眸子。它看我,我不习惯,脸上不自觉地发麻。等我定睛再瞧,那眸子不见了,它隐匿起来,还是掉头跑掉了? 不得而知。我心生歉意,觉得误解了它,心中腾起热切的希望——好家伙,下次再遇,我会微笑。为了及时弥补,微笑就真的浮现脸庞。这不由自主的笑啊,来自心尖尖上,我看不到。但我看见,我右手竖立胸前,学着祖母念佛号阿弥陀佛。

你怎么不拄棍子呢? 他们——看见我的人问道。爬坡(下坡)要拄棍子的。

这样的交代,充满了好心的提示。我老是忘记,但又不以为然。他们从不打算把手里的棍子借给我,我也不会开口去借,那么,我是要与他们有所区别吗? 我看见他们摇头经过,一路丢下他们的叹息……这小妮子有些怪。

如果,他们说的"怪"就是把我划拉出去,这话就没错。

雨水中的他们戴着大斗笠披着塑料雨披。那塑料就是铺过沙田后的薄膜,气味复杂,被热气和猪粪味道烘焙后的酸气,遇上了雨水,酸臭味强烈刺鼻。若是老人呢?他们喜欢披蓑衣,蓑衣就是猪圈味道,猪圈味道不仅仅有猪粪味,还有不见天日的霉味,又遇上了雨水,可就是腐臭味了。有两个打油纸伞的,林家姑娘和李家媳妇,两人都好看。好看的林家姑娘要进城了,走起路来得意扬扬,眼梢也就高了,才不看我这破小孩。李家媳妇更好看,脸上总带着怯意,为什么?她失去儿子后再也怀不上——这话我说不圆啦,那小家伙就从来没有来到世上,村里人却说李家大小逼死了那孩子,也逼退了好看媳妇后来的孩子。她看上去羞答答的,走路捏紧了手脚,生怕遇见了……我眼前闪过一张皱成一团的笑脸。她不怕我却也不理我。两个不理我的撑油纸伞的女人,与他们大有区别,但那伞是破的,骨架都快散了。不过,油纸伞走过,留下春天桐花的香气。我暗嗅鼻子,心中却在绕口令,她们与他们有所区别,我与她们也有所区别。

发现这种区别的除了我自己,还有我母亲,因为我戴了她的草帽子。积聚太多阳光的大草帽,干净软和,散发出太阳明亮的芬芳味。谁说草帽只能挡太阳呢?宽檐大草帽,下雨天我戴上遮挡雨水。她讶然的神情,再配合瞪大的双眼,她的话语染上重重疑虑,这疑虑如同安装上弹簧,在我耳边弹来弹去。

下雨天……你要戴草帽?

大水天上来,赶走了太阳。我戴上草帽,赤脚下坡,走在泥泞路上,赤脚蹚水,再赤脚爬坡。母亲站在屋檐下的台阶上闪出半个身子,小妮子,草帽漏水,等于没戴呢?

母亲的话让我发笑,我猫着腰,左右脚交换着在坡路上弹跳,跳丁丁婆婆(单脚跳跃的游戏)一样,加速度,一口气蹿到台子上。隔着雨帘,母亲也在笑,你像只猫……哦,幸亏咱家坡台上的江踏子(或者将踏之)不长。

## 二  江踏子

请抬高喉咙,微启双唇,舌尖轻挨上腭——歌声般的音节顿时弹出,舌尖放下,嘴巴张开,咏叹般的调调脱口而出:江踏子。

毫无疑问,这物件静静地泊在山野,一块块青石而已。离开了土坡或者水流,青石就是一个简单的名词——石头。但怎么会是石头呢?看看,我赤脚抬起,上坡下坡,将踏之呵,路途延伸……石头哪里还是石头?这意味可意会不可言说。于是,我们称呼这样的青石为"江踏子"。

我双手托着茶盘,茶盘上是青花瓷杯,它们有些娇贵,耗着我的注意力,赤脚的我走得异常小心。我机械地下坡,拐过一个小沟渠,就到了无忧潭。无忧潭八卦形状,绕在我们村。潭边的树木参天,无忧潭的水幽绿发亮。我再次屏住气息下潭,将踏之——下坡,再迈脚站在潭水岸边。还是将踏之,双脚踏上斜插进水中的大青石,不,是"江踏子"了。双脚在江踏子上站稳,蹲下,再清洗茶盘茶杯。

青花瓷杯好洗,很快就乖乖地卧在竹茶盘上。我继续蹲着,双手插进绿缎子一样的水面。幽碧的潭水浮起我双手,我提起,水面再次漾起细小的波纹,慢慢地,波纹消失,水面镜子似的通透清澈。

你在看什么呢?三两个经过无忧潭边的人丢下询问,随即不见了踪影。

终于,有人询问后留下来,发出一句感叹,小妮子好有趣啊。他的马脸笑嘻嘻的,却也皱巴巴的,犹如揉成一团的草纸。我们喊他马脸叔。

这话说到我心坎上了。我回答他,我在看自己,自己看自己当然有趣啊。

我端直了上身,眼睛盯着绿幽幽的水面。我真就看见了自己。一张青涩不乏秀气的脸庞,大而黑的眼睛有些模糊,却直透我心胸。我面庞贴在水面,遮盖下面的东西。于是,我伸手拨开再拨开,水面荡漾起层层涟漪,涟漪很快平静,就在平静下来的瞬间,破碎的光影的缝隙中,如同庙寺屋顶的黑影斑驳可见。那传说中……水纹越来越细小,我的面容迟疑地贴在眼前,否定我对瞬间闪现的景象的捕捉。

马脸叔在看什么呢?母亲声音响起。

她喊那人马脸叔,是顺着我的口吻喊的。母亲喊醒呆愣的我,我侧过脸仰起。马脸叔居然还站在岸上,而母亲正向无忧潭走来。

你家小妮子在看她自己……哦,天要下雨了。马脸叔敛起笑脸,两颊耷拉下来,十足的沙皮狗模样(我大舅从昆明带回一只玩具沙皮狗,满脸褶皱,却让我印象深刻)。马脸叔说得没错,天色阴暗,空气紧绷,雨丝飘洒。我站起来,端起茶盘上岸。

你只看见了你自己?马脸叔脸皮又皱成一团。你不再看看?

要下雨了,回去吧。母亲提着篮子奔到岸下洗猪草,催促我快回家。

我心血来潮,停脚在原地——那马脸叔又要说他知道的秘密啦,关于无忧潭的秘密。要听更多的秘密,就必须交换什么。

我看见了自己,接着自己不见了,就看见了半截江踏子,好长的江踏子,上面刻着莲花、云朵,云朵上面有一些仙人,他们在吹箫骑驴摇扇,接着风来了,他们不见了,我又看见了我自己。

好,好,那半截江踏子插进水里,不晓得有多深,一般人怎么能看见?你了不起啊,那可是一根冲天的廊柱——雨稀拉地落下,不是雨丝丝而是雨豆豆,啪啪打在我脑袋和茶杯上,溅起水花。大水天上来,总要冲散什么,我仰起脑袋看天,却迎来满脸的水花。母亲提着篮子,已经快手快脚地爬上了岸,双眼朝我睃来,薄刀似的锋利,我只好跟她回家。马脸叔遗憾地耸肩傻笑,挥舞起右手。你晓得吗？无忧潭下有一座倒塌的宗庙，庙前有一条通往长江的路……

我猫一样跑跳起来，紧跟上母亲的步伐。

啪啪的雨点扯起万千线条，洗濯它们下凡的道路。我连草帽都没戴，要是雨点点看见我挡了它们的道，多不好，我不得不跟着母亲走。母亲的笑语声穿透了雨线，有些轻有些重。怪人倒不是一个啊。

## 三 重逢的雨

遮挡太阳的草帽被用来挡雨，以后就只能挡雨了，这是草帽子的命。

母亲的话，让我不高兴。她把慷慨赠予说变了味道，把顺水推舟反转成无可奈何，显示了她无比的遗憾。可母亲有错吗？那草帽子呢，看看，哪里还是草帽子？被雨水冲刷过的草帽，宽大的帽檐塌了下来，还有好几处断了线，而帽顶也凹凸不平，无论如何都不服帖了。可气的是，草帽被雨水淋湿，我只好趁着大好阳光去晒，晒走积液，却留下霉湿气味，那是黄梅天的味道。雨水和阳光冲撞后遗留的怪味。

我是怪人，却不喜欢怪味道，怪味道冲撞鼻子。那怪……千真万确，与蓑衣油纸伞破塑料遮披什么的明显地一样了，我还能喜欢？而我的怪，是与他们有所不同啊。

但那味道再怎么不好闻，我还是要忍受，因为从戴上它的一刻起，我就接纳了它的一切，包括它的好与坏。平常，它就挂在我睡觉房间的木条子窗前，安安静静，像一朵有些破败却不肯凋谢的花，逢到下雨天，我就摘下这朵花戴上。下雨天戴草帽，已经专属我个人的草帽，这多少验证了母亲的命运说。

可想而知，我肩头湿了，我却不在意。雨水落在肩膀上，而我赤脚蹚过水流遍地的道路。马脸叔更怪，他什么都不需要，一个人顶着雨水来来去去。那天，我顶着雨点点回家，回家后不久，雨水收住了手脚。母亲又吩咐我去无忧潭洗菜。我摘下那草帽戴上，端着笤箕赤脚到潭边。刚到无忧潭边，意外地看见了马脸叔，他被雨水淋成落汤鸡，却还没有走，他就站在潭水边上的江踏子上面，勾腰低头朝潭水看。

你在看什么呢？轮到我问了，我边问边下岸。

马脸叔脸上又皱成一团，抓过我的笤箕，三下五除二就洗完了菜。我不接，要求他重新洗。马脸叔蹲下又重洗，再次递给我。我右手接过，把笤箕抵住腰肌。马脸叔恢复他的观察样，左手伸出，缓缓摇摆。就这样，左手摇摆，再摇摆再摇摆……一条飞鱼蹦出，擦过我眼际又瞬间消失。我打出一个长长的哈欠，泪水湿润眼角。

那廊柱不晓得有多深，顶端就是飞檐层叠凤神欲飞，它们出来了……木雕游龙、石刻人首蛇身、玉琢祥云,青苔爬上它们……哦,有路,传说中的水下通道……

啪啪,雨点打在我的破草帽上,水面洞开小花。雨点说来就来,呼朋引伴地,雨线连绵淋漓。雨下大了。

我转身就跳到岸上,耷拉的帽檐活过来,蝴蝶般一振一振,呼应密集的雨点。重逢是高兴的事情。我为心中冒出的闪念而激动。于是热情地招呼马脸叔:马脸叔快上岸吧,雨下大了。马脸叔湿淋淋的。慢慢地,他站起来,但不理睬我,他勾着腰身,双手交握于并拢的大腿前。他在鞠躬,还是为雨与潭水的重逢兴奋得准备奋身一跃?

马脸叔就是一个百分之百的怪人。母亲他们说得没错。

这次的雨水势头有些猛,啪啪声变成了啪啦声,接着变成哗啦声,雨线在我眼前扯起雾蒙蒙的帘子。但有什么关系?那些赶路的人、赶路的牛羊,还有板车,全都急匆匆的,从我身边来和去。我不着急,赤脚踏在水旋涡中,提起来就是干干净净的一双脚。修长的白皙的脚。积水覆盖了小道,白花花的水路上,我走得迤迤然,赤脚提起淋漓的雨水,犹如凌波仙子。这重逢的雨,让草帽在我脑袋上开出鲜艳的花朵。

小妮子,你草帽戴得好啊。马脸叔上岸了,跟在我身后,一双破解放鞋灌满雨水,走起来吧嗒吧嗒作响。他夸我,我不理,因为他的怪发挥到百分之百,我要是理了,一时就走不脱。

小妮子,到达无忧潭下面的通道我……

我倾斜起上身提起右脚,跑起来。赤脚踏在地面的水旋涡中,雨水跟着我的左右脚激荡,再在地面开花。我又看见了自己,就像一条飞鱼,跃出水面,闪亮的刹那又扎进浩渺的水中。那水,在我脚下,还在我头顶,大水天上来,我变成了飞鱼。

吧嗒吧嗒,马脸叔也在跑吗?我忍不住回头,水帘子遮掩视线,根本看不见马脸叔。迷茫中,我的脚步慢下来。飞鱼不见了,但马脸叔那皱成一团的脸递到我眼前。

我说的是真的,六年前,你才出生吧,不会有记性,好些知识青年来无忧潭探过究竟……马脸叔整个人出现在我眼前,他成了雨人,浑身淌水。

大水天上来,裹挟了这个百分之百的怪人。我有些怪,但不想成为百分之百的怪雨人,我转身又跑,跑成了飞鱼,瞬间出现瞬间消失的飞鱼。

## 四　临彷徨

马脸叔不是村里人,却比我们村里的人更了解无忧潭。母亲讲到马脸叔就笑,他呀,就是咱们村有了无忧潭才有那马脸叔。这话不大符合规矩,却是事实,大家都认可的事实。

马脸叔年轻时被派到我们村来,自然不是下派而是下放咯,我们村里人说"派来",是在客套,毕竟,马脸叔懂得好多。但他的"懂得",慢慢超出我们村里人的接受范围,他的"怪"气就突出了。被下派的好多人,后来陆续返城,他呢,发现了无忧潭的秘密,多次放弃回城的机会,安心居住在我们村了。那"居住"……怎么说?不返城不说,还不成家不学种庄稼不料理家事,游手好闲一个。有时,我又推翻"游手好闲"之说,听听,马脸叔那番说辞多好听,他解释我们村的房屋都住高台子的现象,一个字一个字地说:楚之强台,南望料山,以临彷徨,左江右淮。

我母亲懂了,我就懂了。母亲说,对啊,我们家家房屋都是左江右湖,都是大门南望,又还都是高台啊,大水天上来,要来免不了,还彷徨个啥啊?母亲说完就哈哈地笑。她在以问作答啊。

马脸叔也笑。笑声嘶嘶,蚊虫一般萦绕,似不大同意嘛,不同意就不同意,却不说,只这样故作姿态地发笑,几乎令人厌烦。母亲不在意,只说,小孩家都喊你马脸叔,我跟着喊,你不介意啊。我心领神会,一声马脸叔。马脸叔就竖起大拇指,皱起沙皮狗似的老脸,赞叹,这小妮子好有趣啊。

他才有趣,不姓马,被喊成马脸叔,就是那沙皮狗的长脸颊缘故。对这绰号,他毫不反驳,顺当接受。嘿,他知道了,我们在嘲笑他,但我们的嘲笑分明包含了怜惜,因为马比狗帅多了,这个道理他懂吧,他不可能不懂——我们这复杂的嘲笑,就是调侃啊,放到今天来说,是幽默。

无忧潭不是普通的潭,它是长江的一部分,但又比长江深啊……马脸叔三句话不离本行,他与老天爷一样,动不动就老调重弹。

我母亲没闲工夫听,扛起锄头下地种田去。我就听吧,听出无忧潭的种种秘密。形状是八卦形,靠东北曾经有座山,山顶有个小寺庙,里面住有好多的菩萨佛祖,后来破四旧,小寺庙拆除,山被挖平。无忧潭也越来越小,却永远不会干涸,曾经有一年干旱,整个夏天都没有下雨,于是抽水机从无忧潭抽水到田地堰塘。抽啊抽啊,三五天过去,一星期过去,无忧潭还是那样,潭水丝毫不损,为什么,马脸叔说,因为潭水下面有个无底洞,无底洞里倒放着一座宗庙,宗庙不倒,全靠一根擎天长柱撑着。那擎天长柱有一小截露在潭水外面,就是无忧潭的江踏子,供我们踏脚挑水清洗……

多传奇啊,我心尖尖被拨动了。一有机会,我就蹲在无忧潭边的江踏子上面。双手插进水中,但水面浮起双手,然后敛平了水纹,我看见了自己,接着看见隐藏在水里的青石,青石上的刻雕,还有移动的祥云,还有层叠的飞檐……那时,我就相信,马脸叔不是在粉白。

母亲说我是眼睛发花灵魂出窍了。我的那些小伙伴们听闻,纷纷伸手摸我额头,然后惊呼我生病发烧或发癫痫了。

马脸叔所说的无忧潭下面倒放着宗庙之事,除了我,没人信。除了我,没有人看见。难道,是我的眼睛欺骗了我自己,还是我真的灵魂出窍?无法分享的秘密,牵引双脚,抓牢视线,我没事就去看,就像老天爷一样,大水天上来,老调重弹。蹲在无忧潭边的江踏子上面,双手插进水中,但水面浮起双手,然后敛平了水纹,我看见了自己,看见了深深藏匿在水中的廊柱……我的秘密只能属于自己。我有些委屈。"委屈"日积月累,在某个夜晚蓦地让我醒悟,不是他们没有看见,而是他们从来就不会去看。

不去看……那些隐秘的事情就与他们隔绝,那些古老时代的气息,他们永远不会嗅到。

我却拥有。我为这样的顿悟而兴奋。但我拒绝求证,向马脸叔。不错,是他告诉我的,可我再去求证,好无趣啊,马脸叔,百分之百的怪雨人啊。

马脸叔看见我,蹲在无忧潭边的江踏子上面的我,就会打破砂锅问到底,小妮子,你在看什么呢?我回答,我在看自己啊。他就夸赞,你真是一个有趣的人。怪雨人的话就是好听。我相信他拥有更多的秘密,关于无忧潭。

终于有一天我主动跑去问他,你说什么知识青年也相信了你的话——

他们不信啊,不相信才有了实践,反倒证明了我所说的,你听听,好有意思。那时,你才出生吧,知识青年下乡到我们村来,听我说了无忧潭的秘密,嘲笑我右派分子胡诌,说那块江踏子不过一块长青石,青石不过刚刚插进岸边的淤泥里,哪是什么廊柱?于是,三五个青壮后生合力去拉去抬,拉啊抬啊,费尽九牛二虎之力,最终气喘吁吁地跌坐水边。那拔出一截身子的青石,已经戳到岸上好远,可还是拒绝上岸,未知的部分埋在潭水里,不知道止尽。

见我瞪起眼睛半天不作声,马脸叔皱起笑脸问,你信了我说的,是吗?

我不摇头也不点头,反问,就是在水下倒放着一个老房子,它有用吗?

有用。马脸叔重复这两个字。我疑问又来了,无忧潭下面是有很多的秘密,你看了这么多年,打算做什么?问话一出,我又觉得是白问,我不也看无忧潭吗?我打算做什么?我摇摇脑袋,很不满意自己的询问,但嘴巴关不住了,我的疑问继续:你不想回你的老家吗?你不想你的亲人吗?

马脸叔愣住了。沙皮狗脸耷拉下来,他已经老了,可现在被我问住,六神无主,彷徨若孩子。

## 五　大水天上来

大水天上来。

七月底的暴雨连续下了三五天,把我们村的高台下矮了,吞没了那些弯拐小径和沟渠,堰塘和无忧潭连成了一块。暴雨停了,大水疯了,一个劲地抬高再抬高水位,吞没了所有坡路的江踏子。

名词的终结,意味它延伸的道路也被阻死。没有江踏子了,我只能坐在青石门槛上,看那漫过屋檐台阶的大水。它们是天上的水,落到了地上,搅浑了一切,色泽褐黄浑浊,毫无无忧潭的气息。它散发出的气味又闷又腥,传递出凶狠霸道,似乎提醒,谁也不要小瞧它。我看着它,却不瞧它,不过借此凭空去瞧无忧潭。

一条蛇蹿过青石门槛,飙到堂屋的春台柱子下,抱着柱子缠绕,盘起身体,探出尖脑袋看了看,接着又蹿到屋顶上,瓦片一阵松动。这是一条大水蛇,显然,它不喜欢天上来的大水,游出,来我家玩耍。我祖母拿来长篙请走了它。它去了哪里?不用问,回到无忧潭了。

无忧潭现在是什么样?不是有连接长江的无底洞吗?难道长江的水也漫过无底洞流到了我们村,导致村中大水弥漫?我坐在青石门槛上胡思乱想。母亲他们倒安逸,毫不担心这凶猛的大水,一家人难得清闲,围成一桌喝茶嗑葵花籽唠嗑。他们说起了马脸叔,还有那天仙般好看的羞涩的李家媳妇,说起那隐秘的孩子是被李家逼着引产……他们的话隐约飘忽,令我昏昏欲睡。我倚靠大门,在他们时断时续的谈笑中睡去。

一觉醒来,大水居然退下台阶。怎么退的?我有些纳闷,转身喝了口茶再去了趟茅房,回到青石门槛上。天啊,那坡路上的江踏子露出来了。

天上落下的大水,掉进了我们村里,村子里有个吞没大水的无底洞,所以,快要漫天的大水眨眼间就矮一层,再眨眼下再眨眼下……一个晚上过去,我又赤脚在村子里游荡了。

无忧潭水位的确高了,但,它还是它啊,绿幽幽的,清凉怡人。风过,水波泛起细纹,悠来荡去。一条飞鱼跃出,银白色泽,在水面上空画出流星般的弧线,咕咚一声,扎进水窝里。我只能站在岸上看,那岸下的江踏子在潭水里不见了影子。没有江踏子,我看不见自己,也看不见那些来自古代的东西。

秘密被封存在水中,我百无聊赖。

一个午觉后,我提着篮子到无忧潭洗猪草。江踏子现身,我又站在了江踏子上看见了自己,看见那古代的东西,那些秘密……时光倒转,房屋倒放,反着走的路途。多年后,我学到了"溯回"这个词语,头脑马上闪现我蹲在江踏子上看潭水的画面。溯回,总是与水有关的,在看见自己的刹那,他或她幸运地被送回遥远的古代。

你相信吗?无忧潭下真的有一个通道。

我侧过脸庞。马脸叔站在岸上,唤醒我的冥思。他又在笑,笑脸皱成一团。

我站起来,欲张口,但嘴巴就保持在微张的状态。

马脸叔后面跑来一个人,一个快要气疯的男人,是李家大伯。他一把拽住马脸叔,右手握拳挥向马脸叔的脸。砰砰啪啪的闷响声下,马脸叔倒在地上,动弹不得。你这个挨枪子的走资派,整天疯疯癫癫不务正业,就晓得耍流氓,老子警告你多少回了,你还跟老子耍文,揍死你,要你永世都回不了你老家……李家大伯的几个兄弟和侄子相继跑来,围拢马脸叔拳打脚踢。接着,吴婆婆颠着小脚哭嚎赶来,儿啊,出大事了,你媳妇她喝农药了……

李家大小跑散,丢下浑身都是血的马脸叔。看见上岸的我,马脸叔挣扎坐起来,努力地挤弄皱脸,是想给我微笑吧,却挤出蚯蚓般爬行的血痕。浓烈的腥味,发甜发酸,我不由退后一步。马脸叔的右手有气无力地挥了两下。我不是流氓,只不过给她送去我买的……他的鼻子、眼睛和嘴巴都在流血,血纷涌而出,下雨一样淅沥不止。我吓得转身就跑。

你相信吗?无忧潭下真有一个通道。

马脸叔的喊声弱而倦,但如绊脚石一样绊住我逃跑的脚步。我不禁微微侧过脑袋,再轻轻点头,我不晓得是赞同还是……这个奄奄一息的人,还把整个声音孤注一掷地固定在他的老调调上。

无忧潭下的通道,马脸叔真的看见了?

## 六　脱逃术

母亲说,一个人走路(乡村俗语,死亡的意思)了,就是不想再在地上行走,而是到地下睡大觉去了。

不仅母亲这样说,我们村里人都这样说。说归说,死亡这样的事情毕竟太大,我年幼懵懂无知。而那年,我外公走路后,母亲看我们姐妹号啕不已,耐心而细致地解释死亡和走路两个词语。我就记牢了。

可母亲的话并不靠谱。

这个夏季,大水天上来,漫溢村庄,又迅速退回。我以为就是无忧潭的功劳,无忧潭下有个无底洞,而连通长江的那条隐秘道路,也是存在的,否则,我找不出大水迅速消退的显性根据。那时我找不出,就是现在,我还是没有找出。那么,无忧潭的秘密,并非我孩童的天真古怪的视觉,而是……接近真相的一种存在。这么多年的秘密,无法找到共享的人,也就流落为一己之见,何况那时我年仅七岁。

无忧潭秘密不秘密,又有谁在意?不在意,就是不承认,不承认,我的看法就是古怪的看法,而这古怪源于那个百分之百的怪雨人。

马脸叔却……

就在我吓跑后,马脸叔不见了。生不见人死不见尸,或者说,像曾经来自天上的大水一样消隐了。

发现马脸叔不见的,并非我,而是李家的男人们。他们在痛打马脸叔后赶回家,还是没有救活李家媳妇。那打油纸伞羞涩的媳妇,长相好看的女子,因为马脸叔送了她东西被公婆撞见,居然喝烈性农药自杀了。从而抹断尘世之路。要我看,就是不想再在地上行走,到地下睡大觉去了。我祖母母亲她们都说,她这个李家媳妇,反正是被李家欺负的对象,整天被打被骂,现在能去睡落心瞌睡,也好。可李家一家人都觉得不好,操着铁锹扁担气冲冲地赶回无忧潭边,要找马脸叔算总账。哪晓得?满腔怒火无处发。地上还有血水,但马脸叔不见踪影。他们找遍整个村子,又找遍邻近的村庄,均无所获。

也许,他跑回老家躲起来了。

流落异乡的人,回老家……多么自然而然的推测,但这假设很没根据。那如同煮熟的苔一般软塌的马脸叔,浑身是血,还被打断了骨头,能一下子跑哪里去?况且,那么多年来,他都没有离开过我们村庄一步,也就是说,与他老家二十多年没有联系了,亲情早被中断,如此,假设完全是虚设。至多,他暂时跑到一个隐蔽的地方,躲起来了。

李家埋葬了那漂亮的媳妇,又送走了媳妇的三七五七,接着,一年过去了。大水天上来,第二年夏季又来了。

我戴着那顶草帽,赤脚上下坡,赤脚走过沟渠蹚水塘。我蹲在无忧潭岸边的江踏子上面,双手插进水中,但水面浮起双手,然后敛平了水纹,镜子一般通透,我看见了自己,接着看见隐藏在水里面的青石,青石上的刻雕,还有移动的祥云,还有层叠的飞檐,飞檐上青苔密布的凤神,接着,我看见一条通道,横亘整个魅影般的宗庙……我的心猛跳,不由眨巴眼睛。

一阵风来,脑袋上的草帽被吹落潭里,我顾不了。很快,我稳住眼神,再次看见了通道,被细小水纹折叠的通道,真的就在下面……我脑海闪出一张皱成一团的笑脸。

失踪的马脸叔,久未有消息,被村里人确定为走路了,到地底下睡大觉去了。偶尔,村里人说起他,还是遗憾,这样一个被打倒的异乡人,至死都不能返乡。流离失所的命运,在我们村中,就是天大的事情。

老天做证,这是多么不靠谱的话啊。

# 风在亚丁吹

一

沿318国道一直向西,过康定,翻越折多山,就算出关了。

川西高原一望无边,群山逶迤。车一直朝上,朝着海拔四千米以上的山脉盘旋。新都桥一闪而过,雅江抛在身后,终于,理塘到了。啊,理塘——有世界高城之称的理塘,仓央嘉措诗歌中的理塘,以白鹤飞翔的姿势迎来过客。

"天上仙鹤借我洁白的翅膀,我不会远走高飞,飞到理塘就返回……"我在歌声中走到了理塘,随后再如白鹤飞走。

刺目的阳光下,理塘县的兔子山闪现,连绵的雪峰被送进眼帘。

亚丁也被送进眼帘。视线中的亚丁高而远,悬挂在黑黝黝的天幕上。夜晚刚刚降临,却轻易地送来黎明。亚丁的黎明,豁亮、清新而锐利,穿透了若铁的夜晚,提前来到跟前。

抵达目标的心理,宽慰了随着群山盘旋的身体。身体稍稍得到修整,心中分明又滋生自嘲,亚丁还在群山之外,远着呢。只不过,亚丁群峰借着尚未凋零的天光送来亚丁的消息。

风在我下车迈脚走出的第一步围上来,拥抱我,再加重分量穿透我。寒冷如冰砣,贴上脸颊和双手。这风……从盘旋的山路来,从遥远的雪峰来,从即将落下的酷雪冰阵来……携手喑哑的黑夜笼罩天地。

刺骨,冰冷,封闭……一时,我头疼胸闷。

我身体紧绷,犹如被掏空了血肉,只剩下空洞的皮囊。而皮囊中,冷暖气流在交汇处碰撞,又展开厮斗。肃杀,凋零,封冻。或者冷暖对阵,气流摩擦撞击,激起层浪滔天,却落下细流涓涓。这是两极。一部分握手言和,另一部分在不畅通的穴位处僵持不下,而后凝滞板结,比如我的颈椎……血液冻结,缺血后的大脑遭受冰霜的封杀覆盖。顿时,我双唇发乌龟裂,脸颊骨僵硬,骨骼如蒺藜硌手。

……那些被大风掳走树叶的树枝,兀立于大地。疼痛如此具象。

然而,听觉异常敏锐。

黑夜在高原滑翔,却留下深辙印记。那是风……自由不羁的灵魂的歌唱,关于黑暗与自由,关于疼痛与耻辱,关于时光与腐朽。那两极一般的对峙,曾经形成的悖论,却被风在高原夜晚统帅出一个频率,它们集体发声。风,带来了死亡的寂静,同时也带来了超越尘世的喧嚣。

怎么说？夜晚,一直头疼的我不能躺下睡觉。一躺下,顿时头痛欲裂,我只能坐着或者站起来走动。那被睡眠拒绝的肉体,犹如放荡子,焦躁不安无所适从,真令人不齿,而饱含的耻辱被疼痛一一印证。这不亚于双倍的耻辱。

疼痛中,我模糊地记起,这个夜晚刚好是十月第三周的周一,据说,这个日子被中华医学会命名为疼痛日。疼痛被以节日的方式纪念。这是健康肉身获得的另一个公民身份,也隐喻出疼痛应该获得尊重。我被安慰,而疼痛也找到合适理由,光明正大起来。

疼痛的细节,我用心地感知。供血不足的大脑,脆弱敏感,随着平放下来的身体,会莫名又心甘情愿地接受钢锯的拉扯,来回拉扯,拉锯我的脑神经和身体他处的神经。痛到无法言说就是窒息。而窒息的刹那,我伸出手,朝着黑魆魆的夜晚。夜晚拉起我双手,拉出我身体。我披衣下床,来回走动。手里捧杯热开水。热开水在夜风中微微变凉,我大口吞咽。我不是喝水,而是吸氧。一口再一口的氧气缓解干裂的嘴唇和发疼的身体……我想到一条鱼,被扔到岸上的鱼,它口吐唾液挣扎自救。银白的身体卷起尾巴,蹦跳翻滚,在风中嗡嗡作响。砰,咚,嗡。鱼在挣扎,却被风消弭了声响。一条无声挣扎的鱼,它在风浪中浮现疼痛和不甘,亦浮现希冀以及希冀点燃的银光。

瞬间,风闪出光泽。风成为一个生命的印记。

黑暗中,被自身照亮的微物,成为自己的神。因为它看见了磨难,消耗时光的争夺,自此,繁盛而浩大的黑夜,曾经虚无无边,却真实可信。这都是疼痛所致。而疼痛被风看见,还被风抚慰。

关闭窗门的黑暗空间,并不能隔绝风的长驱直入,它无所不在,顺耳入心。这是它的本领。它带来高原的清寒与洁净,清洗肉身落下的尘埃。它起先是撮着一口气,在房间角落中站着,然后迈脚行走,角落、床铺、桌椅、物件、鞋子、衣服、被褥、被褥中间的肉身、肉身中的器官、血液、呼吸……风之手拈起灰尘,而后吞噬,再站直了躯体吐纳,再吸走污秽气息。风摇摇脑袋摆摆手,再次吐纳。洁净若冰的气息顿时冒出并蹦跳。它在房间呼啸,在床铺和床铺上的肉身里转悠。以它的气息拥抱笼罩。

梦境般宽阔的夜晚。风把一个疼痛的人收纳为风之子。

这是幸运。我轻轻推开窗户,眼睛即刻被微光点亮。那鲜嫩的发黄的曙光挂在骨骼铮铮的山脊上,新的一天到来。黎明被风唤醒。

# 二

太阳下,亚丁雪峰闪烁着处子般的眉眼。

它在远方。尽管就在眼前。

它在冷寒的冰阵中。尽管太阳明媚。

高尔寺山,贡嘎山,兔子山,海子山……突然就站在面前。我站在路边,这是山峰中劈出的公路,一直抵达拉萨。我前后左右地打转,满目皆冰峰。一座座洁白若玉的雪山,静穆而深远,犹如从远古走来的高人,看着我,目光轻轻就穿越了身体。脊背后面的目光,双臂旁边的目光,头顶的目光……清澈又幽微。这是被束缚了手脚的风,冰峰的妻子,她们为远道而来的肉身行下的注目礼。她们清楚肉身中升腾的不切实际的欢呼与热望,她们亦知晓一具具肉身中即将跑出的俗世欲望,可怜可笑的……譬如登高望远之说,譬如征服之说,譬如我欲与山争峰之说……风无语,缓缓吹拂,浮腾太阳的金光。

光芒蔓延。

风在高原冰峰,就是澄澈的水。它充满悲悯,对众生亦心疼。

我围绕自己旋转,左右再左右,前后再前后。我看见体内的五脏六腑都遭受风神的洗濯,那些被尘土蒙蔽侵蚀的器官,积蓄了油腻欲望的肉身零件,在冷寒的风中慢慢恢复本相,包括初始颜色、弱小和敏感。它们活过来的霎时,竟然微微地觳觫,这是风神唤醒的疼痛。疼痛带来了羞愧和喜悦。

一具肉身的零件,回归它的本色与弱小,它看见了自己。这就是微神的进驻,在身体的进驻,不属于他物,只属于自己。佛家所说"明心见性"的时刻,就是风神恩赐肉身的时刻。肉身找到自己的神。

这是小悦,亦大喜。

悦在表象面貌,小可而已。而喜在内心,无可方物。

我脑海荡漾着海子般的湖泊,因风而起涟漪。水纹似梵经,佛音袅袅。雪峰的光芒如此刺目,我眯缝着双眼,入定一般,双脚焊在原地,却任凭脑海中的佛音此起彼伏。

雪峰,被风神灌注了精气神的雪峰,看上去孤独,却毫不寂寞。矗立路旁的玛尼堆,大小不等,用形状不一的褐色或者白色石头垒起,筑起心灵的佛塔。佛塔从路旁朝着山顶延拓、扩充,直至大若房屋的佛塔出现。这是石头的宫殿,亦是灵魂的住所。神隐居于此,修行得道。而肉身为了发现自己的神,他们要苦苦求索,转山转水转佛塔。肉身之路,就是奔袭的旅途。而奔袭……等身跪拜的灵魂之举,心念合一,肉身被风神招引,灵魂通透。这旅途等同于发现,发现肉身中的微神,燃烧起照彻路途的光亮。光亮……珍贵的神迹。海明威在他的《乞力马扎罗的雪》中写道,乞力马扎罗山的西高峰,被马塞人誉为上帝的宫殿,而西高峰处,躺着一具被冻僵风干的豹子尸体,这么高寒的地方,豹子来寻找什么?没有人做过解释。一个生命的奇迹不需要解释时,就是灵魂供奉出的神迹。一切不可说。无法说。不能说。风中的语言,喧哗而沉寂。玛尼堆上,那鲜艳的经幡在风中招摇,热烈而诚挚。

风的嘴唇,经幡在呼喊。

瞬间想起,从康定出关来,一路看见的藏族民居大都是石头垒起的房屋,自有缘由。那是被固定被扩充空间的玛尼堆。是肉身寻找魂灵的不懈祈祷。

也许不是。但又有什么关系,我心中愿意如此认为。想想,能够托付肉身和魂灵的住所,只有石头。水泥与木头,是无法与石头相类比的。而石头……当我到达海子山后,更加坚定了我的看法。

海子山是地球在纪元前一场浩劫后的废墟,浩劫把海洋变成了高山。石头就是见证。它们是地球历史的残骸。其坚固等同不朽。它们的恒久,足以论证,石头这个物质如何坚固它的灵魂,然后将两者等同起来。石头山仍是崇山峻岭,以裸露在外的嶙峋石头支撑起骨架,犹如枯骨丛林。丛林中,树木稀疏野草枯萎,在阳光下屈服于乱石。这是石头的自我保护,不容许他人滥施庸俗的赞词,不容许猎奇,也不许人乞求未知的前程。石头山凹下去的地方,汪出大小不等的湖泊,就是海子。石头山的海子有 1145 个,它们镜像一般吸纳天光,又折射天光,天光蔓延,大地与天空那么近,一个肉身的距离。

明澈的海子在十月还是液体,黄中带绿,倒映着远处的雪峰、蓝天和白云,却又残酷地割裂它们,呈现破碎和不完整的高原面目。它的柔弱恰恰就是坚硬。它的反叛恰恰就是坚守。是这样吗?我靠近,探出脑袋,却遭受嘲讽。它拒绝呈现一切人为的想法。这就是海子。石头山中的海子。石头莫不是如此?它的废墟遗址,不过一个沧海桑田后的遗骸而已。我借它偶尔一瞥纪元前的面目。石头被藏族和羌族人背回去,建筑起他们的容身之所与魂灵的栖息地,并以双脚走出移动的佛塔。石头的意义也在于此了。

这是灵魂不朽的证据。

阳光浩大,风力凶猛。海子山笼罩着沉甸甸的寂静。这里,才智沦陷,真理产生。所有的目光均被风统领。

风中,我凝神屏息,面对静默。山石和海子的幽静荡漾。幽静穿越了浩劫和死亡,恢复远古的清白与真实,命运从而青葱复得。

## 三

稻河从雪峰绵延而下,到了邦普寺。

十月的稻河青绿,在蜿蜒的峡谷和沟渠中流淌,奔腾出洁白浪花,却瞬间归复于平静。碧玉一般,与远处隐约的雪峰,雪峰背后的蓝天白云应和。它们是高原的意外。

心中涌现一种塞外江南的惊奇。但眼睛分明告诉我,这不是江南。江南的绮丽和温暖,不过是世俗的标签,根本无法与稻河相比。不可比。看看那风,被稻河熏染的风,是柔和了些,却饱含一种清冽。风与气流,在稻河中沐浴,而后蒸腾而出,洁净若羽毛,在树木和山脉间飘荡。这荡气回肠的风……它们带来遥远的天国气息,又萃取了大地的精华,摇曳十月的太阳,波泽金光。是的,我眼前到处都是新鲜若剥壳鸡蛋的光芒。它们在大地倾斜,无声地铺呈干净而肃穆的道路。那些行走在金光大道上的人们、牦牛、羚羊,还有不知名的东西,均被消弭声响。或者说是我的耳朵失聪,一时静默。

风声缓缓,如同一个人的呼吸清晰在耳。那拨动心跳的经声,在酥油灯花的跳跃中起起伏伏,却如私语。

邦普寺的出现自然而然。

邦普寺还有一个好听的名字:奔波寺。这名字暗合了心愿,仿佛隐喻——奔波在路途,正是肉身在俗世的具象。对于一个个终生都在寻求灵魂的藏族人而言,奔波无疑是自然而然的状态。在路上,他们围绕着数不清的雪山盘旋,如兀鹫一样拍打翅膀,俯冲那些有名无名的高山冰峰。奔波途中,他们放逐沉重的肉身,放飞轻盈的灵魂。他们获得自身微神的照耀,却被佛祖眷顾悲悯。

奔波寺是稻城最古老的寺庙,海拔4000米左右,是藏传佛教噶举派即白教的寺庙。它为一世噶玛巴都松钦巴在1144年所建,距今近900年的历史。它傍山依河而建,风景澄澈若画。庙宇下的稻河平缓若镜,附近牧场开阔静谧。抬眼处,山脉起伏,村落散布。奔波寺犹如神的宫殿矗立其间,华丽而尊贵。它是风神和山神的栖息之地,还是藏人的魂灵居所。千余年的岁月长河,奔波寺没有衰落,相反,酥油灯日夜闪烁,唱经若钟声不绝,而鲜艳的经幡在时光中毫不褪色。

自然而然的人间殿堂,又充满了心灵的恭肃。

奔波寺庙内外,是和谐的乐园。小松鼠在路上来回奔跑,在人的脚下穿梭。而藏马鸡迈着优雅的脚步,在庙宇廊柱间起起落落,雍容华贵。阳光明亮,又清澈若水。那还是风的力量。风清洗了阳光,风清洗了气流,风清洗了一切,包括安静下来的所有肉身。

静默。静默中,没有影子,也无踪迹。

但我不是空心人,而是通透的澄澈之子。庙宇托付起我的魂灵,放下我的肉身。

得到喇嘛的允许,我跟在他后面,弓下腰身,俯下脑袋,双手贴在粗壮的转经筒上,顺时针三圈。我跟着旋转的经筒走路。

经筒带动我的脚步,带动我的心脏。我在高原,转动我看不见的灵魂。

奔波寺内供奉着噶玛巴都松钦巴的一尊自塑像,这尊自塑像是噶玛巴都松钦巴八岁的身高,八十岁的面容。这戏剧性的反差,在酥油灯花飘忽的光芒中,看上去和谐自然。我燃起三炷香,点燃了酥油灯,然后在塑像下面的蒲团上跪拜。我从没有如此心念合一。周身的血脉和气流都统帅在心脏上,然后它们得到大脑的指挥,匍匐身体,拜谒。

走出奔波寺,阳光再次穿透身体。但,风来了,一阵大风扑来,迎接被洗濯的肉身,安抚肉身中的灵魂。疼痛又在周身蔓延。然而,它被我需要,因为,它是此时最可靠的真实。

风在大地吹拂。它卷走一切污秽,还原高原的本质。从洁净处来,回到洁净处去。我头重脚轻,脑海不断回响一个僧人所说的事情。僧人那时正在院内地上辩经,看见我们加入,便为我们讲出一段寺庙的传奇。说在奔波寺的后山岩壁上,保存着许多古老的岩画和修行的山洞,其中一幅古老的文字,是噶玛巴都松钦巴用自己的鼻血亲手写成的,千百年来无人能破解其意。而1999年西藏高僧阿公活佛来到奔波寺,一番研究考证后,揭开了千古之谜。他宣布,噶玛巴都松钦巴留下的藏文是说:我走遍康区,这里是最美丽的地方。

我走遍康区,这里是最美丽的地方。我的嘴唇轻轻嚅动,咀嚼这莲花一般盛开澄澈如水的句子。

## 四

亚丁又名念青贡噶日松贡布,藏语之意为"圣地"。

名字长而拗口,但我喜欢这个名字。八个字的音节,吉祥如意,且以"念"字开头,充满了不可言说的心灵意味。圣洁的地方总是有难度的,从行走到呼吸,再到说话和饮食。难度源自地域与地域的区别。彼与此的不同。生命与生命的相异。它在告示,沉默比什么都可靠。拒绝喧哗。拒绝留影唐突。哪怕短暂的思考,均是狗尾续貂。

看看那风……从念青贡噶日松贡布山盘旋而来,无视白天黑夜。它在山峰、峡谷、蓝天和静谧之间发出清冽的信号。吹拂阵阵诗意。而诗意不只是美好,还有疼痛。只有在疼痛中,肉身才会滋生真实的东西。疼痛中,我会不自觉地放空大脑,眼睛却在风中捕捉。

风中的天空,流溢着洁净之水。声声天籁自高地另一面传来,牦牛与羊群突然而迅疾地在山坡上涌现。十月的太阳总是慷慨,三百六十度无死角地拥抱大地。这梦幻般的光芒中,庙宇浮现,梵声缭绕。

山与山,终年积雪。它们轻易地击败时光,初心不改。

念青贡噶日松贡布海拔六千余米的主峰有三座,但相距不远,呈"品"字形排列。北峰名叫仙乃日,藏语之意为"观世音菩萨"。它形若大佛,傲然端出莲花座。南峰央迈勇,藏语之意为"文殊菩萨",形若少女,俏丽,冰清玉洁。而东峰名叫夏诺多吉,藏语之意为"金刚手菩萨",形若少年,雄健刚毅神采奕奕。这三座雪山佛名三怙主雪山,在世界佛教二十四圣地排名第十一位,颇有来历。历史记载,公元8世纪,莲花生大师为念青贡噶日松贡布开光,以佛教中除伏主人翁的三位一体菩萨,即观音、文殊、金刚手分别为三座雪峰命名加持。念青贡噶日松贡布从此蜚声藏地。

莲花生大师曾经写诗赞誉:嶙嶙怙主雪山如坛城,无数宝物建无量宫。圣洁莲花日月法座,空行母扩法神护。大意明显,这是神山,众生敬奉朝拜三怙主雪山,能实现今生来世之心愿。

一生中至少一次到念青贡噶日松贡布转山朝觐,是每个藏人的夙愿。而千百年来,三怙主雪山浸润了多少心灵的秘密和诚挚?不可想,也想不到,这冰雪覆盖的山峰,是无数肉身被放下后安放的灵魂。

雪峰周围角峰林立,大大小小三十多座,姿态百千,蔚为壮观。而山峰前镶嵌着碧蓝色的湖泊和草甸。雪线下的冰川直插碧绿的原始森林。

在念青贡噶日松贡布,天空与大地几乎合一。清冽的空气在风中传播神音。这是神界净土。那些奔波来的肉身,有幸跻身其间,或朝拜,或流连风光,或锻炼体力,或捕获美色,或探险……却只是靠近而已,远远不能走进。

雪山、岭峰、崖壁、海子、森林、草甸、冰川、溪流、庙宇、经幡,永远在我们眉眼上肃立。它们瞬间就收走我们的声音。拒绝喧哗。静默为大。

我们那么自觉,全都闭嘴静默。我们此时,比在其他任何时间都轻易地体会到,万物静默的磁场中,我们被万物消融,我们的秘密被万物之谜轻易破解。寂静,就是万物之谜。我们接受这种破解,并以集体的疼痛去呼应肉身中心灵的复活。

于是,预料中的雪来了。乘驾风的翅膀,迎面扑来。风把时间提前到深冬酷寒时节。羽绒般的雪花从高处跌落,交织出灰蒙蒙的景象。央迈勇、仙乃日和夏诺多吉三座神山成为屏障,被雪花推远了距离,它们由此稀茫,稀茫到与天空交接。

雪花飞舞的时段,神山就是天空,就是虚无中的背景,虚无中的巨大存在。

雪带来神山的消息。而接收到神山灵音的魂灵瞬间理解到雪花到来的意义。那些徜徉雪花中的人,无畏,喜悦,天真,诚挚,他们迎雪行走,直至融入灰蒙蒙的世界,然后与雪一起消失。

走在栈道上,不时遇见那些脸色红润的藏人。我惊奇地发现,他们的眼睛无一例外都是晶亮的,在与人凝视的时刻,眼眶泛着冰片一般的光泽。但他们的嘴巴总是咧开,微笑荡漾在脸上。他们在栈道上摆出摊位,出售手链、胸挂,还有牦牛雪狼羚羊等动物饰品。我被一个老红珊瑚首饰吸引。

好有眼光,这是白玛珊瑚。藏族女人说着不熟练的汉语向我推荐,并拎起红珊瑚佩戴在我右手腕上。她的嘴唇继续嚅动,吐出的陌生藏语,我竟转换出我理解的句子:

雪峰明亮,经声浩瀚,

酥油灯花在低处飘舞,名词

乘着恒远的风来到人间。而佛的慈悲,

似不肯为还未静寂的灵魂甄别同类。

只有那来自神灵遗址的风,敲击

骨头歌唱:静默啊,静默。

# 六便士

## 一　令芳

他一直忘不了一个先令就可以买十三只大牡蛎的日子。

这是毛姆小说《月亮和六便士》的结束语,却成为我们十年来谋面的口头禅。我们——我和令芳的友情应追溯到十年前。十年前的秋天,我们是党校的同学,来自不同的系统。两个月的封闭式培训并未让我们燃烧出热烈的友情。但是,最后一周的阅读课上,令芳翻到了《月亮和六便士》最后一页,并读出声音,"他一直忘不了一个先令就可以买十三只大牡蛎的日子"。

真巧,我眼神正好落在这些字句上。课后,我们在走廊上相遇,我朗声念出:他一直忘不了……令芳补充:一个先令就可以买十三只大牡蛎的日子。那抑扬顿挫的文艺腔调刚落下,我们便伸出左右手击掌,哈哈大笑。

这种无缝对接,延续在以后的晤面中,犹如一道激光,穿透时间壁垒,并击落岁月在我们肩头落下的霜雪,我们一下子回到十年前彼此相对时的心态,轻松、诙谐、机趣。那样的瞬间,我们都在庆幸时光的宽容和慈爱。

随后,我们回到各自的生活轨道。十年来,我们的见面屈指可数。三五次同桌吃饭,两次 KTV 歌舞,两次牌局,一次足道,一次瑜伽。

关于瑜伽活动上的谋面,我说说。

去年九月初的一个上午,同城的一个女士取得了瑜伽教练证书,准备开设一堂公益教授课。她选择了露天,在城西的公园,并为自愿参与者准备了瑜伽垫。那天上午,太阳清润,有微凉的风,较好地屏蔽了秋老虎的炎热。我换上瑜伽服,跪在垫子上,准备打坐。眼角瞥见旁边的女士。心中啊了下,嘴唇似受到指令,缓缓吐出那句口头禅:他一直忘不了……约莫两秒钟的停顿,没有人接上,我只好继续念下去:一个先令就可以买十三只大牡蛎的日子。那口头禅孤单地爬出我嘴巴,最后的余音充满了凉寒之气。

这不合时宜的气息,让我刹那产生错觉,我认错了人。待我仔细再瞧,女士——令芳已经侧脸回复我,哦,你也来了。被修改的见面令,在我俩之间迅速地垒砌出时间墙壁,我们再也无话。

近一年后,令芳找到我办公室来。我啊了一声,她脸上尴尬的笑容和手足无措的僵硬,抹掉我的记忆,我忘记了我们的口头禅。等我想起时,令芳开口表达来意。

不好意思啊,我是来请求帮助的,也只有你才会帮助我了。

我……能帮你什么……你说。

我转身洗茶杯,冲出一杯绿茵茵的茶水。令芳捧上,坐在沙发上。我喝口茶再说。她撮嘴唇吹气,再抿上一小口,抬起了下巴,一副如释重负的模样。

嗯,你知道,我儿子一直很优秀的,他在华中科技大学多次受到表彰,最近还来了大运气,获得出国交流学习的机会,儿子梦寐以求的愿望就要实现了,真不简单啊。说到这里,她眼神热烈地看向我,时光立马退回到十年前,她啊哈着补出那句口头禅的模样再现。但,立马就是立马,她眼神的热光熄灭了,发黄干涩的眼珠黄豆般卡在眼眶里。我喊了声令芳。她嘴唇轻轻嚅动,嘴角一条坚硬的纹路松开再隆出,再松开。

我一个单身妈妈,家里还有八十多岁的父母,妹妹在广州打工,她女儿也放在我这里上学……我手里哪有什么资金去……她说不下去了,只枯着眼睛看我。怯懦而悲伤的眼神,被含而不露的泪液渗透,变得空洞遥远。这些年来,我一直在借钱,拆东墙补西墙,真的,我毫不隐瞒,不是我没用没有脸皮,只是……她喉头哽咽,然后低下脑袋,大口喝茶,吧嗒的饮茶声在我耳朵边单调又粗鲁地回荡。

亲爱的，我们关系那么好，这次我就想到了你，你不会拒绝的，对吗？她的脑袋仍旧低垂，而头顶的灰白头发毒蘑菇一般，柔弱又固执地钻出来，轻轻旋转，刺疼我眼睛。我想起，她还年轻我两三岁，也就是说，她现在刚四十岁。不等我表态，她站起来去卫生间。

我待在办公室等她，心头泥泞一片。她找我借钱，话意明显，似乎不会马上归还，说不准还会遥遥无期。我是借还是不借？而那出国学习的机会，对于一个学生来说，的确难得。何况，她与我的关系算得上月白风清，毫无龌龊，我不借……怎么能出口？

十分钟过去了。

二十分钟过去了。

三十八分钟后，令芳提着湿漉漉的双手回到我办公室。此际，下班四分钟了。我肚子咕咕叫唤，滋生不耐烦。就是蹲大号，也不至于这么长时间。我将不快按捺下去，主动表态，我可以借一部分钱，不多，就两万五，因为我女儿在国外读书，每月花销让我们一家人吃紧。说完，我准备带她去银行取钱，我手头没多少现金，超过一千的现金都在手机银行里。

但是，我们在路上分道扬镳。不欢而散啊，也让她大失所望。她坚决要求我借她双倍的数目，5万元，理由是，我那点钱牙缝都难塞上，既然我能拿出两万多，五万元也能拿得出。我解释,卡上的钱没有这么多。她说,还有你老公,他卡上肯定有,你们肯定还有存折。我瞪起眼睛。

她尴尬地笑笑,又说,对不起,我真是着急要用,你帮帮我吧,不能耽搁孩子前程啊,要不我怎么都饶不了自己。我轻轻叹气。她口气坚决地说道,就五万元,不能改了。

不能改——这哪跟哪?还要她说了算。

我冷了下来。夹杂厌烦和愤怒的冷硬绑架了我嘴唇,我吐出两个字。算了。然后我转身离去。我的背影能深深地感受到令芳凝视的目光,那目光却拉不回我身体。

11月中旬,令芳的一些消息碎雪似的飞来。饭桌上的消息,零星、碎片,却还是让我震惊。令芳焦虑不安,一直失眠,在单位里干财务工作,老是出错,完全适应不了,被迫劝休。但令芳不愿意休息,赖在单位上,没有事情做,却也闲不下来。干什么?上厕所洗手,冲刷卫生间。不停地洗手,不停地刷马桶和蹲式厕所。一个人占据整个单位的厕所,让单位女同事厌烦不已。起初,同事碍于情面不好说什么,内急时跑到隔壁的单位去上卫生间,或者借用男士卫生间。但是内急啊——同事终于忍受不了,开始指责。令芳振振有词地辩解,她总是能闻到卫生间的异味,恶心不已,而双手因为上厕所冲刷马桶,自然不干净,要不停地清洗。

那是焦虑症和洁癖。我插话。

讲述者似乎乐道,罔顾我的插话,继续她的讲述。令芳饱受失眠的折磨,便去做艾灸,她听说艾灸可以缓解失眠。结果在艾灸会所闹出诸多扎心的事情。大白天的,不能关灯,因为她害怕,门和窗户必须打开,否则她会觉得呼吸不畅,而躺不了多久,就会朝厕所里跑。洗手、刷马桶,翻来覆去地,为了放心,她自带了洗手液和洁厕灵,还有刷子。

艾灸嘛,可是要求室内封闭,哪能容令芳如此作为。从客人到服务员到老板,一致认为,令芳这个神经病太×蛋了,完全影响艾灸工作,莫说效果了。门窗打开,还开灯,还占着厕所……客人是好不容易挤了时间来的,哪能被浪费?不由火冒三丈,一致要求老板赶走令芳,否则她们提脚走人。老板急了,有天拦住上厕所的令芳,要她去看医生,说她的精神出了问题,找精神病医生比艾灸更靠谱。令芳挣脱老板的拉拽,闯进厕所里冲刷厕所。老板这次铁心赶走她,与一个服务员左右架住令芳,将令芳拉到大堂里坐下。

饭桌出现沉默,连哑酒声和咀嚼声也停止了。

后来呢?有人问道,打破了沉默。

那次,令芳彻底爆发了。讲述人用筷子夹起莴苣,吃掉一半后回答。那天我就在那里艾灸,真是见识了她的泼妇样。不,应该是神经病样子。讲述者接着吃完另一半莴苣,彬彬有礼地拿纸巾擦嘴唇,继续说道,她被拖到大堂后,脱掉了衣服,然后去她预定的房间躺下要求艾灸。她的理由冠冕堂皇,她出了钱,当然要享受服务。你们来吧——令芳大声喊道,颇有悲壮感。但是,没有服务员来。躺了一会儿,令芳又不舒服了,爬起来上厕所,在厕所里洗手擦卫生间……两个服务员再次架走了她,将她扔在大堂里,并胡乱地给她套上衣服。令芳闹累了,疲软地瘫坐在地上,却举起她的双手。双手在眼前来回晃动,她叫嚷道,你们看,我的手好脏啊,刚才冲卫生间,那里太脏了……我今天不做艾灸,只求你们一件事,让我去洗手吧,我真受不了。

令芳的要求被拒绝,她忍不住哭了。

一个中年妇女在公众场合下的痛哭流涕,难堪的岂止她自己?还有我们这些听闻者。我们低声地啊道,又陷入了沉默,这沉默在我鼻尖迅速发酵出凭吊的意味,心中一阵苦涩。

讲述者却笑了,微笑着询问:你们知道她为啥哭吗?不等我们作声,讲述者撮圆嘴唇,一个若有若无的嘘声后,轻俏的声音响起。太搞笑了,你们听听,保准你们笑出眼泪。她呀,哭得满脸都是泪水和鼻涕,脸上湿淋淋的,就像……对,书本上形容梨花带雨,或者说是大雨滂沱,就这个意思吧。瞧她——双手当作抹布抹向整张脸,哪里是抹,而是捧住泪水和鼻涕,干嘛?你们可以猜下。

我们猜不到。这无法言辞的滑稽,令我瞠目结舌。令芳,你怎么了?我在心底叫道,我听见那叫声悲怆懊恼。我该借钱给她的,反正5万元钱,于我这个工薪族是不少,却也不至于饿死。

猜不到吧,谁都猜不到,她流泪,满脸都是鼻涕,只有一个目的——她要洗手。那天,我们从房间跑出来,看她这个稀奇。是啊,就是稀奇古怪。我们都忍不住笑出了声,笑得前俯后仰,太有意思了,令芳一边哭泣,一边左右手揩脸再交互地搓来搓去。

强迫症患者。讲述人耸起鼻子,一锤定音的结论因鼻音而逸出轻蔑和嘲讽。我垂下脑袋,眼眶不禁发热,浑身泛起冰碴似的鸡皮疙瘩。我反感讲述人的浅薄和无知,不仅因为令芳是我的熟人。

还因为,我也有强迫症。

## 二　我

我关上房门了吗?

屡次在上班途中,我努力回忆关门的瞬间,大脑却无法送出清晰的图片。我只好返回,急匆匆地,但紧闭的防盗门推回我右手,并告之,返回真是徒劳。

真的是徒劳?事实似在提醒,我的强迫症是有缘由的。四年前的一个暮春,我上班后接到母亲的电话。她到我家去,发现防盗门开着,便给我电话。啊,客厅里放着崭新的手提电脑,电脑下压着一千元现金。而电脑里存有我完成正待修改的一篇散文,还有一篇正准备结尾的小说。散文和小说都未存入 U 盘。我吓出了冷汗。所幸的是,现金没动,电脑还在,家里一样东西都没少。

那么,小偷进屋光顾的可能被排除,只剩下清晰的事实。我出门时忘记关防盗门了,或者说完成了关门的动作,却没有关紧。

这个事实着实惊吓了我,并盘桓在我脑海里,树桩一般扎牢我思维,警示我缺乏记性。记忆在反复勘察下已被磨损,变得不可信任。自我判断出现危机,只能依靠反复求证来证明。反复……除此之外,我还有轻度的洁癖。书桌要一尘不染。床头柜上除了书本和手机插线,不能有别的东西。天气再冷,房间也要透点风。

家人的嘲笑变得一本正经。我承认他的说法,正如多年的媳妇熬成婆一样,多年的积习已成病,我不仅有强迫情结,还表现出症状,如失眠、偶尔焦虑、纠结、怕吵闹。那么,我也是一名患者了,前面只不过缀上了限定词语"强迫症"。

可这有什么呢?每个人都有程度不同的强迫症状。医生朋友解释道。强迫症是较普遍的心理疾病,是一种以强迫思维和强迫行为为主要表现的神经精神疾病,特点是,有意识的强迫和反强迫并存,一些无意义,甚至违背意愿的想法或冲动反反复复侵入患者的日常生活。

这些专业性的医学概念,有些冰冷僵硬,我记忆抗拒,只记住了"强迫"和"反复"两个词语。我眼前闪现令芳反复洗手和冲刷厕所的画面,那哗哗的水声和泡沫,棉花糖似的膨胀,膨胀出的肥白泡沫近乎无耻,渐次淹没她的双手、双臂,直至她的面容。是的,她的日常已经被反复性强迫性动作起底,走向了抑郁。

无疑,作为患者,她比一般人要严重得多。

一般来说,强迫症患者实际上是不满意自己,个性上追求完美。医生朋友的补充,犹如辩解,在某种程度上消解了强迫症的病态。

但是,心理病总是有缘由的。一些不良事件成为绊脚石,卡住我们的思维和记忆,再盘亘于心胸,落根发芽,错节出不易察觉的暗疾,指挥我们的行为——我们常常为自己一些异常的行为感到惊讶和后悔,却无法将思维永远地锁定于行为之前。我们为此懊恼苦闷,坏掉的情绪像水泵一样抽走耐心和理智。作为患者,我们僵硬又脆弱,虚软又固执,在一些关系上缺少变通,在一些事情面前死板而纠结。

一些人生际遇……岁月的霜雪……命运不能承受之轻重的转换。

我想起学车的日子。十三年前,我跟着王师傅学习倒车入库。王师傅满头银发,却声如洪钟。他站在一处水泥高台上,双手叉腰,瞪着的眼睛灯笼似的,俯瞰我们这些学员。学员坐进车内,他右手扬起,扯起了嗓门指挥:开始……径直往后退……快打盘子,快,快……小样的,慢了,不信你看……老子就晓得你蠢货学不会……

轮到我了,思维抓住"快"字,叮嘱自己切记不能慢。嘴唇轻吐一口气,挡位挂到倒挡,刚把普桑车退后,便猛打方向盘,朝左,同时脚踩油门。结果,普桑一下蹿起,朝后飚出,撞倒了插在地上的铁标杆。这还不算,右脚像被催了魔力,又踏在油门,普桑朝后飚向王师傅站着的水泥高台子。情急之下,我猛打方向盘,普桑还是斜擦到台子,被撞熄火。王师傅来了一个惊人的跳跃,他从高台飞身而下,满头白发飞舞,活脱脱一个金庸笔下的武林高手。他稳当地站在普桑面前,喝令:你给我出来。

我拉开车门,站到车外,满脸羞愧,双股颤颤。

你个蠢东西,脑壳里灌了糨糊,见过蠢人没见过你这样的蠢货。

眼泪夺眶而出。大庭广众下,学员们的目光,周围路人的目光,还有我无法看见的嘲笑。我低垂脑袋,双手交握,只恨脚底下没有洞口。

考了两三次,倒车入库总算通过了。接着是靠边停车,我总是顾此失彼,要么忘记看后视镜,要么压线,或者干脆熄火。王师傅又是大侠一般,耸着满头白发跳到普桑前面,喝令:你给我出来。

你你你……老子怎么说你才好。

你这蠢货,能拿到驾驶证,除非太阳从西边出来了。

就算考官是你爹也不会让你通过。

……

屈辱。惊惶。自卑。恐惧。整整两年,我才拿到驾驶证。而两年的学车时间,堪称血泪史。我开始失眠,整夜失眠,然后记性变差,总爱丢三落四。于是,家里和办公室的一些东西便开始讲究固定位置。于是,我要求睡觉的地方必须通风,哪怕是短暂的午觉哪怕是大雪纷飞的深夜,窗户不能紧闭。于是,我总怀疑家门和办公室门在我手下并未真正地关紧。

这是唯一原因吗?也不是。

那时,我调到新的单位。单位人手极少,三四个人,其中一个退居二线,人不在岗,一些约定俗成心照不宣的习惯,言笑晏晏下暗流汹涌,我摸索得艰辛。而且,我与同事年岁相差甚远,他们以年长者自居,"船到码头车到站"是他们的口头禅,日常事务在日深月久的惯性下滑出随心所欲。财务、业务、行政性事务……我不想出格,更不想惹出大麻烦。我只认原则和规矩,而之外的"约定俗成"我几乎弃之不理。

你太死板了。同事们的感叹,我无言以对。缺乏灵动变通,坚硬的关系日益磨损我的身体和心理。

失眠更深。

去看医生,医生定义为焦虑症,开出一些西药。我父亲也是医生,警告,那些抗焦虑的西药带有激素,服用后会产生依赖性,并使身体发胖,不如多运动,转移下情绪为好。我一把丢弃药品,听取父亲的建议,开始长跑。

清晨长跑,我拥有得天独厚的条件。体育场就在我家附近。七点钟开始的长跑,从1000米到1500米再到3000米,每次都以大汗淋漓结束。汗水似乎带走身体重负,身心轻松。两三年过去,体育场被推倒,改成了社区小公园。于是,我选择某个学校夜跑。早晨正是学生上学时间,不合适。晚饭一个小时后再慢跑,脚步踏响略显孤寂的黑夜操场。空旷、清新的黑夜操场,是在一处山坡下面挖出的空地。山坡环绕,操场仿若倒置的聚宝盆。山坡浓郁的树木给操场荫翳出厚重的黑影,而坡上的路灯却穿透黑影,铺出萤火虫似的光亮,那光亮在清洗,在唤醒,也在铺陈。

如果有月亮和星星,便是莫大的享受。黑暗中的操场,经由一圈圈脚步的丈量,仿佛循环的时间,滋生永恒之味。而能匹配永恒的……何有?循环的黑暗之水在夜晚八点定时涌来,黑暗的河流便源远流长。但是,卡尔维诺已经告诉我们:若果你想知道周围有多么黑暗,你就得留意远处的微弱光线。

黑暗中的慢跑,既能锻炼身体,还能调节情绪。那段时间,我的失眠症状好了不少。

## 三　令芳

令芳的遗憾在于,她儿子因为资金不足,放弃了出国学习的机会,那是儿子梦寐以求的愿望。愿望落空,她把遗憾当作了罪责。作为孩子唯一的法定监护人,不能提供足够的资金去帮助儿子圆梦,犹如断失一级重要台阶,从而限定在原地难以向前。不是自己的罪责又是谁的?正如她自己所说——我无法饶恕自己。她遗憾在心。

她曾说过,这些年来,她一直是拆东墙补西墙,找别人借钱,但这不是她无能也不是她没有脸皮,言下之意,是生活强加给她的……难处。"难处"难倒了她,她没法跨出那道门槛。那么,自责下,她对自己的判断显然是负面的,充满了厌恶感痛恨感,却无法改变。

于是,强迫症过渡到抑郁症。

这是令芳心理疾病的缘由吗?

正如我学车经历一样,是缘由,却并非唯一的缘由。确切地说,是一截准备充分的导火索。那些埋伏在深幽岁月里的暗疾,蚯蚓似的寸寸死寸寸生,蠕动着黑色的轻便身体,为败坏的情绪松土提供营养,窥视神经,爬行在我们的梦境,倒映出斑驳陆离却又无处不在的影子。

"这些平常的卑微的不起眼的琐碎日子,就这样成了永恒。"(卡弗语)

我所知的令芳的过去,有必要翻翻。她算得上不幸的人。早年的不幸,似乎也没给她带来多大的影响。有记忆为证,十年前的令芳,身材微丰,却散发着成熟女性的魅力。脸上始终洋溢着轻柔的微笑,一双眼睛饱含水液,在凝视的刹那传递出楚楚动人的晶亮。这皮相说明不了什么,但是,她与我晤面时的口头禅,在我们前后补缀下轻松愉快地一气呵成。那时,我们亲眼看见,彼此抖落了岁月的霜雪,身轻如燕的感觉不亚于久违的好天气兀地亮闪了心胸。用一句平实的语言概括,创伤还没有显影。

也只是没有显影而已。

生活给予令芳的创伤应追究到她的婚姻。她的婚姻一团糟。新婚第二天,新郎便大闹新房,将家具电器全部打碎摔破,然后离家出走,理由是令芳欺骗了她。新郎是外地人,一走便不再回来。也回来一次,是两人到民政局离婚。从此,音讯全无,痕迹不留。婚后六个月,令芳生下儿子,然后爹娘一肩挑,一把屎一把尿地将儿子拉扯成人。

一个单身母亲的经济压力,可想而知。令芳却熬过来了。似乎,这"难题"还不算揪心。揪心的是儿子的成长。"长大是人必经的溃烂",塞林格以文学的语言发出感慨,这是生命的共识。幸而有父母在,他们拥有过来人的经验,伸出羽翼遮风挡雨,帮我们尽可能地减少溃烂。父母双全的孩子,冠以"幸运儿"的称呼,恰当不过,理由心照不宣。而单亲家庭的孩子呢?尤其是自打出生都没见过父亲的孩子。

关于亲爹是谁,儿子不可能不问。没有一具生命能够杜绝探寻源头的念头,源头充沛出的生命河流,摆渡出每个人的潜意识——从哪里来到哪里去?潜意识下的追问,从不会为人事阻隔,将要伴随生命的始终。

面对儿子的询问,令芳如何应付,我不得而知。但我可以换位思考,换作我,在不伤害孩子的心理并能给予尊严的前提下,该去如何解释亲爹和名义上的父亲?真的是伤脑筋的话题。而生活的谣言从来就不缺席,儿子不可能不听闻,关于他的出生和家庭。

二十多年来,儿子萌生过寻父念头吗?

二十多年来,儿子填写简历时,关于父亲那一栏,他下笔时的心理该是怎样的曲折起伏?

二十多年来,单亲妈妈一个人抚养他,儿子愤怒地探讨过父亲缺席的原因吗?

二十多年来,儿子的梦境里出现过父亲的面容吗?

……

我无法知晓令芳对儿子关于"父亲"这个话题的应对,也无法猜测,但作为母亲,我深刻地感受到令芳的哀伤和无法言说的悲痛。而二十多年来,令芳将其深埋心底,努力碎解、消化。生活会给她减压吗?

令芳也是外地人。十二年前,年过七旬(而今已过八十高龄)的父母无处依靠,来到令芳这里。老人没有经济来源,为了减轻女儿的经济负担,便到处拾捡易拉罐和玻璃瓶卖,还在郊区江边辟出滩地种上蔬菜卖。然而,生活无情,老母亲拉板车时扭伤了腰,再也难得出门了。

三四年后,令芳妹妹的女儿也来到她家,依靠令芳上学读书。令芳的妹妹在南方打零工,离婚,居无定所,女孩子安全重要,便把女儿交给令芳看管。

这是我所知的令芳的生活状况。我与她,平常基本没有来往,生活轨道几乎平行,难以交叉,友情定格在君子之交淡如水的状态,除非遇到某些活动,比如党校同学聚会,比如某些偶遇,比如特定事情下的谋面。她的事情,也许还有更多的暗疾和创伤,我不知而已。但是,婚姻、儿子、父母……似乎足够,三座大山下,生活面貌已成定局。

我在心里历数我们的晤面。十年的长河,那些诙谐机趣的浪花,借着毛姆的语句溅起,溅落我们身上,穿透我们沉重的肉身,清凉我们的灵魂。

多少年来,我开头:他一直忘不了……

令芳款款地接口:一个先令就可以买十三只大牡蛎的日子。

我们无缝对接的哪里是文学语句,而是我们的心灵,抖掉尘埃放飞后偶遇相撞的心灵。轻松、快乐、诙谐。那一刻,我们互证生命的美好,我们为各自的美好击掌相庆。

对接却中断了。那样的时刻,令芳不会是记忆短路忘记了那句口头禅,而是暴雪已经飘落她头顶,她抖落不了,沉重和寒冷封冻了她的口齿。再接着,她找到我办公室来借钱,然后失望而归。

我再次感受到她的绝望。

借钱……犹如一个被开启的端口,让我这个外人看见被遮蔽的脚印和乞求,一个到处抵押尊严的破碎的灵魂。

## 四 我

不安,焦躁,纠结,自卑,无奈,愤怒……

这不仅属于个体,而且是我们共同的体验。心理学家罗洛·梅在《焦虑的意义》中写道:焦虑是人类的基本处境。

岁月流逝中,以焦虑为名的诸多坏情绪,积压我们体内,慢慢叠加并板结,犹如硬土石块,阻塞血液和气流。肉身日益沉重,仿若生锈的机器,不经意间就会暴露这或那的毛病,时不时跳出"正常"的范围,甚至死机。

跑起来,在运动中舒展经络,那些淤积已久的血液和气息就会渐渐松软、流通,身体从而轻柔灵便。这是我想当然的理解。嗒嗒的跑步中,嗅觉、听觉异常灵敏。草木香混合着清晨的清新,萦绕在鼻子尖,示范自然的本源味道。耳膜充满弹性,交换身体内外的声响,听力就在此际寻到一条回溯的轨道,从大脑到脖子再到心胸。

身体发热,我似乎听见体内的崩裂声,那冰塔解冻似的声音,嘀嗒嘀嗒,似有若无,经久不息……一圈再一圈再一圈,体内的暗河溪水一般清亮起来,然后四通八达。我双臂舞动,并不断旋转身体。停下来的当儿,为了检验我身轻如燕,又玩起双杠单杠。

我喜欢上倒立,不是一般的喜欢,而是上升到非做不可的地步。

把身体挂在单杠上,翻身而起,双脚勾住单杠再倒立。血液倒流,气息贯回。开始,我借助双臂支撑,完成倒立。那种随意,要多久挂多久。不久,我头顶着地,双臂交叉抱在胸前,睁大眼睛打量黑夜下的周遭。浓黑的倒置的天空,孤独又丰富,破壁的星辰、被遮蔽的云彩,还有隐身的月亮。脑袋顶着的土地,在周围延伸,延伸出淡淡的雾气——那是土地的呼吸,土地从来就是活的。而那若巨伞支撑的老桂花树和树下的阴影在我眼角生长,并把根系深扎进我体内。

这倒置的世界,黑暗、隐秘、寂静、宽阔,流水一般冲洗身体,冲刷出一些污垢和垃圾。那些残片,触动思维,让我偶尔回想,然而,可笑至极——我们的日常充满了虚幻。那虚幻上,布满欲望,心理学上应该称呼为"内心的冲动"。但此刻,它们被置换,向上的方向被迫朝下,涌向喉咙,再涌向大脑五官。倒流的血液和气息中,大脑和脸庞逐渐打开,与黑暗中的万物交换秘密的词汇。被黑暗驯化的静穆万物,庄严又安静地挺进我的体内。

脑海就在那样的时刻遭受清空,思维和眼睛合拍。只有黑夜中的天空,寂寥,遥远,空旷,包围我浸淫我,又拥抱我。我多像一个才踏入这世界的新生儿,喧嚣的俗世简直就在另一个世界。

倒立中,我慢慢想办法去掉单杠这个依靠。于是,瑜伽逐渐取代了长跑。

去年九月份露天公园的瑜伽观摩,正值我瑜伽半年。没想到,在那里遇见了令芳。从那不大标准的跪式动作来看,令芳还没有开始瑜伽训练。不过,她已有借助瑜伽调适身心的意识。这传递了一个信号——彼时的令芳的身心不适,她不堪承受的重荷已在变化。

类似瑜伽的运动,不亚于抑制病菌的良药。看法有些武断,却也有我讨到好处的例证。近两年的瑜伽,曾经困扰我的颈椎病肩周炎竟然痊愈,失眠缓解,而体重恢复到我大学毕业时的重量。难得的是,我学会了呼吸,鼻子呼吸、嘴巴呼吸和胸式呼吸、腹式呼吸。瑜伽中的行语,一旦身体出现焦虑不安的情绪,将呼吸转换为腹式呼吸,情绪将会好转。

而呼吸创造了奇迹——若你是斯蒂芬·金的读者,你读过他的小说,你就会知道,"呼吸"并非小事,是可以上升到"生存"地步的重要事情。他有个小说,篇名就是《呼吸,呼吸》,这个小说以医生麦卡朗讲故事的方式,讲述了未婚孕妇史黛菲运用腹式呼吸创造生命奇迹的故事。

史黛菲听从麦卡朗医生的建议,长期以来练习医生教的火车头腹式呼吸,来缓解怀孕和生育给身体心理带来的种种艰难。最艰难的事发生,史黛菲临产前,打车到医院,却因为暴雪发生车祸,人被抛出车外,身首异处。而一路腹式呼吸的史黛菲生产了。血液染红雪地,脑袋滚落一边。纷扬的雪花中,她的脑袋呲呲地冒着热气,鼻子一耸一耸的,睁着的眼睛明亮若灯盏。另一处的身体该叫尸体了,还在呼吸。她的胸部上下起伏,呼吸急促而短浅,冰雪噼里啪啦地打在她敞开的外套与血淋淋的衣服上。旁边的人可以听见高亢薄弱的咝咝声时大时小,仿佛尚未达到沸点的茶壶,那是空气不断吸进她断裂的气管里、然后又吐出来的声音……

那暴雪气势不减,飞舞成妖孽的雪花,见证了生命的奇迹。

麦卡朗医生描述:"史黛菲的尸体紧张起来,柔软的肉体变成石头般坚硬,婴儿的头露了出来;我只看见他的脑门一下下,覆着一层膜,血淋淋的,并且还在跳动,小孩还活着,毫无疑问……"

婴儿就在那不能停止的呼吸下慢慢钻出脑袋、脖子、小身体,然后哇哇大哭。奇妙又悲伤的是,滚落在阴沟里的脑袋,还在工作。而那无法停止的"工作",在麦卡朗医生嘴巴里充满了悲情:"嘴唇微微张开,急促的呼吸在她的唇齿间进进出出……她的眼球动了,稍稍朝左转动,似乎想把我看清楚,她的嘴唇分开,吐出几个字:麦卡朗医生,谢谢你。各位,我听见她的话了,但不是从她的嘴唇,而是从二十英尺外的声带,因为她的舌、唇、齿三样用来形成话语的构造都在这里……总共八个字八个独立的音节,是'麦卡朗医生,谢谢你'。我回答她,不客气,史黛菲小姐,是个男孩。她的嘴唇扯了扯,那鬼魅的微弱声音传来:男孩……她的眼睛变成茫然一片,失去了原本的坚决,仿佛在望着远方,或许是看着漆黑的夜空,之后她闭上了双眼,又开始火车头呼吸,不久,呼吸声也停止了,我知道,一切都结束了。"

没有练习瑜伽前,我以为斯蒂芬·金这个小说仍旧讲的是惊悚故事,他是讲述惊悚故事的高手,但成为资深瑜伽者后,我屡次想起这个故事。令人不解的是,斯蒂芬·金的这个故事发生的年代是20世纪20年代,瑜伽还没有普及,且他本人也不是瑜伽爱好者。

呼吸即生存,瑜伽就是学习呼吸啊。我的个见融入了顿悟和感叹,以至于见到熟识的女友时,免不了推广瑜伽的好处。若是我喜欢的女性,我还会针对她们身体的一些问题示范犁式、神猴式、蛇式、广角式等动作。

我好为人师的勇气和喋喋不休的殷勤,源于我的愧疚,对令芳的愧疚。又哪里是令芳,应是我自己——我与令芳在某种程度上恰如一个人。也不止我自己,令芳是一个缩影,在生活面前,我们这些同类只有一个名词——"女性"。

而我们正是通过"身体"确认,借用阿多尼斯的话语:

> 身体,只有通过身体,
> 才能被认识
> ……姑娘,请问:
> 如何能够分辨
> 你身体的岸陆和深渊?

## 五 我们的六便士

缘分这个俗语已被用滥,却屡次从俗世中抖出它无法形容的光芒,让人眼睛一亮。缘分此刻被我解读,挂念某个人时,他或她就会受到呼唤,这就在人群中闪现于你眼前。

元旦节的街上,因为冷雨而呈现寂寥的清苦味道。我有鼻炎,戴上口罩,耸着肩膀走出门,走向菜市场。

脚步慢下来。

令芳与他儿子出现在我眼前。令芳手里提着一大袋子菜,旁边的儿子比她要高许多,戴着眼镜,手里提着一条大鱼。母子俩边走边说笑,令芳哈哈的笑声透出爽朗和开怀。我一时疑惑,进而推测,那些传言是假的,不真实的,甚至是谣言。

隔着一辆自行车,两三个行人。我脑海迅速地闪现那些谣言堆砌的画面。令芳不停地洗手、跪在地上刷马桶,然后赤身裸体地大声号啕,再伸开双手在脸上抹泪涕,再交互搓来搓去地洗手……

不是的,生活不会那样击垮一个孤苦的女人。

至少,我殷切地希望这样,我还可以证明我的希冀多么靠谱。于是,我加快脚步,越过人群车辆,站在他们母子面前摘下了口罩。嘴唇嚅动,一个字一个字地吐出:

他一直忘不了……

念到这里,我故意停顿。令芳没有接口,却微笑在脸,喊了我的名字再问好。我笑着替她念完:一个先令就可以买十三只大牡蛎的日子。

她儿子满脸疑惑地看着我,嘴巴半张,镜片后的眼珠快要瞪出眼眶。似乎,我是怪人,一个来自另一星球的另类人。

是啊,他怎能知道这只配在舞台上演示的见面令的来龙去脉?我也不解释,只是与令芳笑着相互看着。小伙子扶扶眼镜,转过脑袋问令芳,妈妈,这个人……你认识她——她在说什么?

这个理科生估计还没读过毛姆的小说。令芳噢噢两声,要他儿子喊我阿姨,接着解释,这是一个外国作家……名叫毛姆在小说中的结尾语句。

毛姆?啥子小说?小伙子还在问。

人群涌来挤去,我们即将错过。此际,令芳的手机响了,她咕哝了一声"六便士",然后接听手机。

六——便——士?小伙子一个字一个字地吐出疑问,脸上却浮现欣喜。这无法解释的欣喜,感染了我,令我一时雀跃,我补充道:是《月亮和六便士》。

小伙子嗯嗯点头,手里的大鱼得水似的翘首摇尾。

很快,人群分开我们。我回头,令芳母子俩的背影慢慢走远,我耳朵真的又听见她爽朗的笑声。

我莫名愉快起来。我是觉得,那次饭桌上的传言,真可能是假的,即便不假,也是被浓墨重彩后的结果。我亦知道,我的"觉得",说到底,不过是变相的希冀和祝愿,恰如祝愿我自己。

我有信心期待下次见面。我们的无缝对接会再次击败沉重的时光,从而化成我们游走世间的金箍棒:

他一直忘不了……一个先令就可以买十三只大牡蛎的日子。